Tochter des Schweigens

Morris L. West

Tochter
des Schweigens

Roman

Aus dem Amerikanischen von
Ernst Laue

Tochter des Schweigens

1

Es war heller Sommermittag in den Hochtälern der Toskana. Eine träge Zeit, die Jahreszeit von Staub und Schlaffheit, von abgeerntetem Flachs und Lerchen in Stoppelfeldern, von neuem Wein, der heranreifte im Land der alten Götter.

Es war eine Stunde des Glockenschlags – träge schwingend über die Gräber toter Heiliger und vergessener Landsknechte. Eine Stunde der Dunkelheit hinter geschlossenen Läden, denn wer anders als Hunde und törichte Amerikaner würde sich der heißen Augustmittagssonne aussetzen?

Im Dorf San Stefano klangen die ersten Schläge des Angelus über die Piazza. Still lag das Dorf, schläfrig und satt von einer guten Ernte, in der Hitze.

Ein alter Mann blieb stehen und bekreuzigte sich mit gesenktem Kopf. Vor der Tür des Restaurants stand ein dicker Bursche mit weißer Schürze und einem karierten Tuch über dem Arm und stocherte mit einem Streichholz in den Zähnen. Ein Polizist mit einem Eselsgesicht trat vor seine Tür, spähte träge über den Platz, spie aus, kratzte sich und kehrte zu seinem Wein und Käse zurück.

Aus den Mäulern müder Delphine rann ein dürftiger Wasserstrahl in das flache Becken des Brunnens, in dem ein dünner kleiner Bursche ein Boot aus Papier schwimmen ließ. Ein Mann zog einen Karren klappernd über das Kopfsteinpflaster, hochbeladen mit Reisigbündeln und braunen Beuteln Holzkohle, auf denen hoch oben ein winziges kraushaariges Mädchen thronte. Eine barfüßige Frau, ein Baby im Arm, trat aus der Weinhandlung und ging über die Piazza zur Allee am anderen Ende. Ein paar Kilometer entfernt ragten die Türme und Dächer Sienas in den kupfernen Dunst.

Es war eine friedvolle Szenerie, mit wenig Menschen, seltsam antik anmutend und bewegt nur vom langsamen Pulsschlag des Landlebens. Hier floß die Zeit träge dahin, wie das Wasser des Brunnens, und der einzige Wechsel war der von Alter und Jahreszeit. Es war ein Platz, wo Tradition viel wichtiger schien als Fortschritt, wo Überliefertes gepflegt und verehrt wurde wie alte Liebe und alter Haß.

Eine Straße führte hinein und eine hinaus, von Arezzo nach Siena. Doch nur im Sommer gab es auf ihr spärlichen Verkehr. Handel und Tourismus hatten San Stefano nie berührt. Die Güter in den Tälern waren klein und wurden von ihren Bauern eifersüchtig vor Fremden bewahrt. Wer fortging, galt als ruhe- oder wurzellos oder von Ehrgeiz geplagt. Das Dorf war froh, solche loszuwerden.

Noch ehe das letzte Echo der Glocke verhallte, war die Piazza menschenleer. Die Läden waren geschlossen, die Vorhänge zugezogen, und der Staub setzte sich in die Pflasterritzen, während das Zirpen der Zikaden sich grell und monoton aus den Feldern der Umgebung erhob.

Knapp zehn Minuten später trat der Glöckner aus der Kirche, ein älterer Mönch in der staubigen Kutte der Franziskaner, mit weißem Haar, in das eine Tonsur geschnitten war, und einem roten Gesicht, so rund wie ein Winterapfel. Einen Augenblick stand er im Schatten des Portals und trocknete sich das Gesicht mit einem roten Taschentuch. Dann zog er die Kapuze über den Kopf und ging mit klappernden Sandalen über die glühendheißen Steine der Piazza.

Er hatte noch keine zehn Schritte getan, als ein höchst ungewöhnlicher Anblick ihn stehenbleiben ließ. Ein Taxi aus Siena kam langsam auf die Piazza gerollt und blieb vor dem Restaurant stehen. Eine Frau stieg aus, bezahlte den Fahrer und sah dem Wagen nach, bis er verschwunden war.

Sie war jung, bestimmt nicht älter als fünfundzwanzig, und ihre Kleidung war die einer Städterin: ein Schneiderkostüm, weiße Bluse, modische Schuhe und eine Tasche an einem Lederriemen über der Schulter. Sie trug keinen Hut, und ihr dunkles Haar fiel in Wellen über ihre Schultern. Ihr Gesicht war blaß, still und von einzigartiger Schönheit, wie das einer wächsernen Madonna. In der menschenleeren, im Sonnenglast liegenden Piazza wirkte sie unsicher und vereinsamt.

Eine Weile stand sie da und sah sich um, als suche sie sich in einer einst vertrauten Gegend zurechtzufinden. Dann ging sie mit entschlossenen Schritten zu einem Haus zwischen Weinhandlung und Bäckerei und zog die Glocke. Eine dicke Matrone in Schwarz mit weißer Schürze öffnete die Tür. Sie wechselten ein paar Worte, und die Matrone bat sie mit einer Geste einzutreten. Sie lehnte ab, und die Matrone ging, die Tür offenlassend. Das Mädchen wartete und suchte etwas in ihrer Tasche, während der Mönch, neugierig wie jeder Landbewohner, beobachtete, was geschah.

Eine halbe Minute verging. Dann tauchte ein Mann in der Tür auf, ein großer, kräftiger Bursche in Hemdsärmeln, mit grauem Haar und blassem faltigem Gesicht. Eine Serviette steckte in seinem offenen Hemd. Er kaute noch, und in dem klaren Mittagslicht konnte der Bruder einen Tropfen Soße an seinem Mundwinkel herunterlaufen sehen. Ohne ein Zeichen des Erkennens sah er das Mädchen an und stellte ihr eine Frage.

Sie schoß ihn in die Brust.

Die Wucht der Kugel schleuderte ihn gegen den Türstock, und schreckgelähmt sah der Mönch, wie sie ihn noch viermal traf, sich dann abwandte und ohne Eile auf die Polizeistation zuging. Noch dröhnte das Echo der Schüsse über die Piazza, als der Mönch zitternd und stolpernd losstürzte, um einem Mann Absolution zu erteilen, dessen Seele schon nicht mehr auf dieser Erde weilte.

Im fünf Meilen entfernten Siena saß Doktor Alberto Ascolini für sein Porträt – eine Belanglosigkeit, der er sich mit Ironie unterzog.

Er war ein großer Mann von fünfundsechzig Jahren, mit einem lebhaften rosigen Gesicht und einer schneeweißen Mähne, die betont wirr über seinen Kragen floß. Er trug einen seidenen Anzug, makellos geschnitten, doch wohlberechnet unmodern, die seidene Krawatte schmückte eine Brillantnadel. Er sah wie ein Schauspieler aus – ein äußerst erfolgreicher Schauspieler. Doch er war Rechtsanwalt. Einer der erfolgreichsten Anwälte Roms.

Die Malerin war schlank und dunkel, Ende Zwanzig, mit braunen Augen, offenem Lächeln und ausdrucksvollen, schönen Händen. Sie hieß Ninette Lachaise. Ihr Atelier überblickte die Dächer Sienas, bis hin zum Campanile der Assunta. Es war geteilt in Studio und Wohnraum und eingerichtet mit ausgesuchten Stücken einheimischer Handwerkskunst. Ihre Bilder waren Spiegel ihres Wesens – lichtüberflutet, wenig detailliert und voller Bewegung. Eine Fortentwicklung der primitiven toskanischen Tradition zur Kunst des zwanzigsten Jahrhunderts.

Sie fertigte mit Kohle eine Anzahl lebendiger Skizzen von ihrem Modell, das, halb im Schatten, halb in der Sonne sitzend, Skandalgeschichten aus römischen Prozessen erzählte.

Es war eine Glanzleistung – von ihr wie von ihm. Die Geschichten des alten Mannes waren voll Witz, Bosheit und raffinierter Schlüpfrigkeit.

Die Skizzen waren lebendig und echt – es schien, als steckten ein Dutzend Männer in der rosa Haut dieses ungemein intelligenten Lebemannes.

Ascolini beobachtete sie mit seinen klugen Augen und sagte schließlich unvermittelt und voller Scheinpathos: »Wenn ich bei Ihnen bin, Ninette, trauere ich stets meiner Jugend nach.«

»Wenn Sie nichts anderem nachtrauern müssen, *dottore*«, sagte sie mit leiser Ironie, »dann sind Sie ein sehr glücklicher Mensch.«

»Was gibt es sonst noch, das des Nachtrauerns wert wäre – ausgenommen die Torheiten, die man nicht begangen hat?«

»Vielleicht die Folgen der Torheiten, die man begangen hat.«

»Aber, aber, Ninette.« Ascolini gestikulierte mit seinen ausdrucksvollen Händen und lachte trocken. »Keine Vorlesungen, bitte. Heute ist mein erster Urlaubstag. Ich bin hergekommen, um abgelenkt zu werden.«

»Nein, *dottore*«, sie lächelte und zeichnete mit raschen kräftigen Strichen weiter, »ich kenne Sie zu gut und zu lange. Wenn Sie mit mir Kaffee trinken oder mich zum Essen einladen, dann sind Sie mit der Welt zufrieden. Wenn Sie mir einen Auftrag geben oder mir zuviel für meine Landschaften bezahlen, dann haben Sie irgendein Problem. Sie bieten mir ein Honorar, um es zu lösen. Eine schlechte Gewohnheit ist das, nicht? Macht Ihnen gar keine Ehre.«

Sein glattes, noch immer jugendliches Gesicht umwölkte sich flüchtig, dann lächelte er verlegen. »Aber Sie nehmen das Honorar trotzdem, Ninette. Warum?«

»Ich verkaufe Ihnen meine Bilder, *dottore*, nicht meine Sympathie. Die haben Sie umsonst.«

»Sie beschämen mich, Ninette«, sagte der alte Mann.

»Nichts beschämt Sie, *dottore*. Und das ist auch die Wurzel all Ihrer Kümmernisse. Mit Valeria, mit Carlo und mit sich selbst. Fertig!« Sie machte einen letzten Strich und wandte sich ihm mit ausgestreckter Hand zu. »Genug der Worte. Die Sitzung ist zu Ende. Kommen Sie und sehen Sie sich's an.«

Sie führte ihn zur Staffelei und hielt ihn bei der Hand, während er die Skizzen ansah. Er schwieg lange und sagte schließlich ohne jeden Spott:

»Sind das alles meine Gesichter?«

»Nur die, die Sie mir zeigen.«

»Sie glauben, ich habe noch mehr?«

»Ich weiß es. Sie sind ein zu vielschichtiger Mann, *dottore*, zu verwirrend in jeder Gestalt.«

»Und wo ist der wahre Ascolini?«

»In allen – und in keinem.«

»Erklären Sie sie mir, Kind.«

»Das hier: der große Jurist. Der Mann, der Roms Gerichte beherrscht. Er ist recht wandlungsfähig, wie Sie sehen. Hier ist er der Liebling der Salons, der Spaßmacher, der die Männer erröten läßt und die Damen zum Kichern bringt, wenn er in ihre bereitwilligen Ohren flüstert. Und hier? Ein Schnappschuß im Sordello: Ascolini beim Wein mit seinen Studenten, traurig, keinen eigenen Sohn zu haben. Hier ist er, der Schachspieler, der Menschen rückt wie Bauern und sich selber noch mehr verachtet als sie. Im nächsten ist eine Erinnerung. An die Jugend vielleicht, und an eine alte Liebe. Und das letzte, der große Anwalt. Was wäre aus ihm geworden, hätte ihn nicht ein Dorfpriester aus dem Graben gezogen und ihm die Welt geöffnet? Ein Bauer mit einem Reisigbündel auf dem Rücken und lebenslanger Eintönigkeit in den Augen.«

»Es ist einfach zuviel«, sagte der alte Mann. »Von einem so jungen Menschen. Zuviel und zu erschreckend. Wieso wissen Sie das alles, Ninette? Wieso sehen Sie hinter so viele Geheimnisse?«

Einen Augenblick sah sie ihn mit dunklen mitleidigen Augen an. Dann schüttelte sie den Kopf.

»Das sind keine Geheimnisse, *dottore*. Wir sind, was wir tun. Es steht in unseren Gesichtern geschrieben – und jeder kann es lesen. Ich? Ich bin eine Fremde hier. Ich bin von Frankreich gekommen – wie die alten Glücksritter, die Reichtümer des Südens zu plündern. Ich lebe allein. Ich verkaufe meine Bilder – und warte auf einen Menschen, dem ich mich anvertrauen kann. Ich weiß, was es heißt, allein zu sein und voll Angst. Ich weiß, was es heißt, die Hand nach Liebe auszustrecken und eine Illusion zu greifen. Sie sind gut zu mir gewesen – und haben mir mehr von sich gezeigt, als Sie wissen. Ich habe mich oft gefragt, warum.«

»Das ist doch einfach genug.« Ein harter Ton schwang in seiner vollen Stimme mit. »Wenn ich zwanzig Jahre jünger wäre, Ninette, dann würde ich Sie fragen, ob Sie meine Frau werden wollen.«

»Wenn ich zwanzig Jahre älter wäre, *dottore*«, sagte sie leise, »würde ich wahrscheinlich sagen: ja. Und Sie würden mich fortan dafür hassen.«

»Nie könnte ich Sie hassen, meine Liebe.«

»Sie hassen alles, was Sie besitzen, *dottore*. Sie lieben nur, was Sie nicht haben können.«

»Sie sind hart heute, Ninette.«

»Es gibt harte Tatsachen, denen man ins Gesicht sehen muß, nicht wahr?«

»Wahrscheinlich.«

Er ließ ihre Hand los, ging zum Fenster und ließ seinen Blick über die sonnenbeschienenen Türme und Dächer der alten Stadt schweifen. Seine hohe Gestalt schien zusammengesunken, sein kühnes Gesicht zerfurcht und eingefallen, als wäre er unversehens alt geworden. Eine Welle des Mitgefühls überflutete Ninette. Nach einer Weile sagte sie: »Es ist Valeria, nicht wahr?«

»Und Carlo.«

»Erzählen Sie mir von ihr.«

»Wir waren noch keine zwei Tage hier, da fing sie schon ein Verhältnis an. Mit Basilio Lazzaro.«

»Es ist nicht das erste, *dottore*. Sie selber haben sie ja ermutigt. Was stört Sie gerade an diesem?«

»Es ist schon ziemlich spät für mich, Ninette. Ich will Enkelkinder in meinem Haus und Aussicht auf Beständigkeit. Und dieser Lazzaro ist ein Lump, der sie zerstören wird.«

»Ich weiß«, sagte Ninette Lachaise leise. »Ich weiß es nur zu gut.«

»Ist es in Siena schon stadtbekannt?«

»Das glaube ich nicht. Aber ich war einmal selber in Lazzaro verliebt. Er war meine große Illusion.«

»Das tut mir leid, Kind.«

»Ich brauche Ihnen nicht leid zu tun – nur sich selber und Valeria sollten Sie bedauern. Und Carlo, freilich. Weiß er es schon?«

»Ich glaube kaum.«

»Aber von den anderen – von denen hat er doch gewußt?«

»Das nehme ich an.«

»Ich erinnere mich, *dottore,* Sie haben darüber gelacht. Sie haben einen Witz daraus gemacht, daß Ihre Tochter einem Narren von Ehemann Hörner aufsetzt. Sie sagten, sie folge Ihren Spuren, Sie waren stolz auf ihre Eroberungen – und auf ihre Schlauheit.«

»Er ist ein Narr«, sagte Ascolini bitter, »ein sentimentaler junger Narr, der niemals wußte, was die Uhr geschlagen hat. Er hat eine Lektion verdient.«

»Und jetzt?«

»Jetzt redet er davon, daß er mich verlassen will und eine eigene Praxis eröffnen.«

»Und das ist Ihnen nicht recht?«

»Natürlich nicht! Er ist zu jung, zu unerfahren. Er wird seine Karriere ruinieren, noch ehe sie richtig begonnen hat.«

»Sie haben seine Ehe ruiniert, *dottore* – was machen Sie sich um seine Karriere Gedanken?«

»Das tu' ich nicht. Nur insofern, als es auch die Zukunft meiner Tochter betrifft. Und die Zukunft ihrer Kinder, falls sie je welche haben sollte.«

»Sie lügen, *dottore*«, sagte Ninette Lachaise traurig. »Sie belügen mich – und Sie belügen sich selber.«

Der alte Anwalt lachte auf und hob in beinah komischer Verzweiflung die Arme.

»Selbstverständlich lüge ich! Ich kenne die Wahrheit besser als Sie, Kind. Ich habe mir meine eigene Welt geschaffen – und mag sie nicht mehr leiden. Nun brauche ich jemanden, der sie mir auf dem Kopf zerschlägt und mir die Trümmer überläßt.«

»Vielleicht will Carlo eben grade das versuchen?«

»Carlo?« explodierte Ascolini voll Verachtung. »Er ist ja nicht einmal Manns genug, seine eigene Frau zu beherrschen. Wie kann er es da mit einem perversen alten Bullen wie mir aufnehmen? Nichts würde mich mehr freuen, als wenn er mir's heimzahlen würde. Aber dazu ist er viel zu fein! Ha!« Er zuckte die Achseln und nahm ihre Hände wieder in die seinen. »Vergessen Sie das und malen Sie weiter Ihre Bilder, meine Liebe. Wir sind nicht wert, daß man uns hilft. Keiner von uns ist es wert. Nur eins ...«

»Was denn, *dottore*?«

»Sie müssen heute mit uns zu Abend essen. Draußen in der Villa.«

»Nein – bitte!« Die Ablehnung war scharf und voller Nachdruck. »Sie sind hier jederzeit willkommen, das wissen Sie – nur, bitte, halten Sie mich aus Ihrer Familie. Sie paßt nicht zu mir – ich passe nicht zu ihr.«

»Ich habe Sie nicht unseretwegen gebeten. Nur Ihretwegen. Ich habe einen Gast – den sollten Sie kennenlernen.«

»Wer ist das?«

»Mein Hausgast. Peter Landon. Er ist Arzt und kommt von Australien. Über London.«

»Ein barbarisches Land, was man so hört, *dottore,* voller fremder Tiere und Riesenkerlen in Hemdsärmeln.«

Ascolini lachte.

»Wenn Sie diesen Landon kennenlernen, werden Sie zunächst geneigt sein, das zu glauben. Er füllt ein ganzes Zimmer. Und wenn er redet, kommt er einem zu brüsk und selbstsicher vor. Dann merkt man, daß er reines Toskanisch spricht und daß das, was er sagt, Hand und Fuß hat – und daß er ein bewegteres Leben hinter sich hat als wir beide. In ihm ist, glaube ich, eine gewisse Kraft lebendig – und auch so etwas wie Unzufriedenheit.« Er legte eine Hand auf ihre Wange. »Er könnte so gut für Sie sein, meine Liebe.«

Sie wurde rot und wandte sich ab.

»Wollen Sie den Heiratsvermittler spielen, *dottore?*«

»Ich habe Sie lieber, als Sie ahnen, Ninette«, sagte er. »Ich möchte Sie so gern glücklich sehen. Bitte, kommen Sie.«

»Also gut, *dottore,* ich komme, aber vorher müssen Sie mir etwas versprechen.«

»Alles, was Sie wollen, Kind.«

»Sie dürfen keine Komödien mit mir aufführen, keine Ränke schmieden, wie Sie das mit Ihrer Familie machen. Das könnte ich Ihnen nie verzeihen.«

»Ich könnte es mir selber nicht verzeihen. Glauben Sie mir, Ninette.« Er nahm ihr Gesicht zwischen seine alten Hände und küßte sie flüchtig auf die Stirn. Dann ging er, und sie stand lange unbeweglich und blickte über die Dächer der Stadt auf die Hügel der Toskana, wo das Blut uralter Opfer den Wein süßte und die Zypressen aus den Gräbern toter Prinzen wachsen.

In der Villa Ascolini, hoch oben auf dem terrassenförmigen Hügel des Dorfes San Stefano, schlummerte Valeria Rienzi hinter geschlossenen Läden. Sie hatte keine Glocken gehört, keine Schüsse und nichts von dem anschließenden Tumult. Die einzigen Laute, die ihr Zimmer erreichten, waren das Zirpen der Zikaden, das Klappern der Schere des Gärtners und die zarte, quälende Musik, die Carlo am Flügel im Salon spielte.

Sie dachte nicht an den Tod an diesem Sommermittag. Ihr Blut strömte zu drängend für solch traurige Gedanken. Sie brauchte nur ihren Körper auf dem Bett zu strecken, die Seide auf ihrer Haut zu spüren, um die Süße und den Reiz des Lebens zu empfinden. Sie dachte an die Liebe, die für sie nichts anderes war als eine angenehme, wenn auch vergängliche Unterhaltung. Und an die Ehe, die sie als einen dauerhaften, wenn auch mitunter lästigen Zustand betrachtete.

Ehe hieß Carlo Rienzi, der hübsche jungenhafte Mann, der unten seine traurigen Melodien spielte. Ehe hieß Ergebenheit und Takt, Wohlanständigkeit und mütterliche Sorge um des Ehemannes Karriere. Ehe hieß Aufgabe der Freiheit, ein Aufwand von Zärtlichkeit, die sie kaum je empfand, und Forderungen an einen Körper, den Carlo nie hatte wecken können. Ehe hieß die Zügelung eines Geistes, der zu eigensinnig und zu lebhaft war, um seiner Melancholie und seinem unsicheren Temperament zu entsprechen. Ehe hieß Rom und römische Selbstgerechtigkeit – Dinners und Cocktailpartys für die, die ihrem Vater und seinem halbflüggen Schwiegersohn reizvolle Fälle übergaben.

Liebe, eingebettet in einen Sommerurlaub in der Toskana, hieß Basilio Lazzaro; der dunkle leidenschaftliche Junggeselle, der kein Geheimnis aus seiner Vorliebe für junge Ehefrauen machte. Liebe war ein Gegenmittel gegen Langeweile, eine Bestätigung der Unabhängigkeit. Sie war ein herrlicher Spaß, an dem auch ein verständnisvoller Vater seine Freude hatte, ein Stachel, mit dem man einen zu jungen Gatten zur Männlichkeit treiben konnte.

Mit dreißig Jahren war Valeria Rienzi bereit, Gesundheit, gutes Aussehen, keine Kinder, einen gefügigen Mann, einen drängenden Liebhaber und einen Vater, der alles sah, alles verstand und alles mit der Befriedigung des Zynikers verzieh, für Segnungen zu halten.

Es waren angenehme Gedanken, die sie in der zwielichtigen, wohligen Wärme ihres Zimmers beschäftigten, wo gemalte Pfauen und Dryaden über ihr an der Decke schwebten. Sie hörte Musik, deren Traurigkeit sie nicht im geringsten anrührte, und vor ihr lag das Versprechen eines ganzen Sommers. Sollte Basilio jemals zu anspruchsvoll werden, dann war da immer noch der Gast, Peter Landon. Noch hatte sie sich nicht mit ihm beschäftigt, doch war reichlich Zeit, den Mann aus der Neuen Welt in die trickreichen sardonischen Spiele der Alten zu verwickeln.

Und doch – und doch. Eine dunkle Unruhe hatte begonnen, sich ihrer unter der Oberfläche zu bemächtigen. Veränderungen gingen in ihr vor, die sie noch nicht völlig verstand. Ein Gefühl der Leere, ein Wunsch nach Führung, ein Drang nach neuen, leidenschaftlichen Begegnungen, unbestimmte Furcht und gelegentliches schmerzhaftes Bedauern. Einst hatte die Einigkeit mit ihrem Vater Vergebung selbst ihrer wildesten Torheiten bedeutet. Jetzt war es keine Vergebung mehr, sondern eher eine Art zögernder Duldung, als wäre er weniger von ihr als von sich selber enttäuscht. Er machte kein Geheimnis daraus, daß er wünschte, sie würde ruhig werden und eine Familie gründen. Das Problem war nur, daß er noch immer keinen Respekt vor Carlo hatte und ihr nicht helfen konnte, den eigenen wiederherzustellen. Was er verlangte, war eine neue Verschwörung: die Verführung eines Ehemannes, der durch die Gleichgültigkeit seiner Frau selber gleichgültig geworden war – durch eine lieblose Gemeinschaft, die nur dazu da war, einem alten Epikureer Liebe zu bescheren; ihm, Ascolini, der sein Leben lang vorgegeben hatte, sie zu verachten.

Es war zuviel für zuwenig. Zuwenig für sie, zuviel für ihn. Und für Carlo eine Täuschung zuviel.

Einst hatte er um ihre Liebe gebettelt und um Kinder, die ihm Erfüllung schienen. Einst war er bereit, die letzten Überreste seines Stolzes zu opfern für einen Kuß und einen Augenblick der Gemeinsamkeit. Doch die Zeit war vorüber. In diesen letzten Monaten war er älter geworden und kälter. Unabhängiger und mehr von eigenen Plänen in Anspruch genommen. Einen Teil davon hatte er ihr verraten.

Er war entschlossen, aus Ascolinis Praxis auszuscheiden und eine eigene zu gründen. Dann würde er ihr ein eigenes Heim bieten können, einen Haushalt, von dem ihres Vaters getrennt. Und dann . . .?

Es war dieses Dann, das sie beunruhigte – dann, wenn sie auf sich selber gestellt sein würde, ohne Stütze, ohne Vergebung, dem Urteil eines betrogenen Gatten ausgeliefert und dem Zwang ihrer eigenen wirren Sehnsüchte.

Das war das eigentliche Problem. Was ersehnte man so sehr, daß der Wunsch zum Schmerz werden konnte? Was brauchte man so nötig, daß man bereit war, alles andere dafür zu opfern? Vor vierundzwanzig Stunden hatte sie die gleiche Frage von Basilio Lazzaros Lippen gehört. Von Lippen, denen sie eine solche Frage nie zugetraut hatte.

Vollständig angezogen, mit Handschuhen und Tasche, hatte sie in seiner Schlafzimmertür gestanden und zugesehen, wie er sein Hemd über seiner mächtigen braunen Brust zuknöpfte. Sie hatte die schlaffe, befriedigte Leichtigkeit seiner Bewegung bemerkt und seine plötzliche Gleichgültigkeit ihr gegenüber. Und sie hatte gefragt: »Warum, Basilio, warum muß es immer so sein?«

»Wie sein?« fragte Lazzaro gereizt und griff nach seiner Krawatte.

»Wenn wir uns treffen, ist es wie die Ouvertüre zu einer Oper. Wenn wir uns lieben, ist alles Drama und Musik. Wenn wir uns trennen, ist es, als ob wir ein Taxi bezahlten.«

Lazzaros dunkles hübsches Gesicht zeigte Verwirrung. Er runzelte die Stirn.

»Was erwartest du, *cara?* So ist das nun mal. Wenn du den Wein getrunken hast, dann ist die Flasche leer. Wenn die Oper zu Ende ist, bleibst du nicht da und wartest auf die Putzfrau. Du hast dein Vergnügen gehabt und gehst nach Haus und wartest auf die nächste Vorstellung.«

»Und das ist alles?«

»Ich frage dich, was sollte denn sonst noch sein?«

Es war ein hübsches Rätsel, auf das sie weder früher noch jetzt eine Antwort gefunden hatte. Sie rätselte noch immer daran, als die Standuhr Viertel vor zwölf schlug und es Zeit war, zu baden und sich zum Mittagessen anzuziehen.

18

Die Piazza von San Stefano war belebt wie ein Ameisenhaufen. Das ganze Dorf war auf den Beinen und drängte sich aufgeregt schwatzend um das Haus des Toten. Eine Gruppe Männer stritt mit dem Polizisten, der vor der Polizeistation Wache stand, doch war nichts Aufrührerisches in ihrem Benehmen, keine Feindseligkeit in ihrem Verhalten. Sie waren nur Zuschauer, durch Neugier in ein dramatisches Spiel verstrickt.

Aus dem Fenster seines Büros beobachtete Sergeant Fiorello die Menge mit scharfen Augen. So weit, so gut. Sie waren aufgeregt, doch harmlos wie Schafe in der Hürde. Es drohte kein gewalttätiger Ausbruch. In einer Stunde würden die Beamten von Siena den Fall übernehmen. Die Familie des Ermordeten war mit ihrem eigenen Schmerz beschäftigt. Er hatte Zeit, sich um die Gefangene zu kümmern.

Sie saß zusammengesunken und mit gebeugtem Kopf auf einem Stuhl. Zuckungen erschütterten ihren Körper. Fiorellos schlankes ledernes Gesicht wurde sanft, als er sie ansah. Er goß Brandy in einen irdenen Becher und hielt ihn an ihre Lippen. Am ersten Schluck drohte sie zu ersticken, dann nippte sie langsam. Nach einer kleinen Weile beruhigte sie sich, und Fiorello bot ihr eine Zigarette an. Sie lehnte ab und sagte mit tonloser Stimme: »Nein, danke, es geht mir schon besser.«

»Ich muß Ihnen Fragen stellen. Das wissen Sie doch?« Für einen so massigen Mann war seine Stimme seltsam sanft. Das Mädchen nickte teilnahmslos.

»Ich weiß.«

»Wie heißen Sie?«

»Das wissen Sie ja schon. Anna Albertini. Ich war früher Anna Moschetti.«

»Wem gehört die Pistole?« Er hob die Waffe auf und hielt sie ihr auf der flachen Hand hin. Sie zuckte nicht zusammen und wandte sich auch nicht ab. Sie sagte einfach:

»Meinem Mann.«

»Wir müssen ihn benachrichtigen. Wo ist er?«

»In Florenz. Vicolo degli Angelotti Nummer sechzehn.«

»Ist da Telefon?«

»Nein.«

»Weiß er, wo Sie sind?«

»Nein.«

Ihre Augen waren leer, sie saß steif und bleich auf ihrem Stuhl. Ihre Stimme klang mechanisch und metallisch wie die eines Menschen unter Hypnose. Einen Augenblick zögerte Fiorello, dann fragte er:

»Warum haben Sie das getan, Anna?«

Zum erstenmal erschien eine Spur von Leben in ihrer Stimme und ihren Augen.

»Sie wissen, warum. Es kommt nicht darauf an, wie ich es sage oder wie Sie es aufschreiben.«

»Dann sagen Sie mir etwas anderes, Anna. Warum haben Sie diesen Zeitpunkt gewählt, Anna? Warum haben Sie es nicht vor einem Monat getan oder vor fünf Jahren? Warum haben Sie nicht noch länger gewartet?«

»Ist das denn wichtig?«

Fiorello spielte abwesend mit der Pistole, die Gianbattista Belloni getötet hatte. Auch seine Stimme nahm einen nachdenklichen Ton an, als erlebe auch er noch einmal Ereignisse, die längst vergangen waren.

»Nein, es ist nicht wichtig. Sehr bald wird man Sie von hier fortbringen. Sie werden angeklagt und verurteilt und für zwanzig Jahre in ein Gefängnis geworfen werden, weil Sie einen Mann kaltblütig ermordet haben. Ich fragte nur, um die Zeit auszufüllen.«

»Zeit.« Sie griff nach dem Wort, als wäre es der Schlüssel zu einem lebenslangen Mysterium. »Es war nicht wie auf eine Uhr sehen oder die Seiten von einem Kalender abreißen. Es war ... es war wie ein Weg eine Straße entlang, immer dieselbe Straße, immer dieselbe Richtung, dann endete die Straße, hier in San Stefano, vor Gianbattista Bellonis Haus. Sie verstehen es, nicht wahr?«

»Ja, ich verstehe es.«

Doch das Verstehen war zu spät gekommen. Er wußte es, sechzehn Jahre zu spät. Die Straße war im Kreis verlaufen, der Kreis hatte sich geschlossen. Jetzt stolperte er über Meilensteine, die er längst überholt und vergessen glaubte. Er legte die Waffe aus der Hand und griff nach einer Zigarette. Als er das Zündholz daranhielt, merkte er, daß seine Hände zitterten. Beschämt stand er auf und begann, Brot, Käse und Oliven auf einen Teller zu legen. Dann goß er ein Glas Wein ein und stellte die karge Mahlzeit vor Anna Albertini auf den Tisch. Er sagte barsch:

»In Siena werden sie Sie weiter verhören. Stundenlang, wahrscheinlich. Sie sollten versuchen, etwas zu essen.«

»Ich bin nicht hungrig, danke.«

Er wußte, sie litt unter einem Schock. Doch ihre Teilnahmslosigkeit reizte ihn unvernünftigerweise. Er fuhr sie an: »Mutter Gottes! Verstehen Sie denn nicht! Ein paar Häuser weiter liegt ein Toter. Sie haben ihn umgebracht. Er ist der Bürgermeister des Ortes. Und draußen die Menge würde Sie in Stücke reißen, wenn nur einer das Stichwort gäbe. Die Männer von Siena werden Sie braten wie einen Fisch in der Pfanne. Ich will Ihnen doch nur helfen, aber ich kann Sie nicht zwingen zu essen!«

»Warum wollen Sie mir helfen?«

Es war kein Mißtrauen in der Frage, nur die erstaunte milde Neugier des Leidenden. Fiorello wußte die Antwort nur zu gut. Doch er konnte sie um sein Leben nicht geben. Er wandte sich ab und ging zum Fenster, während sie nun doch ein wenig von dem Essen zu sich nahm.

Auf der Piazza entstand plötzlich Bewegung. Der Mönch war aus dem Haus des Toten getreten und eilte auf die Polizeistation zu. Die Menschen umdrängten ihn, zupften an seiner Kutte und überschütteten ihn mit Fragen. Doch er winkte nur ab und stolperte atemlos in Fiorellos Büro. Als er das Mädchen erblickte, blieb er unbeweglich stehen, und seine alten Augen füllten sich mit Tränen. Fiorello sagte:

»Sie wissen, wer sie ist, nicht wahr?«

Fra Bonifazio nickte müde:

»Ich glaube, ich habe es schon erraten, als ich sie auf der Piazza stehen sah. Ich hätte das alles erwarten sollen, aber es ist schon so lange her.«

»Sechzehn Jahre. Und jetzt platzt die Bombe.«

»Sie braucht Hilfe.«

Fiorello hob die Schultern und breitete die Hände zu einer verzweifelten Geste aus.

»Was gibt es da schon zu helfen? Der Fall liegt klar auf der Hand. Vendetta, vorsätzlicher Mord. Die Strafe ist zwanzig Jahre.«

»Sie braucht einen Rechtsbeistand.«

»Der wird bedürftigen Häftlingen vom Staat gestellt.«

»Das ist nicht genug. Sie braucht den besten, den wir finden können.«

»Und wer bezahlt das? Falls Sie für diesen hoffnungslosen Fall überhaupt jemanden finden.«

»Die Ascolinis sind den Sommer über in der Villa. Der alte Herr ist einer der bedeutendsten Strafverteidiger. Zumindest kann ich ihn bitten, sich für den Fall zu interessieren. Und wenn nicht er zu gewinnen ist, dann vielleicht sein Schwiegersohn.«

»Und warum sollten sie?«

»Ascolini ist in dieser Gegend geboren. Er muß doch so etwas wie Anhänglichkeit und Loyalität empfinden.«

»Loyalität!« Fiorello stieß das Wort mit einem verächtlichen Lachen hervor. »Wir haben selber so wenig davon. Weshalb sollten wir sie von den Herren erwarten!«

Einen Augenblick schien der kleine Priester zu resignieren. Dann kam ihm ein neuer Gedanke, und als er sich Fiorello wieder zuwandte, waren seine Augen hart. Er sagte langsam: »Auch für Sie gibt es hier eine Frage, mein Freund. Wenn Anna angeklagt wird – was wollen Sie für ein Zeugnis geben?«

»Den Tatbestand«, sagte Fiorello knapp, »was sonst?«

»Und was die Vergangenheit angeht? Was die Wurzel des ungeheuerlichen Falles?«

»Das steht in den Akten.« Fiorellos Gesicht war leer, seine Augen kalt wie Steine.

»Und wenn die Akten lügen?«

»Dann ist mir das nicht bekannt, Pater. Ich werde dafür bezahlt, die Ordnung aufrechtzuerhalten, und nicht, die Geschichte umzuschreiben.«

»Ist das Ihr letztes Wort?«

»Das muß es wohl sein«, sagte Fiorello mit verzweifeltem Humor. »Ich kann mich nicht in einem Kloster verstecken wie Sie, Pater. Ich kann es mir nicht leisten, mich auf die Brust zu schlagen und der heiligen Catarina Gelübde abzulegen, wenn mal nicht alles so geht, wie ich es wünsche. Das hier ist meine Welt. Die Leute draußen sind meinesgleichen. Ich muß mit ihnen leben, so gut es geht. Die da«, er wies auf das Mädchen, »was wir auch tun, sie ist ein hoffnungsloser Fall. Ich nehme an, das macht sie zu einem Fall für die Kirche.«

Sekunden verstrichen, während die beiden einander ansahen, Priester und Polizist, jeder seinem eigenen Weg verschrieben, verstrickt in eine gemeinsame Geschichte, während Anna danebensaß, entrückt, wie von einem anderen Stern. Dann, ohne ein weiteres Wort, wandte sich der Pater ab, hob den Telefonhörer ans Ohr und bat, mit der Villa Ascolini verbunden zu werden.

In der Mittagsstille des Salons spielte Carlo Rienzi Chopin für den Gast Peter Landon.

Sie waren ein seltsames Paar: der stämmige Australier mit seinem sommersprossigen ruhelosen Gesicht, eine der gewaltigen Fäuste um den Pfeifenkopf geklammert; der Italiener schlank, blaß, fast schön, mit empfindsamen Lippen und verträumten Augen voller Unzufriedenheit und Geheimnisse.

Landon beobachtete ihn mit abschätzenden Blicken und bemerkte, wie jung er doch sei, wie verletzlich. Und wie wenig passend zu seiner kühlen, zivilisierten Frau und dem weltgewandten, brillanten alten Anwalt, der sein Chef und Schwiegervater war. Und doch war er nicht nur ein Junge. Seine Hände waren stark und doch beherrscht. Er hatte Falten auf der Stirn und Krähenfüße um die Augen. Er war Mitte Dreißig und verheiratet. Er mußte seinen Teil am Leben gelitten haben. Er spielte Chopin wie ein Mann, der um die Hoffnungslosigkeit der Liebe wußte.

Auch in Landon rief die Musik Gefühle der Unzufriedenheit hervor. Als Mann der Neuen Welt hatte er ohne weitere

Schwierigkeiten die Sitten der Alten angenommen. Sein Ehrgeiz hatte ihn eine vielversprechende Praxis in seinem eigenen Land aufgeben lassen und ihn auf Londons gefährlichen Boden gelockt. Ein Rebell von Natur, hatte er seine Zunge und sein Temperament gezügelt und sich auf die Fährnisse des eifersüchtigsten Berufs in der eifersüchtigsten Stadt der Welt eingestellt. Fleiß, Talent und Diplomatie hatten ihn zu einem der bedeutendsten Spezialisten der Kriminal-Psychopathologie werden lassen. Das war viel für einen Mann von Neunundreißig, doch immer noch um einiges vom eifersüchtig verteidigten Gipfel entfernt. Man brauchte ein Sprungbrett, ihn zu erreichen: den geeigneten Fall, die glückliche Begegnung mit einem Ratsuchenden, den Augenblick der Eingebung.

Noch hatte sich ihm diese Gelegenheit nicht geboten, und er drohte langsam in die Enttäuschung und die Unzufriedenheit derer zurückzufallen, die gewöhnt sind, sich selbst stets das Äußerste abzufordern.

Es war eine Art Krise, und er war klug genug, sie zu erkennen. Es gab sie in jeder Karriere: eine Zeit der Unentschlossenheit, der Gefahr und der Überempfindlichkeit. Der Mangel an Geduld und Besonnenheit hatte manchen vom Pech verfolgten Politiker seinen Posten gekostet. Manch ausgezeichneter Gelehrter hatte ein Amt nicht bekommen, weil er eine Spur zu brüsk mit seinem Vorgesetzten umgegangen war. In der engen, eifersüchtigen Organisation der englischen Ärzteschaft mußte man seinen Stolz hintanstellen und Freundschaften pflegen. Das galt um so mehr für einen Ausländer.

Landon hatte sich seine eigene Strategie zurechtgelegt: sich zunächst für ein Jahr zu den Großen seines Faches in Europa zu begeben. Drei Monate bei Dahlin in Stockholm zum Studium der Kriminal-Psychologie, dann Gutmann in Wien und jetzt ein kurzer Aufenthalt bei Ascolini, der berühmt war für die Verwendung von gerichtsmedizinischen Gutachten.

Und dann? Auch ihn bewegte die Frage, was nun kommen sollte. Die Frage, wieviel ein Mann für die Erfüllung seines Ehrgeizes zahlen sollte. Und wenn er bezahlt hatte, wie sollte er die Früchte genießen und mit wem?

Die alte, traurige Musik bewegte ihn mit ihrer Melodie aus verlorener Hoffnung, vergangener Liebe und dem Widerhall vergessener Triumphe.

Als der letzte Ton verhallt war, schwang Rienzi auf seinem Stuhl herum und sah ihn an. Seine Lippen verzogen sich zu einem jungenhaften unsicheren Lächeln.

»Los, Peter. Die Musik ist vorbei. Jetzt heißt es zahlen.«

Landon nahm die Pfeife aus dem Mund und lächelte zurück.

»Was kostet's denn?«

»Einen Rat. Einen beruflichen Rat.«

»Worüber?«

»Über mich selbst. Du bist jetzt eine Woche hier. Ich glaube, wir sind Freunde geworden. Du kennst einen Teil meiner Probleme und bist klug genug, den Rest zu erraten.« Er streckte mit einer unvermittelten flehenden Geste die Hände aus. »Ich bin ein Gefangener, Peter. Ich bin in einem Land verheiratet, in dem es keine Scheidung gibt. Ich liebe eine Frau, die nichts von mir wissen will. Ich arbeite für einen Mann, den ich außerordentlich verehre und der mich so wenig achtet wie den jüngsten Bürogehilfen. Was kann ich dagegen tun? Was ist los mit mir? Du bist Psychiater. Du siehst deinen Patienten ins Herz. Was steht in den Herzen meiner Frau und ihres Vaters?«

Landon runzelte die Stirn und steckte die Pfeife wieder in den Mund. Sein Berufsinstinkt warnte ihn vor so unzeitigen Intimitäten. Ihm fielen ein Dutzend Ausflüchte ein, mit denen er sich herausreden konnte. Aber das Unglück dieses Mannes war offenkundig und seine Einsamkeit im eigenen Haus seltsam schmerzlich. Auch hatte er dem Hausgast seines Schwiegervaters mehr als bloße Höflichkeit bezeigt, und Landon fühlte sich nun zu seiner eigenen Überraschung zur Dankbarkeit verpflichtet. Er zögerte einen Augenblick und sagte dann vorsichtig:

»Du kannst den Kuchen nicht gleichzeitig essen und behalten, Carlo. Wenn du einen Psychiater brauchst – und das glaube ich nicht –, dann solltest du einen Landsmann konsultieren. Mit dem hast du die Sprache und bestimmte Vorstellungen und Begriffe gemein. Wenn du dagegen einem Freund dein Herz ausschütten willst, dann ist das ganz was anderes. Gewöhnlich das bessere Rezept, würde ich sagen.« Er lachte belustigt vor sich hin. »Aber sag das nicht meinen Patienten, sonst bin ich in einer Woche ruiniert.«

»Sagen wir also Herz ausschütten, wenn du's so willst«, sagte Rienzi in seiner traurigen Art. »Aber siehst du nicht: Ich bin gefangen wie ein Eichhörnchen im Käfig.«

»Durch die Ehe?«

»Nein – durch Ascolini.«

»Du magst ihn nicht?«

Rienzi zögerte, und in seiner Antwort lag viel Müdigkeit, Verdruß und Resignation:

»Ich verehre ihn ungemein. Er ist eine einmalige Begabung und ein großer Anwalt.«

»Aber?«

»Aber ich bin einfach zuviel mit ihm zusammen, nehme ich an. Ich arbeite in seinem Büro. Meine Frau und ich leben in seinem Haus. Und seine ewige Jugend bedrückt mich.«

Es war ein seltsamer Gedanke, doch Landon verstand ihn. Die Erinnerung an die erste Cocktailparty in Ascolinis Haus in Rom tauchte vor ihm auf, als Ascolini und seine Tochter ihre distinguierten Gäste unterhielten, während Carlo verloren im Mondschein auf der Terrasse hin und her ging. Sein Gefühl für den jungen alten Mann mit dem zu empfindsamen Mund und den beherrschten Künstlerhänden wuchs. Er fragte leise:

»Mußt du denn mit ihnen leben?«

»So heißt es«, sagte Rienzi mit resignierter Bitterkeit. »Es heißt, ich schulde es ihm. Für meine Karriere, die er mir bietet. In Italien ist der Anwaltsberuf überbesetzt und die Förderung eines Großen selten zu finden. Auch für meine Frau schulde ich ihm Dank. Und sie schuldet ihm als einziges Kind Dank dafür, daß er ihr seine Liebe, Sicherheit und das Versprechen einer großen Erbschaft gegeben hat.«

»Und Ascolini besteht auf Bezahlung?«

»Von uns beiden.« Er hob ergebungsvoll die Schultern. »Von

mir Loyalität und Einverständnis mit seinen Plänen für meine Karriere. Von meiner Frau eine – eine Art Verschwörung, in der sie ihm ihre Jugend schenkt statt mir.«

»Wie empfindet deine Frau die Lage?«

»Valeria ist eine einzigartige Frau«, sagte Rienzi matt. »Sie kennt ihre Pflichten, die Anhänglichkeit einer Tochter, und ihre Schulden. Auch hat sie ihren Vater sehr gern und liebt seine Gesellschaft.«

»Mehr als deine?«

Er lächelte wieder sein jungenhaftes unsicheres Lächeln, das ihm soviel Charme verlieh.

»Er hat viel mehr zu bieten als ich, Peter«, sagte er leise. »Ich kann die Welt nicht mit den Fingerspitzen lesen. Ich bin weder selbstbewußt noch erfolgreich – so gern ich beides wäre. Ich liebe meine Frau – aber ich fürchte, ich brauche sie mehr als sie mich.«

»Die Zeit mag das ändern.«

»Das bezweifle ich«, sagte Rienzi scharf. »In diese Verschwörung sind andere verwickelt.«

»Andere Männer?«

»Verschiedene. Aber das beunruhigt mich viel weniger als meine eigene Unzulänglichkeit als Ehemann.« Er stand auf und ging zu den Glastüren, die über die Terrasse in den Garten führten. »Laß uns ein Stück gehen, ja?«

Eine Weile gingen sie schweigend nebeneinander die Zypressenallee entlang, zwischen deren grünen Säulen der Himmel zum Greifen nah zu sein schien und die Landschaft sich in einer Farbenvielfalt aus dunklen Oliven, grünen Weingärten, braunem Brachland und reifem, windgekämmtem Korn zum hügeligen Horizont hin erstreckte. Die Zeit, dachte Landon zynisch, heilt Wunden allzu langsam – und Carlo Rienzi brauchte schnellere Hilfe. Er verschrieb sie in aller Kürze:

»Wenn deine Frau dir Hörner aufsetzen will, dann mußt du sie ja nicht tragen. Gib sie doch ihrem Vater zurück und erwirke eine Trennung von Tisch und Bett. Wenn du deinen Posten nicht magst – und deinen Chef: dann wechsle sie. Kehre Straßen, wenn nötig – aber mach dich frei. Jetzt, sofort!«

»Ich frage mich«, sagte Rienzi mit düsterem Humor, »warum immer die Sentimentalen die passenden Antworten zur Hand haben? Ich habe etwas Besseres von dir erwartet, Peter. Du als Psychiater solltest doch wohl die Komplikationen von Liebe und Eigentum besser verstehen als andere Leute: warum manchmal ein halber Laib Brot viel besser ist als ein Korb voll Kuchen; warum vertröstete Hoffnung oft stärkender ist als halbe Erfüllung.«

Landon wurde rot und erwiderte schroff:

»Wer sich gern kratzt, will seinen Juckreiz nicht geheilt bekommen.«

»Aber muß man ihm das Herz herausreißen, um ihn zu heilen? Muß man ihm den Kopf abschneiden, um ihn zur Vernunft zu bringen?«

»Durchaus nicht. Man versucht, ihn so weit zu bringen, daß er sein Heilmittel selber wählen kann. Oder – falls es kein Heilmittel gibt – seinen Kummer mit Würde zu tragen.«

Er hatte die Worte kaum ausgesprochen, als er sie auch schon bedauerte. Er tat sich etwas auf eine Toleranz zugute, die er gar nicht besaß, und schämte sich einer Schroffheit, zu der eine lange klinische Praxis ihn verleitet hatte. Das war die Strafe für Ehrgeiz: Man konnte mit nichts Mitgefühl empfinden, ohne sich selber zu erniedrigen. Es war die Ironie der Eigenliebe: Er konnte für nichts Mitleid empfinden, was er nicht selber durchlebt hatte: den unerwiderten Kuß, die Leidenschaft ohne Gegenliebe.

Rienzis milde Antwort war der bitterste aller Vorwürfe:

»Wenn es mir an Würde fehlt, Peter, darfst du mir das nicht allzusehr verübeln. Der billigste Schauspieler kann einen König spielen. Man muß schon ein großer Mann sein, wenn man mit seinen Hörnern das Publikum zum Schluchzen bringen will. Wenn ich nicht schon früher rebelliert habe, dann, weil es an Gelegenheit fehlte – nicht an Mut. Es ist nicht ganz so leicht, wie du glaubst, die Zwiespältigkeiten von Loyalität und Liebe zu erdulden. Aber ich denke an Veränderungen, glaube mir. Ich weiß besser als du, daß meine einzige Hoffnung bei Valeria ist, ihren Vater in seinem eigenen Felde zu schlagen – die

Legende zu zerstören, die er für sie geschaffen hat und die die Wurzel und Quelle seiner Macht über sie ist. Seltsam, nicht wahr? Um mich als Mann zu beweisen, muß ich mich zunächst als Anwalt bewähren. Ich brauche einen Fall, Peter – nur einen guten Fall. Aber wo zum Teufel kriege ich den her?«

Noch bevor Landon antworten konnte, rief ein Diener Rienzi ans Telefon, und der Arzt blieb allein mit dem Problem der Liebe in einem alten Land, wo die Leidenschaften seltsame Wege gehen und die jungen Menschen schwer an einer zweitausendjährigen Vergangenheit voller Gewalt und Brutalität tragen.

Landon war froh, allein zu sein. Als Mann, der dem Mechanismus des Erfolgs ergeben war, empfand er zuviel Gesellschaft, zu viele neue Eindrücke als eine Belastung seiner Einbildungskraft. Er verspürte ein Bedürfnis nach Erholung, bevor er sich seinem anspruchsvollen Gastgeber weiter widmete.

Carlo Rienzi war ein anziehender Bursche, und man konnte nicht anders, als Mitgefühl für seine Lage zu empfinden. Es war nun einmal das Problem bei allen italienischen Freundschaften: Man erwartete hier, daß ein Freund sich dem anderen mit Haut und Haaren verschrieb und in allen Dingen genauso leidenschaftlich Partei ergriff wie der Betroffene. Man konnte nicht genug auf der Hut davor sein.

Es war eine Erleichterung, allein zu sein und sich der schlichten Freude des Besuchers hinzugeben, einfach die Landschaft zu bewundern.

Der Blick vom Garten war atemberaubend: eine klare, belebende Luft, die dem Betrachter das Herz höher schlagen ließ, Hügel in Augenhöhe, nackt gegen den Himmel, mit Kiefern und Kastanienbäumen betupft, dazwischen uralte Felsen und die verfallenden Ruinen alter Burgen der Guelfen und Ghibellinen. Ein Falke zog hoch am Himmel seine Kreise, und dunkle Pinien standen wie Lanzenträger die Hänge hinauf.

Obgleich er den Anschein von Egoismus und Ehrgeiz erweckte, war Landon doch durchaus kein primitiver Mensch. Man konnte nicht auf den geheimen Pfaden der menschlichen Seele wandeln ohne die Gabe, sich wundern zu können, und ohne die Gnade des Mitgefühls. Und eben jetzt stiegen Tränen auf in ihm, angesichts des unvermittelten Wunders, das dieses Land der Geister am hellen Tag bereithielt.

Das war das Land des Mystizismus, wild und zart, vom Pflug gezähmt und dennoch erfüllt von den Überresten alter blutiger Konflikte.

Hierher kamen die Landsknechte des Kaisers Barbarossa, Lanzenträger von England, Bogenschützen aus Florenz, Banditen von Albanien, bunt zusammengewürfelt und schrecklich bei dem Massaker von Montalcino. Hier starb im Jahre 1313 der Dichterkaiser Heinrich VII. aus Luxemburg unter Zypressen. Hier, auf den Hügeln von Malmarenda, von vier Bäumen gekrönt, wurde das gewaltige Fest aller Feste gefeiert, das mit der Abschlachtung der Tolomei und Salimbeni endete. Und hier, unter den uralten Dächern Sienas, enthüllte die heilige Catarina die Süße ihres Geistes. »Mildtätigkeit ist nicht Selbstzweck – sie ist für Gott. Seelen sollten sich wandeln und vereinen durch sie. Zwischen Dornen müssen wir finden den Duft knospender Rosen...«

Es war eine Landschaft der Unvereinbarkeiten – ein Platz, an dem sich historische Gegensätze begegneten: Schönheit und Schrecken, vergeistigte Ekstase und primitive Grausamkeit, naive mittelalterliche Unwissenheit und das kalte Licht des Zeitalters der Unvernunft. Auch ihre Menschen waren eine seltsame Mischung aus alten Etruskern, Lombarden und Glücksrittern aus aller Herren Ländern. Mittelalterliche Heilige, Florentiner Humanisten, arabische Astrologen – sie alle hatten beigetragen zu diesem Erbgut. Ihre Handelsherren reisten von der Provence bis zum Baltikum, und Studenten kamen aus allen Teilen Europas, um Aldo Brandini über den menschlichen Körper lesen zu hören.

Für Landon war es eine seltsame Vision – zusammengesetzt aus Landschaftseindrücken und Bruchstücken alter Erinnerungen –, die ihm half, diese Menschen zu verstehen. Er brauchte sie nicht mehr zu verdammen, wie sie sich selber verdammten. Er konnte ihnen vergeben – vorausgesetzt, daß er nicht mit ihnen leben mußte.

Er hörte Schritte sich nähern und spürte einen Hauch von Parfüm. Eine Sekunde später stand Valeria Rienzi neben ihm auf dem Weg. Sie trug ein modisches Sommerkleid, Sandalen aus Goldleder an den nackten Füßen und hatte das Haar mit einem Seidenband hochgebunden. Sie sah blaß aus, schien es ihm. Schatten lagen unter ihren Augen, und er glaubte einen Anflug von Müdigkeit zu entdecken, als sie ihn mit einem Lächeln grüßte. »Wissen Sie, Peter, daß ich Sie zum erstenmal so sehe?«

»Wie ›so‹?«

»Nicht auf der Hut. Fast wie ein Junge, der Pulcinella auf der Piazza zusieht.«

Landon fühlte, wie er rot wurde, doch er versuchte, die Worte mit einem Schulterzucken abzutun.

»Das tut mir leid. Ich habe gar nicht gewußt, daß ich aussehe, als wäre ich auf der Hut. Ich bin durchaus nicht auf der Hut – das versichere ich Ihnen. Sie müssen mich für einen furchtbar steifen Kerl halten.«

»Alles andere als steif, Peter.« Sie nahm seine Hand, als wäre das die natürlichste Geste der Welt, und ging neben ihm her den Gartenweg entlang. »Im Gegenteil! Sie sind ein außerordentlich aufregender Mann. Aufregend und vielleicht auch ein bißchen beängstigend.«

Er hatte schon genügend Frauen kennengelernt, um diesen simplen Auftakt als das zu erkennen, was er war. Aber seiner Eitelkeit war geschmeichelt, und er entschloß sich, das Spiel noch ein wenig fortzusetzen.

Er fragte unschuldig:

»Beängstigend? Das verstehe ich nicht.«

»Sie sind so fertig – so in sich selber ruhend. Sie sind meinem Vater in so vielem ähnlich. Sie wissen so viel, daß andere Leute Ihnen offenbar gar nichts geben können. Sie beide nehmen das Leben hin, selbstverständlich wie eine Dinnerparty, nach der man satt und zufrieden aufsteht und weitergeht. Ich wünschte, ich könnte das.«

»Dabei würde ich sagen, Sie können es ausgezeichnet!«

Er applizierte diesen Hieb leichthin, wie ein Fechter, der einen Freundschaftskampf eröffnet. Zu seiner Überraschung runzelte sie die Stirn und antwortete ganz ernsthaft:

»Ich weiß. Aber es sieht nur so aus. Es ist genauso wie bei einem Schüler, der etwas Auswendiggelerntes hersagt. Mein Vater ist ein guter Lehrer, und Basilio auch.«

»Basilio?«

»Der Mann, mit dem ich letzthin viel zusammen war. Er erhebt die Verantwortungslosigkeit zur Kunst.«

Der Auftakt war doch nicht so vertraut. Landon dachte, es würde weise sein, das Spiel zu beenden, ehe es anfing, Ernst zu werden. Er sagte:

»Es wird soviel über Lebenskunst geredet. Ich habe immer gefunden, daß meist viel Künstlichkeit mit im Spiel ist. Puder und Schminke und Karnevalsmaske.«

»Und was steckt darunter?«

»Männer und Frauen.«

»Was für welche?«

»Alle möglichen. Meist einsame.«

Er wußte sofort, daß er einen Fehler gemacht hatte. So fing die Affäre an. Die erste Intimität. Der Spalt in der Rüstung, der das Herz für die Klinge entblößte. Und die Klinge kam schneller, als er sich hätte träumen lassen.

»Das war es also, was ich in Ihrem Gesicht gelesen hatte, Peter. Sie waren einsam. Sie sind wie der Vogel da oben. Hoch, frei mit der ganzen Welt unter den Schwingen. Und doch waren Sie einsam.« Ihre Finger preßten sich in seine Handflächen. Er spürte die Wärme ihres Körpers und roch den Hauch ihres schweren Parfüms. »Ich bin auch einsam.«

Er fragte kühl: »Mit so viel, Valeria? Mit Ihrem Vater und Carlo – und Basilio als Zugabe?«

Er war auf einen Zornausbruch gefaßt, sogar auf eine Ohrfeige. Aber sie ließ nur seine Hand los und sagte eisig: »Ich hätte etwas Besseres von Ihnen erwartet, Peter. Macht es mich zur Hure, wenn ich Ihre Hand halte und ein bißchen Wahrheit von mir erzähle? Ich mache kein Geheimnis aus meinen Handlungen und Zuneigungen. Aber Sie – Sie müssen sich selber schrecklich verachten. Jede Frau tut mir leid, die Sie zu lieben versucht.«

Und dann, als ob die eine Erniedrigung nicht genügte, stand Carlo plötzlich vor ihnen auf dem Weg und sagte mit kühler Höflichkeit:

»Ich fürchte, Ihr werdet mich zum Mittagessen entschuldigen müssen. Im Dorf ist etwas passiert. Man hat mich gebeten, zu helfen. Ich weiß nicht, wann ich zurück sein werde.«

Er wartete nicht auf ihre Antwort, sondern machte auf dem Absatz kehrt und ging. Landon stammelte eine Entschuldigung, unbeholfen wie ein Schuljunge.

»Ich weiß nicht, wie ich Sie um Verzeihung bitten soll. Ich – ich kann nur versuchen, zu erklären. Mein Beruf bringt schlechte Gewohnheiten mit sich. Man ist wie ein Beichtvater, auf den die Leute ihre Beschwerlichkeiten abladen. Und dadurch fühlt man sich manchmal ein bißchen wie Gott auf dem Thron des Jüngsten Gerichts. Das ist das eine. Dazu kommt noch, daß viele Patienten versuchen, in ihrem Psychiater jemand anderen zu sehen – einen Vater, eine Mutter, einen Geliebten. Es ist ein Krankheitssymptom. Wir nennen es Transferenz. Und wir haben unsere eigene Verteidigung dagegen – eine Art klinische Brutalität. Das Unglück ist, daß wir uns dieser Waffe auch Menschen gegenüber bedienen, die gar nicht unsere Patienten sind. Eine Art Feigheit ist das, und Sie haben recht, wenn Sie sagen, daß ich mich dafür verachte. Es tut mir schrecklich leid, Valeria.«

Eine Weile stand sie schweigend an eine steinerne Urne gelehnt und zupfte die Blätter von einer Oleanderblüte. Sie hatte ihr Gesicht abgewandt, und als sie schließlich sprach, war ihre Stimme dunkel:

»Wir sind alle Feiglinge, Peter, nicht wahr? Und wir sind alle brutal, wenn jemand unsere verschwiegenen Ängste anrührt. Ich bin brutal zu Carlo, das weiß ich. Und er ist auf seine Weise auch grausam zu mir. Selbst mein Vater, der doch tapfer wie ein alter Löwe ist, bereitet denen, die er liebt, ein Fegefeuer. Und doch brauchen wir einander. Wenn wir niemanden haben, dem wir weh tun können, können wir nur uns selber weh tun, und das ist das Schlimmste von allem. Aber wie lange können wir so leben, ohne einander völlig zu vernichten?«

»Ich weiß es nicht«, sagte Peter Landon finster. Und er fragte sich, wie lange man wohl den Stachel des Ehrgeizes ertragen konnte. Wie hoch man allein steigen konnte, ehe man in Verzweiflung und Desillusion stürzte.

2

Die Polizeistation von San Stefano war erfüllt von Zigaretten-
rauch und dem Geruch von Käse und abgestandenem Wein.
Sergeant Fiorello saß betont unbeteiligt an seinem Tisch und
schrieb eine Aussageniederschrift ab. Fra Bonifazio stand mit
dem Rücken zu ihm, während der Anwalt Carlo Rienzi auf
Anna Albertini einredete.

»Fra Bonifazio hat mir ein wenig von Ihrer Vergangenheit
erzählt, Anna. Ich will Ihnen gerne helfen, aber es gibt da gewisse Dinge, die Sie zunächst einmal verstehen müssen.« Seine
Stimme nahm den geduldig erklärenden Tonfall eines Lehrers
vor geistig zurückgebliebenen Schülern an. »Zum Beispiel
müssen Sie sich darüber klar sein, daß ein Anwalt kein Zaube-
rer ist. Er kann nicht beweisen, daß Schwarz Weiß ist. Er kann
nichts ungeschehen machen. Er kann keine Toten ins Leben
zurückrufen. Er kann nichts weiter tun als Ihnen seine Kenntnis
des Rechts zugute kommen lassen und Ihren Fall vor Gericht
vertreten. Vor allen Dingen muß der Klient seine Dienste in
Anspruch nehmen wollen. Verstehen Sie, was ich meine?«

Vielleicht war es nur eine Illusion, aber einen Augenblick
schien es, als husche die Andeutung eines Lächelns um die
blassen Lippen des Mädchens. Sie sagte ernsthaft:

»Ich habe keine große Schulbildung. Aber ich weiß, was ein
Anwalt ist. Sie brauchen mich nicht wie ein Kind zu behandeln.«

Rienzi wurde rot und biß sich auf die Lippen. Er kam sich sehr
jung und linkisch vor, faßte sich aber und fuhr bestimmter
fort:

»Dann wissen Sie auch, was Sie getan haben und was die Konsequenzen sind?«

Anna Albertini nickte auf ihre ruhige, unbeteiligte Art. »O ja,
ich habe immer gewußt, was geschehen würde. Ich mache mir
gar keine Sorgen deswegen.«

»Jetzt vielleicht nicht. Aber später, wenn Sie vor Gericht stehen und Ihr Urteil hören. Wenn man Sie wegführt, in Häftlingskleider steckt und hinter Gitter sperrt.«

»Ganz gleich, wohin man mich bringt – es kann mir nichts anhaben. Ich bin jetzt frei, verstehen Sie – und glücklich.«

Zum erstenmal mischte sich der alte Pater in die Unterredung. Er sagte leise:

»Anna, mein Kind, heute ist ein seltsamer und schrecklicher Tag. Du kannst jetzt überhaupt nicht sagen, wie du dich morgen fühlen wirst. Auf jeden Fall – ob du es nun willst oder nicht –, das Gericht wird darauf bestehen, daß du einen Anwalt hast. Und ich glaube, es ist besser, du hast einen Anwalt, der ein bißchen mit dem Herzen dabei ist, wie Herr Rienzi hier.«

»Ich hab' kein Geld, ihn zu bezahlen.«

»Mach dir deswegen keine Gedanken.«

»Dann wird es schon richtig sein, nehme ich an.«

Rienzi war von ihrer Gleichgültigkeit schockiert und sagte ärgerlich:

»Wir brauchen ein bißchen mehr als das. Wollen Sie bitte Sergeant Fiorello erklären, daß Sie mich als Ihren Rechtsvertreter bestellen wollen?«

»Wenn Sie es wünschen.«

»Ich hab's gehört.« Firorello sah grinsend auf. »Ich werde es zu den Akten nehmen. Aber ich glaube, Sie verschwenden hier nur Ihre Zeit.«

»Das verstehe ich auch nicht«, sagte Anna Albertini mit seltsamer Einfältigkeit. »Ich weiß, Sie können nichts für mich tun. Warum machen Sie und Fra Bonifazio sich also die Mühe?«

»Ich versuche, eine Schuld zu bezahlen, Anna«, sagte der Pater leise.

Carlo Rienzi raffte seine Notizen zusammen, steckte sie in die Tasche und stand auf. Er sagte knapp:

»Sie werden zunächst in Siena verhört werden, Anna. Danach wird man Sie in Untersuchungshaft entweder ins Stadtgefängnis oder, was wahrscheinlicher ist, in die Frauenanstalt in San Gimignano bringen. Wo immer Sie sein werden, ich werde Sie morgen aufsuchen. Und ängstigen Sie sich nicht zu sehr.«

»Ich ängstige mich überhaupt nicht«, sagte Anna Albertini. »Heute nacht werd' ich, glaube ich, ohne Alpträume schlafen.«

»Gott sei mit dir.« Fra Bonifazio schlug das Kreuz über dem dunklen Kopf des Mädchens und wandte sich ab.

Rienzi stand schon an der Tür und sprach mit Fiorello. »Wenn wir die Verteidigung vorbereiten, würde ich mich gern einmal mit Ihnen unterhalten, Sergeant.«

»Das wird nicht gehen, fürchte ich.« Fiorellos Gesicht war eine leere Maske. »Ich werde ein Zeuge der Anklage sein.«

»Dann werden wir uns vor Gericht unterhalten«, sagte Rienzi knapp und trat auf die von Menschen wimmelnde sonnenbeschienene Piazza, den kleinen Franziskaner auf den Fersen.

Die Menge teilte sich vor ihnen. Man starrte sie an und deutete flüsternd auf sie, als wären sie Jahrmarktsungeheuer, bis sie im kühlen Schatten von San Stefano verschwanden.

Das Mittagessen in der Villa Ascolini war ein Dreikampf, den der geschliffene Witz des alten Advokaten beherrschte. Carlos Abwesenheit wurde mit einem Schulterzucken hingenommen und, wie Landon vermutete, mit einer gewissen Erleichterung. Der Zwischenfall im Dorf wurde mit einer um Verzeihung bittenden Geste abgetan. Weder Ascolini noch Valeria fragten, was eigentlich geschehen war. Und als Landon nicht lockerließ, hielt Ascolini ihm ein ironisches Kolleg über die Praktiken des Feudalsystems.

»... wir leben den größten Teil des Jahres in Rom. Aber als Eigentümer der Villa werden wir automatisch zur Patronatsfamilie. Jedesmal, wenn wir herkommen, leisten wir eine Art Tribut für unser Gebiet. Manchmal ist es eine Dotation für die Kirche oder das Kloster. Manchmal übernehmen wir die Patenschaft für einen mehr oder weniger begabten Studenten, manchmal bittet man uns, irgendeinen örtlichen Streit zu schlichten – und so was wird es heute auch wieder gewesen sein. Was auch immer die Umstände sind, das Prinzip ist dasselbe: Die Herren zahlen ihren Schutzbefohlenen für das Privileg, überleben zu dürfen. Und die Schutzbefohlenen brauchen die Herren zum Schutz vor einer Demokratie, der sie mißtrauen, und einer Bürokratie, die sie verachten. Es ist ein durchaus vernünftiger Handel.« Er nippte an seinem Wein und fügte hinzu: »Ich bin froh, daß Carlo anfängt, seinen Anteil an diesem Tribut zu leisten.«

Valeria tätschelte lächelnd ihres Vaters Arm.

»Hören Sie nicht auf ihn, Peter, er ist ein niederträchtiger alter Mann.«

Landon zerteilte grinsend einen Pfirsich. Ascolini blickte voller Unschuld:

»Es ist das Vorrecht des Alters, die Jugend zu prüfen. Außerdem setze ich große Hoffnungen in meinen Schwiegersohn. Er ist ein junger Mann von einmaligem Talent und großer Bildung.« Seine klugen jungen Augen musterten Landon über den Rand seines Glases. »Ich hoffe, er hat Sie gut unterhalten.«

»Besser, als ich es verdiene.« Landon war froh über den Wechsel in der Unterhaltung. »Er hat mich gestern nach Arezzo gefahren.«

Ascolini nickte zufrieden.

»Eine prächtige Stadt, mein Freund. Von den Touristen zu Unrecht vernachlässigt. Petrarcas Stadt, und Aretinos.« Er lachte leise auf. »Sie sind doch ein Erforscher der Seele, Landon. Hier haben Sie eine Parabel: Die großen Liebhaber und die großen Wollüstlinge wachsen aus dem gleichen Boden. Der gelehrte Dichter und der Satiriker, der Unanständigkeiten an die Wände öffentlicher Gebäude kritzelt. Die Sonette an Laura und die Sonnetti Lussuriosi. Sie haben sie selbstverständlich gelesen?«

»Petrarca habe ich gelesen«, sagte Landon lächelnd, »aber Aretino wird ja heutzutage nicht mehr gedruckt.«

»Ich werde Ihnen meine Ausgabe leihen.« Ascolini machte eine beredte Handbewegung. »Aretino muß einen Psychiater einfach fesseln. Überhaupt – bedienen Sie sich bitte während Ihres Aufenthaltes meiner Bibliothek. Es ist keine großartige Sammlung, aber vielleicht finden Sie doch manches Bemerkenswerte darin.«

»Das ist sehr liebenswürdig. Ich wußte gar nicht, daß Sie Bücher sammeln.«

»Vater ist ein Dutzend Männer in einem«, sagte Valeria.

Wieder lachte Ascolini kurz auf.

»Ich sammle Erfahrungen, Herr Landon, wie ich früher einmal Frauen gesammelt habe, die der Schlüssel zu Erfahrungen sind. Nur bin ich jetzt dafür zu alt. Dafür habe ich Bücher, gelegentlich mal ein Bild, und den Dramen-Ersatz, den die Gerichte bieten.«

»Sie sind ein glücklicher Mann, *dottore*.«

Ascolini musterte ihn mit hellen ironischen Augen.

»Jugend ist die glücklichste Zeit, mein lieber Landon. Das Beste, was das Alter zu bieten hat, ist die Weisheit, zu schätzen, was geblieben ist: den späten Wein, den Reichtum der Erinnerung, die Reife der Jahreszeit. Ich habe versucht, Carlo zu erklären – und meiner Tochter hier –, daß es besser ist, ein Baum zu sein, der ruhig in der Sonne wächst, als der Affe, der auf der Jagd nach den Früchten darauf herumturnt.«

»Ich frage mich«, sagte Landon scheinbar unschuldig, »ob Sie stets damit zufrieden waren, der Baum zu sein, *dottore*.«

»Ich wußte, das ich mich nicht in Ihnen getäuscht habe, mein Freund. Sie haben zu lange mit der Justiz zu tun, um auf die Tricks eines alten Advokaten hereinzufallen. Natürlich war ich nicht damit zufrieden. Je höher die Frucht hing, um so schneller wollte ich klettern. Dennoch ist es so, wie ich gesagt habe. Es ist besser, der Baum zu sein als der Affe. Aber wie bringt man eine alte Wahrheit in einen jungen Kopf?«

»Man versucht es gar nicht«, sagte Landon nicht ohne Schärfe. »Junge Köpfe sind dazu da, gegen Wände zu rennen. Die meisten überleben es.«

Zu seiner Überraschung nickte Ascolini zustimmend und sagte ein wenig bedauernd:

»Sie haben selbstverständlich recht. Ich fürchte, ich habe mich zu sehr in das Leben dieser jungen Leute eingemischt. Sie haben nicht immer Verständnis für die Zuneigung, die ich für sie empfinde.«

»Wofür wir kein Verständnis haben, Vater«, Valerias Stimme

war hoch und angespannt, »und was du selber nicht verstehst, ist der Preis, den du dafür forderst.«

Als sie aufstand, riß sie mit dem weiten Ärmel ihres Kleides ihr Glas um. Das Kristall zersprang auf dem Boden, und der rote Wein floß über die grauen Steine. Landon widmete sich mit besonderem Eifer den Resten seines Pfirsichs, bis der alte Mann ihn mit hinterhältigem Humor herausforderte:

»Seien Sie doch nicht verlegen, mein Freund. Versuchen Sie bloß nicht, Leuten wie uns den gesitteten Angelsachsen vorzuspielen. So sind wir nun mal. So haben wir tausend Jahre lang gelebt. Wir machen große Bilder aus unseren Lüsten und große Opern aus unseren mörderischsten Tragödien. Sie haben eine Loge bei einem menschlichen Drama. Wenn es uns Spaß macht, unsere Torheiten vorzuführen, dann haben Sie das gute Recht, der Komödie zu applaudieren. Kommen Sie, mein Lieber, lassen Sie mich Ihnen einen Brandy eingießen – und wenn es Ihnen schwer wird, mir zu verzeihen, dann denken Sie daran, daß ich ein Bauer bin, der sich mit Hilfe der Jurisprudenz zum Gentleman gemacht hat –«

Soviel Charme war nicht zu widerstehen, und Landon konnte nicht anders als wieder lachen. Doch später, als er die übliche Mittagssiesta auf seinem großen florentinischen Bett verbrachte, versuchte er, seine eigene Chronik der Rienzi-Geschichte zu entwerfen.

Der alte Advokat war ein zu komplexer Charakter, als daß man ihn aus dem einigermaßen naiven Snobismus einer noch immer feudalen Gesellschaft hätte erklären können. Er mochte ein Bauer sein, mit der Schlauheit und dem rücksichtslosen Ehrgeiz eines Bauern, aber er war kein Bettler zu Pferde. Wohl mochte er aus rohem Holz geschnitzt sein, aber er war hart wie Stein und durch den Umgang mit der Welt poliert. Seine Karriere beruhte auf den Torheiten der anderen, und zu unedle Leidenschaften hätten ihn längst zerstört. Landon spürte, daß er mehr Haltung besaß, als Carlo oder Valeria ihm zugestehen wollten.

Valeria? Auch hier kam er zu anderen Schlüssen als Carlo. Für ihn war sie eine Art unduldsame Prinzessin, halb erwacht zur

Liebe und doch noch immer gefangen von der tyrannischen Magie der Kindheit. Für Carlo war selbst in ihren Affären noch Unschuld. Doch wenn man gewöhnt war, neben der Couch des Psychiaters zu sitzen, dann sah man die Frauen mit anderen Augen und erfuhr mitunter schmerzlich, daß Unschuld selten war und oft nur vorgegeben. Gewiß, Valeria brauchte kein lockeres Mädchen zu sein, doch ohne Zweifel neigte sie zu anderen Befriedigungen, als ein junger und selbst nicht sicherer Ehemann ihr zu bieten hatte. Für Landon war sie – die Kinderlose – mütterlich, kühl und doch nicht ohne Leidenschaft, nicht von ihrem Vater beherrscht, sondern wie er aufrechterhalten durch eine innere Reserve, so daß sie weniger brauchte als andere Frauen und viel mehr zu geben vermochte, wenn Stimmung und Augenblick es verlangten.

Er versank in Grübelei darüber, was wohl eine solche Stimmung und ein solcher Augenblick sein mochten, und fand sich in den Brunnen seiner eigenen Leere starren.

Alles, was er in diesen Leuten sah, hatte er sein Leben lang zu meiden getrachtet: Ehebruch, Grausamkeit, den Stachel des Fleisches, die Furcht zu verlieren, was man höchstens vorgeben konnte zu besitzen, die vampirhafte Tyrannei des Alters und die perverse Unterwerfung der Jugend. Er hatte sich selbst ein Ziel gesetzt und war ihm greifbar nahe. Er hatte Frauen genossen, doch nie sich ihnen ergeben. Er hatte die Ethik der Heilkunst bewahrt, während er die Kunst für seine eigene Entwicklung benutzte. Er hatte Geld, Stellung, Zeit. Er war weder einer Frau noch einer Freundin verpflichtet. Er war frei, auch von dem Überschwang und der leidenschaftlichen Unbesonnenheit der anderen. Aber plötzlich waren sie die Reichen und er der Bettler an ihrer Tür. Und er fragte sich, wie es Bettlern ergehen mag, ob sein Magen ein Festessen wohl noch vertragen könnte, wenn es sich ihm plötzlich bot.

Während die Nachmittagshitze wie Lava über das Land floß, während Bauer und Bürger sich wie Maulwürfe vor der Sonne verkrochen, packte Ninette Lachaise Farben und Leinwand in ihren zerbeulten Wagen und fuhr aufs Land.

Das Land war heiß wie eine Bratpfanne, die Straßen staubig, die braungebrannten Hügel strahlten das Licht auf das Tiefland wider, wo die Reben welkten, die Rinnsale austrockneten und die Olivenzweige matt in der trägen Luft hingen. Mit glasigen Augen stand das Vieh im spärlichen Schatten, die Zungen vom Durst geschwollen.

Und doch lag über allem das durchdringende Wunder des Lichts: das hohe Geflimmer des südlichen Himmels, der grelle Schein von Stuck und Tuffstein, die bronzenen Schatten in den Spalten der Berge, das Spiegeln der Teiche, das Ocker der Dächer und das Juwelengeglitzer von Vogel- und Heuschrekkenflug.

Doch für Ninette Lachaise gab es noch anderes. Jede Pilgerfahrt verlangte Disziplin des Geistes, bedeutete eine Versuchung durch das Unbekannte und einen Griff nach dem Unerreichbaren.

Vor vier Jahren war sie in diese Stadt gekommen, die »Heimat der Seelen«, wie manche sie nannten. Als Flüchtling aus einem Pariser Haushalt, beherrscht von einer leidenden Mutter und einem Vater, dessen Leben darin bestand, einer vergangenen glanzvollen Offizierskarriere nachzutrauern. Sie war vor einer Jugend geflohen, die nichts anderes war als ein Vorgeschmack des Alters. Zweierlei war bald geschehen. Ihre Malerei war unversehens zu verblüffender Vollendung herangereift – und eine Woche nach ihrer ersten Ausstellung hatte sie sich Hals über Kopf in eine Affäre mit Basilio Lazzaro gestürzt.

Er war ein Berufsliebhaber, wahllos wie ein Bulle, und das Verhältnis hatte sechs stürmische Monate gedauert. Sie waren ohne Bedauern auseinandergegangen. Und sie ging angeschlagen, doch erweckt daraus hervor, ihrer Fähigkeit zur Leidenschaft bewußt, doch zweifelnd, ob sie sich noch einmal so völlig werde ergeben können. Und noch etwas anderes hatte sie dabei erfahren: Italien war ein Männerland, und es gab keinen Pardon und keine Rettung für eine Frau, die sich in Affären einließ. So hatte sie die Zucht der Kunst gleichzeitig zur Zucht des Fleisches gemacht, während sie übervorsichtig auf den Augenblick einer glücklichen Begegnung wartete.

Aber warten allein genügte nicht – warten auf den Märchen-prinzen der Liebe. Es gab in ihrer Natur und in ihrer Lage etwas, das sie noch nicht so recht zu begreifen vermochte. Wie weit würde ihr Talent sie führen? Wie bald mochte die verbrei-tete Anschauung sie herausfordern, Frauen seien schöpferi-scher Größe unfähig? Warum fühlte sie sich zu Männern wie Ascolini hingezogen, dem Zyniker und Weisen, und warum mißtraute sie den Jungen so sehr, die nur die Leidenschaft kannten und so wenig wußten? Was hatte sie davon, Visionen für andere festzuhalten, während die grünen Jahre dahinwelk-ten in die Einsamkeit des Herbstes?

Seit Ascolinis Besuch waren diese Fragen und ein Dutzend andere immer schärfer in ihr Bewußtsein getreten. Es war ein Zeichen ihrer Unsicherheit, daß sie seine Einladung zum Abendessen in der Villa angenommen hatte. Jetzt, wo Valeria Lazzaros Geliebte war und ein unbekannter Ausländer ihr vorgeführt werden sollte wie ein Zuchtbulle dem Interessen-ten.

Dann, plötzlich, wurde ihr die Komik der Situation klar, und sie begann zu lachen. Ein klares, freies Lachen, das über das Tal hallte, die grasenden Ziegen erschreckte und eine Lerche in den schimmernden Sommerhimmel scheuchte.

In der Bibliothek der Villa veranstaltete Alberto Ascolini, Advokat und Schauspieler, eine große Versöhnungsszene mit seiner Tochter. Es war eine Szene, die er schon oft gespielt hat-te, und er besaß darin große Übung. Er stand, eindrucksvoll gegen den Kaminsims gelehnt, ein Glas Brandy in der Hand und ein verschwörerisches Lächeln um die Mundwinkel. Vale-ria saß, die Hand am Kinn, wie ein kleines Mädchen auf ihren Füßen zusammengekauert in dem Sessel.

Er hob beredt die Schultern und sagte:

»Kind, du darfst mir nicht zu sehr grollen. Ich bin ein perver-ser alter Bock, der über seine eigenen Witze lacht. Aber ich lie-be dich zärtlich. Es ist nicht leicht für einen Mann, einer Toch-ter gleichzeitig Vater und Mutter zu sein. Ich kenne meine Feh-ler besser als du. Aber daß ich meine Liebe verkaufen soll – das ist mir neu. Und schmerzlich. Ich denke, du solltest dich da etwas deutlicher erklären.«

Valeria Rienzi schüttelte den Kopf. »Du bist hier nicht im Gericht. Ich gehe nicht in den Zeugenstand.«

»Vielleicht nicht, Kind.« Sein Ton war ungerührt, vielleicht ein wenig traurig. »Aber du setzt mich in die Anklagebank. Ich habe doch gewiß das Recht, die Anklage zu hören. Wieso fordere ich Bezahlung für meine Liebe?«

»Du nimmst von allem, was ich tue, deinen Teil.«

»Ich nehme? Ich nehme?« Seine Brauen hoben sich, und er fuhr sich mit der Hand durch seine weiße Mähne. »Du sprichst von mir wie von einem Steuereintreiber. Ich nehme Anteil an dir, das ist wahr. Ich bin an deinem Glück interessiert – ist das eine Forderung? Habe ich dir je irgend etwas verwehrt? Und sei es auch nur das Recht, jung und töricht zu sein?«

Zum erstenmal hob sie den Kopf und sah ihn an, halb feindselig, halb flehend.

»Aber siehst du denn nicht, daß die Hälfte von allem stets für dich war? Carlo – er ist ja dein Geschöpf in erster Linie. Du hast ihn geschaffen und mir übergeben, wie ein Pony zum Spielen, und hattest doch stets eine Hand am Zügel. Die anderen, auch sie waren deine Geschöpfe – Ablenkungen für die unglückliche Braut. Kavaliere, von einem nachsichtigen Vater genehmigt. Sie waren Romanzen, die deine eigene Jugend wiedererstehen ließen.«

»Und du hast sie angenommen, meine Liebe. Du warst dankbar, erinnere ich mich.«

»Auch das hast du mich gelehrt.« Die Worte sprudelten voll Bitterkeit aus ihr. »Sag danke schön, wie ein gutes Kind. Doch sobald ich etwas für mich allein wollte – wie Basilio – ah, das war etwas anderes!«

Zum erstenmal verdunkelte so etwas wie Zorn seine glatten rosa Wangen.

»Lazzaro ist ein Lump! Er paßt nicht zu einer Frau von Geburt und Abstammung!«

»Abstammung, Vater, wovon stammen wir schon ab? Du

44

warst ein Bauernsohn. Du hast arm geheiratet und hast es bedauert, als du zu Ruhm gelangtest. Du warst froh, als sie starb. Und ich? Weißt du, was ich werden sollte? Eine Frau, wie du sie immer gewollt und nie gehabt hast. Weißt du, warum du nie wieder geheiratet hast? Damit niemand neben dir war. Damit du immer verachten konntest, was du brauchtest, und besitzen, was du liebtest.«

»Liebe?« Ascolini sprach das Wort mit düsterer Verachtung aus. »Erzähle mir von Liebe, Valeria. Hast du Carlo etwa geliebt oder Sebastian oder den Südamerikaner oder den Griechen, dem das Geld aus den Ohren quoll? Oder hast du sie bei deinen brünstigen Spielen in der Wohnung dieses Kerls Lazzaro gefunden?«

Sie barg ihr schluchzendes Gesicht in ihren Händen, und er glaubte, er hätte gewonnen. Leise sagte er:

»Wir beide sollten einander nicht weh tun, Kind. Wir sollten ehrlich sein und gestehen, daß das, was zwischen uns ist, das Beste ist, was wir von der Liebe wissen. Für mich ist es das einzige, was zu haben sich lohnt. Für dich wird es mehr geben. Viel mehr. Für dich ist die Welt noch jung. Vielleicht sogar mit Carlo. Doch mußt auch du deinen Teil dazu beitragen. Er ist ein Junge, aber du bist eine erfahrene Frau. Du mußt anfangen, dich auf das Leben einer Frau vorzubereiten – auf ein Heim und auf Kinder. In ein, zwei Jahren will ich mich zur Ruhe setzen. Natürlich wird Carlo meine Praxis übernehmen. Du wirst eine gesicherte Zukunft haben. Und du brauchst Kinder, um sie daran teilhaben zu lassen. Der Herbst wird auch zu dir kommen, meine Liebe, so wie er schon zu mir gekommen ist. Und dann wirst du die Kinder brauchen.«

Sie erhob sich langsam aus dem Sessel und stand vor ihm mit der brutalen Frage: »Und wessen Kinder werden es sein, Vater? Carlos? Meine? Oder deine?«

Sie wandte sich ab und verließ ihn. Er war allein in seiner Bibliothek, mit der Weisheit zweier Jahrtausende in den Regalen und nicht einem einzigen Heilmittel gegen die Bitterkeit seiner Desillusionen.

Eine Legende besagte, der kleine Bruder Franziskus habe die Kapelle von San Stefano mit eigenen Händen erbaut. Die Fresken in der Kirche feierten das Ereignis, und im Klostergarten stand eine Statue des kleinen Franz, wie er mit ausgestreckten Armen die Vögel begrüßte, die im Fischteich zu seinen Füßen badeten. Die Luft war kühl, das Licht gedämpft, und die einzigen Laute waren das Sprudeln des Wassers und das Schlurfen von Sandalen durch die Kreuzgänge und Kolonnaden.

Auf einer steinernen Bank saß Carlo Rienzi und lauschte Fra Bonifazios Beichte.

»Ich habe schon gesagt, mein Sohn, was heute geschehen ist, war nur das letzte Kapitel in einer langen, langen Geschichte. Viele Menschen sind darin verwickelt. Ich bin einer der vielen. Und jeder von uns trägt seinen Teil Schuld an dem, was heute geschehen ist.«

Rienzi hob warnend die Hand.

»Einen Augenblick, Pater. Lassen Sie mich erst ein wenig vom Gesetz sprechen. Heute wurde hier ein Mord begangen. Auf den ersten Blick handelt es sich um einen Racheakt für ein Unrecht, das Anna Albertini vor Jahren zugefügt wurde. Die Tat, die Umstände und das Motiv sind unbestritten. Die Staatsanwaltschaft hat einen klaren Fall. Die Verteidigung hat nur zwei Möglichkeiten: Unzurechnungsfähigkeit oder mildernde Umstände. Wenn wir auf Unzurechnungsfähigkeit plädieren wollen, so müssen wir uns auf psychiatrische Gutachten stützen können – dem Mädchen wäre wohl kaum damit geholfen. Sie käme in ein Irrenhaus statt in ein Gefängnis. Plädieren wir auf mildernde Umstände, haben wir wiederum die Wahl zwischen zwei Möglichkeiten: Provokation oder verminderte Zurechnungsfähigkeit – ein Richter ist kein Beichtvater. Das Gesetz kümmert sich nur in begrenztem Umfang um moralische Schuld. Wohl befaßt es sich mit der Frage der Verantwortlichkeit, aber im sozialen und nicht im moralischen Sinne.« Er lächelte und hob bedauernd die Hände. »Verzeihen Sie mir, Pater, aber in diesem Fall sind unsere Rollen nun einmal vertauscht. Im Interesse meines Klienten dürfen Sie mich nicht juristisch in die Irre führen.«

Der alte Mann dachte eine Weile darüber nach und nickte dann zögernd Zustimmung.

»Jeder Gewaltakt ist eine Art Irrsinn, mein Sohn. Aber ich möchte bezweifeln, daß Anna Albertini im juristischen Sinne irr ist. Was nun mildernde Umstände betrifft – ich glaube, da könnte ich Ihnen helfen. Wenn ich auch nicht sagen könnte, welchen Gebrauch Sie von meiner Aussage machen sollen. Von dieser Geschichte gibt es zwei Versionen. Die erste wird vor Gericht vorgetragen werden, denn sie ist die aktenkundige. Die zweite...« Er brach ab und starrte lange auf seine verschränkten sommersprossigen Hände. »...Ich kenne die zweite Version, aber ich kann sie Ihnen nicht verraten, weil ich sie unter dem Beichtsiegel erfahren habe. Ich kann Ihnen nur sagen, daß es sie gibt und daß Sie sie selber herausfinden müssen. Ob Sie sie werden beweisen können, ist wieder eine andere Frage. Und selbst dann noch bezweifle ich, ob sie vor Gericht überhaupt einen Wert hat.« Seine Stimme zitterte, und seine Augen füllten sich mit den Tränen des Alters. »Gerechtigkeit, mein Sohn, wie oft wird sie eben durch die Einrichtungen und Menschen entstellt, die sie aufrechterhalten sollen. Sie haben Anna gesehen. Sie ist vierundzwanzig. Vor sechzehn Jahren sah ich sie zum letztenmal. Ein achtjähriges Kind, das Blumen auf das Grab seiner Mutter legte und mit einem Stück Blech eine Inschrift in die Friedhofsmauer kratzte. Sie ist noch da – ich werde sie Ihnen später zeigen –«

Trotz seines berufsbedingten Abstandes und seiner eigenen privaten Sorgen war Rienzi doch von der Ausweglosigkeit der Lage bewegt, in der der alte Mann sich befand. Er selber war mit Schuld vertraut und auch mit der Unmöglichkeit, sich davon zu befreien.

Er erinnerte den Pater leise:

»Die offizielle Version, Pater – wo fängt sie an? Wo ist sie niedergeschrieben? Wer kann sie mir erzählen?«

»Jeder Mensch in San Stefano. Der Bericht ist bei Sergeant Fiorellos Akten und von einem halben Dutzend Männern bezeugt. Die Geschichte beginnt im letzten Kriegsjahr, als die Deutschen dieses Gebiet hier beherrschten und Gianbattista

Belloni eine Partisaneneinheit im Hügelland führte. Es war, wie Sie wissen, eine wirre Zeit der Verdächtigungen und blutigen Fehden. Anna lebte damals mit ihrer Mutter im Dorf. Agnese Moschetti war die Witwe eines gefallenen Libyen-Kämpfers. Eine Zeitlang lag eine kleine Abteilung im Dorf, und einige von ihnen waren in Agnese Moschettis Haus einquartiert. Als sie abrückten, wurde sie der Kollaboration und des Verrates an den Partisanen angeklagt. Sie wurde vor ein Standgericht der Partisanen zitiert, schuldig befunden und von einem Exekutionskommando erschossen. Gianbattista Belloni saß dem Gericht vor und unterzeichnete das Todesurteil. Nach dem Waffenstillstand wurde das Protokoll der Verhandlung zu den Polizeiakten des Dorfes gegeben. Wenige Jahre darauf wurde Belloni Bürgermeister und vom Staatspräsidenten für Tapferkeit vor dem Feinde mit einer Goldmedaille ausgezeichnet.« Er brach ab und wischte sich die Lippen, als wollte er sich von einem bitteren Geschmack befreien. Rienzi fragte:

»Und was steht über Anna Albertini darin?«

»Es wird lediglich ihre Existenz erwähnt und die Tatsache, daß sie in die Obhut von Fra Bonifazio gegeben wurde, der sie zu Verwandten nach Florenz brachte.«

»Wo war sie, während ihre Mutter vor dem Standgericht stand und exekutiert wurde?«

»Darüber steht nichts in den Akten.«

»Aber Sie wissen es?«

»Unter dem Beichtsiegel.«

»Anna selber hat es Ihnen nie erzählt?«

»Seit dem Tode ihrer Mutter habe ich bis zu diesem Tag kein Wort von ihren Lippen gehört. Weder ich noch sonst jemand im Dorf. Am Grab ihrer Mutter hat sie nicht einmal geweint.«

»Sie ist jetzt verheiratet. Wissen Sie etwas über ihren Mann?«

»Nichts. Die Polizei hat nach ihm geschickt.«

»Was sind sonst für Angehörige da?«

»Die Tante, die sie in Florenz aufgenommen hatte. Ich bin

nicht mal sicher, daß sie noch am Leben ist.« Seine Schultern fielen nach vorn. »Es ist sechzehn Jahre her, mein Sohn, sechzehn Jahre.«

»Sie haben gesagt, sie hätte etwas an die Friedhofsmauer geschrieben. Kann ich das sehen, bitte?«

»Selbstverständlich.« Er führte Rienzi um das Kloster herum, um den mauerumhegten Friedhof, wo marmorne Cherubine, welkende Kränze und vertrocknete Immortellen stummes Zeugnis der Sterblichkeit ablegten. Ein unbehauener Stein, der nur Geburts- und Todesdatum enthielt und die eine Zeile »Ruhe in Frieden«, stand auf Agnese Moschettis Grab. Kaum ein Schritt trennte den Grabstein von der verfallenen Friedhofsmauer. Sie hockten sich an den Boden, um die kindliche Kritzelschrift lesen zu können:

Belloni, eines Tages werde ich dich töten.

Rienzi starrte die Worte lange an, dann fragte er:

»Hat das sonst noch jemand gesehen?«

»Wer weiß?« Der alte Mann hob hilflos die Schultern. »Es steht schon so viele Jahre hier.«

»Wenn das vor Gericht kommt«, flüsterte Rienzi, »sind wir erledigt, bevor wir anfangen. Holen Sie Hammer und Meißel, Mann. Aber rasch!«

Um halb vier Uhr nachmittags erwachte Landon aus einem unruhigen Halbschlaf und sah Carlo in seinem Sessel sitzen und, eine Zigarette im Mund, gelangweilt eine Zeitschrift durchblättern. Seine Schuhe waren staubig und sein Hemd zerknittert. Er sah angestrengt aus und müde. Er berichtete Landon im Telegrammstil über die Ereignisse in San Stefano und schloß:

»Das wäre es, Peter. Die Würfel sind gefallen. Ich habe den Fall übernommen. Ich habe ein paar Kollegen gefunden, die mit mir zusammenarbeiten und mir Zugang zum Gericht von Siena verschaffen. Ich habe meinen ersten Fall.«

»Hast du's deiner Frau oder Ascolini schon gesagt?«

»Noch nicht.« Er lächelte verlegen. »Für eine Weile habe ich Aufregungen genug gehabt. Das hebe ich mir für nach dem

Abendessen auf. Außerdem wollte ich zunächst mit dir sprechen. Würdest du mir einen Gefallen tun?«

»Was für einen Gefallen?«

»Beruflich. Ich würde dich gern als inoffiziellen psychiatrischen Berater haben. Ich möchte, daß du dir das Mädchen ansiehst, eine Diagnose stellst und mich im Hinblick auf etwaige medizinische Möglichkeiten der Verteidigung berätst.«

»Das ist ein ganz schöner Auftrag.« Landon runzelte zweifelnd die Stirn. »Es erheben sich da Fragen von Ethik, kollegialer Höflichkeit und, vor allem, die Frage meiner eigenen rechtlichen Situation.«

»Und wenn du überzeugt wärst, daß eine inoffizielle Beratung nirgendwo Anstoß erregen kann?«

»Dann würde ich die Möglichkeit erwägen. In jedem Fall wäre ich deinem Vater eine Erklärung schuldig. Schließlich bin ich ja sein Gast.«

»Würdest du damit warten, bis ich mit ihm gesprochen habe?«

»Natürlich. Aber ich habe da noch eine Frage an dich, Carlo.«

Er zögerte einen Augenblick und stellte dann die entscheidende Frage: »Warum grade dieser Fall? Auf den ersten Blick spricht praktisch alles gegen deine Mandantin. Es ist dein erster Fall, und ich sehe auch nicht den Schimmer einer Hoffnung, daß du ihn gewinnen könntest.«

Rienzis Gesicht entspannte sich in einem jungenhaften Lächeln und wurde gleich wieder ernst. Er sagte ruhig:

»Eine faire Frage, Peter. Ich will versuchen, sie dir zu beantworten, wie ich sie schon mir selber beantwortet habe. Es ist einfach naiv, zu glauben, daß der Ruhm eines Anwalts nur auf Siege gegründet ist. Ein hoffnungsloser Fall ist oft vorteilhafter als ein todsicherer. Neues Licht auf klassische Antinomien werfen, Kampfansagen gegen anerkannte Prinzipien, eine Strategie, die sich den Widerspruch zwischen Legalität und Gerechtigkeit zunutze macht – das sind die Grundlagen für den Ruf eines Anwalts. Es ist wie in der Medizin, verstehst du? Wer wird berühmt? Der Mann, der einen Durchfall heilt, oder

der Mann, der ein Herz für nur zehn Sekunden wieder zum Schlagen bringt? Es gibt kein Mittel gegen den Tod, aber es gibt eine hohe Kunst, ihn hinauszuschieben. Auf einer entsprechenden juristischen Fähigkeit beruht zum Beispiel Ascolinis Karriere. Und, so hoffe ich, die meine.«

Landon war verblüfft von dem kühlen Zynismus dieser Worte. Er konnte nicht glauben, daß das der sehnsüchtige Poet sein sollte, der ihm Chopin vorgespielt hatte, der gequälte Liebhaber, dessen Welt zusammengebrochen war. Er schien zu jung, um sich einem so düsteren Ehrgeiz zu ergeben. Doch konnte Landon nicht anders als ihm zustimmen. Er hatte es unternommen, Ascolini in seinem eigenen Feld zu schlagen. Diesem engen Schlachtfeld, wo das Gesetz sich entweder als Instrument der Ordnung oder als Instrument der Gerechtigkeit erweisen muß.

Dennoch, wenn Landon sich schon dieser Freundschaft verschrieb, mußte er erfahren, inwieweit Rienzi wußte, worauf er sich einließ. Also fragte er ihn:

»Verstehst du auch, was du da sagst, Carlo? Du hast den Fall eines Klienten übernommen – daraus ergibt sich eine Hoffnung. Vielleicht keine große, aber doch wenigstens eine geringe. Und daraus wieder erwächst eine persönliche Beziehung, die weit über die rechtliche hinausreicht.«

»Nein, Peter!« Die Worte kamen schnell und bestimmt. »Es geht hier einzig und allein um eine rechtliche Beziehung. Ich kann keine moralischen Urteile über meine Klienten fällen. Ich kann mich hinsichtlich des Mädchens auf keinerlei Gefühle einlassen, im Gegenteil habe ich solche Gefühle in anderen zu erwecken, muß andere zu einem günstigen Urteil veranlassen und jede nur mögliche Lücke des Gesetzes, die zu ihren Gunsten etwa bestehen könnte, wahrnehmen. Das kann sie von mir verlangen. Und nichts anderes. Ich bin weder Priester noch Arzt noch Wärter einer Nervenkranken.«

Falls er so präzise und beredt vor Gericht auftreten sollte, konnte man Großes von ihm erwarten, dachte Landon und fragte sich, wieviel davon wohl vom Schüler stammen mochte und wieviel vom Meister. Er fragte sich auch, ob es von Rienzi nicht ein ebenso großer Fehler war, sich zu früh mit der Resignation des Alters abzufinden, wie sich allzusehr jugendlicher Leidenschaftlichkeit zu überlassen. Doch war er nur Zuschauer, und Rienzi war der Schauspieler. Also sagte er nur obenhin:

»Wie dem auch sei – wenn deine Mandantin wirklich so schön ist, wie du sagst, werdet ihr ein eindrucksvolles Paar sein vor Gericht.«

Rienzis Gesicht umwölkte sich. Er sagte nachdenklich:

»Sie ist wie ein Kind, Peter. Sie ist vierundzwanzig, aber sie redet und denkt wie ein Kind – schlicht und unberechenbar. Ich möchte bezweifeln, daß sie mir oder sich selber eine große Hilfe sein wird.«

»Willst du auf Unzurechnungsfähigkeit plädieren?«

Rienzi runzelte nachdenklich die Stirn.

»Ich bin da kein Experte, aber ich möchte bezweifeln, daß sie unzurechnungsfähig ist. Und darum brauche ich auch deinen Rat. Ich muß gestehen, ich würde mich eher auf mildernde Umstände stützen, die ich in San Stefano zu finden hoffe.«

»Solche Recherchen können recht kostspielig sein.«

»Fra Bonifazio hat sich anheischig gemacht, die Kosten der Verteidigung aufzubringen. Aber es sollte mich nicht wundern, wenn ich einen Teil aus eigener Tasche bezahlen müßte.«

»Du riskierst da allerhand, wie?«

»Das größte Risiko dabei ist Valeria«, sagte Rienzi ernst. »Aber damit habe ich mich abgefunden. Also ist der Rest nur noch eine Bagatelle.« Er streckte die Hand aus. »Wünsch mir Glück, Peter.«

»Alles Glück in der Welt, Carlo. Geh mit Gott!«

Rienzi warf ihm einen raschen, prüfenden Blick zu.

»Ich glaube, du meinst es wirklich.«

»Jawohl. Ich bin nicht grade ein vorbildlicher Gläubiger, aber eines weiß ich: Wie tief du auch fallen magst, nie fällst du aus Gottes Hand. Daran solltest du immer denken.«

»Ich weiß«, sagte Rienzi düster. »Heute abend werde ich es wahrscheinlich am nötigsten haben.«

Er ging, und Landon empfand ein seltsam bohrendes Mitleid

für ihn. Er hatte Schwerter im Rücken und eine Schlacht vor Augen, doch konnte Landon die unangenehme Überzeugung nicht loswerden, daß er mit falschen Waffen und für die falsche Sache kämpfte – und daß ein Sieg für Carlo Rienzi sich als allerraffinierteste Niederlage erweisen könnte.

Ascolinis Dinnerparty begann mit Cocktails in der Bibliothek. Für Landon bedeutete der neue Gast eine angenehme Überraschung. Er fand sie hübsch, unterhaltsam und angenehm weiblich. Sie hatte nichts von der einstudierten Schlaffheit ihrer italienischen Schwestern, nichts von deren verwirrender Koketterie, die viel versprach und zumeist so wenig hielt. Sie sagte gescheite Dinge und konnte mit Interesse zuhören, das einem schmeichelte – sie war mehr als ein Ausgleich für die ironische Bosheit des Advokaten.
Ascolini machte eine Komödie aus seiner Kupplerrolle. Er sagte mit Herzlichkeit:
»Wir müssen ja für Ihre Unterhaltung sorgen, Landon. Ein Jammer, daß Sie nicht auf Brautschau sind. Sie wären die Sensation der Stadt.«
»Wird in Siena nicht auch für Junggesellen gesorgt?«
Ascolini gab die Frage lachend an Ninette Lachaise weiter: »Was würden Sie sagen, Ninette?«
»Ich würde sagen, daß die Junggesellen im allgemeinen für sich selber zu sorgen wissen.«
»Das ist ein Märchen«, sagte Landon heiter. »Die meisten Junggesellen kriegen, wonach ihnen der Sinn steht, und finden erst später heraus, daß es nicht das ist, was sie eigentlich wollten.«
»Wir haben auch unsere Märchen«, sagte Ascolini. »Unsere Jungfrauen sind tugendsam, unsere Ehefrauen zufrieden und unsere Witwen diskret – aber Liebe ist stets eine Lotterie. Man kauft ein Los und wartet auf das Glück.«
»Sei nicht gewöhnlich, Vater!« sagte Valeria.
»Liebe ist nun mal eine sehr gewöhnliche Sache«, sagte Doktor Ascolini.
Ninette Lachaise hob ihr Glas zu einem Trinkspruch:

»Auf Ihre Eroberung von Siena, Herr Landon.«

Er trank vorsichtig darauf. In ihren offenen braunen Augen war keine Koketterie, aber ein leises Lächeln spielte um ihre Mundwinkel. Verträgliche Frauen waren für ihn eine Seltenheit, und die intelligenten waren entweder langweilig oder häßlich. Er spielte mit dem Gedanken, daß er mit dieser hier mehr riskieren konnte, als er je bisher riskiert hatte. Mehr Vertrauen, mehr Intimität – und, vielleicht, sogar mehr Liebe. Er merkte, wie Ascolini ihn belustigt beobachtete, und fragte sich, ob der alte Mann wohl seine Gedanken erraten hatte. Dann trat Carlo ein, offenbar in bester Stimmung, um sich ein Glas einzugießen und an der Unterhaltung teilzunehmen.

Der Wechsel im Klima trat augenblicklich ein, war erschreckend und eigentlich schwer erfaßbar. Es war, als wäre die Hälfte der Lampen ausgeschaltet worden. Ascolini gab sich plötzlich wohlwollend, und Valeria nahm eine Aura von langweiliger Zärtlichkeit an. Die Unterhaltung verlor allen Witz und alle Schärfe; es war wie die Verschwörung im Interesse eines Leidenden – eine unbestimmte Euphorie, bestimmt für Menschen, die mit der Härte des Lebens nicht fertig werden.

Carlo selber schien das alles gar nicht zu bemerken, und Landon fragte sich, ob er nicht ein Opfer der Müdigkeit und des übertriebenen Mißtrauens geworden war, mit dem man einer neuen Lage gegenübertritt. Aber das Resultat war, daß er sich vom letzten Cocktail bis zur ersten Tasse Kaffee an keine einzige kluge Bemerkung erinnern konnte. Doch als der Brandy eingeschenkt war und der Diener sich zurückgezogen hatte, betrat Carlo Rienzi die Bühne, und alle Lichter gingen wieder an.

»Wenn unsere Gäste nichts dagegen haben, würde ich gern ein Ereignis bekanntgeben, das unsere Familie betrifft.« Valeria tauschte Blicke mit ihrem Vater, und sie hob ihre Schultern, als wollte sie ihre Unschuld beteuern. Carlo fuhr ruhig fort: »Ich habe es mit keinem von euch vorher besprochen, weil ich das Gefühl hatte, es sei meine eigene Angelegenheit. Jetzt, da die Entscheidung gefallen ist, hoffe ich auf eure Zustimmung. Wie ihr wißt, wurde ich heute ins Dorf gerufen. Der Bürgermeister ist von einem Mädchen ermordet worden, das früher im Dorf gelebt hat: Anna Albertini. Das Warum ist eine lange Geschichte, mit der ich euch jetzt nicht behelligen will. Das Ergebnis jedenfalls ist, daß Fra Bonifazio mich gebeten hat, die Verteidigung des Mädchens zu übernehmen. Ich habe mich dazu bereit erklärt.«

Ascolini und Valeria sahen ihn mit leeren Gesichtern an. Er machte eine kurze Pause und wandte sich dann sehr verbindlich an Ascolini:

»Ich habe eine lange Lehre bei einem großen Meister hinter mir. Jetzt ist es Zeit für mich, meinen eigenen Weg zu gehen. Ich möchte von nun an, *maestro,* auf meine eigenen Fälle warten, meine eigenen Klienten vertreten.« Er zog ein kleines Päckchen aus der Tasche und überreichte es Ascolini. »Vom Lehrling für den Meister, ein Geschenk, das meinen Dank zum Ausdruck bringen soll. Wünschen Sie mir Glück, *dottore.*«

Landon empfand Respekt für ihn und betete im stillen, sie möchten nett zu ihm sein, was immer auch sie alle zusammen gegen ihn haben mochten – er hatte sich verhalten wie ein Mann.

Wartend stand Rienzi inmitten des Schweigens, während seine Frau und ihr Vater mit gebeugten Köpfen und niedergeschlagenen Augen am Tisch saßen. Dann setzte auch er sich, und Ascolini begann mit großer Umständlichkeit, das Päckchen zu öffnen.

Endlich hatte er das Geschenk ausgepackt: eine kleine goldene Taschenuhr von exquisiter florentinischer Handarbeit an einer feingliedrigen Kette. Ascolini zeigte weder Freude noch Enttäuschung, sondern hielt die Uhr in der Hand und übersetzte das klassische Latein der eingravierten Widmung ins Italienische: *Seinem berühmten Lehrmeister widmet der dankbare Schüler dieses Geschenk und seinen ersten Fall.*

Ascolini ließ die Uhr aus der Hand fallen, so daß sie wie ein Pendel an der Kette schwang. Seine Stimme war verächtlich: »Behalt sie, Junge. Oder bring sie ins Leihhaus. Du wirst es eher nötig haben, als du glaubst.«

Er legte die Uhr vorsichtig auf den Tisch, schob seinen Stuhl zurück und ging aus dem Raum. Carlo sah ihm nach, dann wandte er sich an Valeria und sagte ruhig:

»Und du, meine Liebe? Was hast du zu sagen?«

Langsam hob sie den Kopf und sah ihn mit Augen an, die ihn zu verdammen schienen. Sie sagte leise:

»Ich bin deine Frau, Carlo. Wohin du auch gehen magst, ich muß dir folgen. Aber du hast heute abend etwas Schreckliches getan. Ich weiß nicht, ob ich dir jemals vergeben kann.«

Dann ging auch sie, und Landon, Ninette und Rienzi blieben allein zurück. Carlo nahm sein Brandyglas zwischen beide Hände und hob es an seine Lippen. Mit einem kleinen verzerrten Lächeln sagte er:

»Tut mir leid, aber eure Anwesenheit war einfach nötig für mich, um den Mut aufzubringen.« Dann fügte er die traurigsten Worte hinzu, die sie je gehört hatten:

»Seltsam, mein ganzes Leben lang habe ich mich vor der Einsamkeit gefürchtet. Und mein ganzes Leben bin ich einsam gewesen, ohne es zu wissen. Seltsam.«

»Mein ganzes Leben lang«, sagte Peter Landon düster, »habe ich mich mit Gemütskranken beschäftigt. Aber ich glaube, ich bin noch niemals so schockiert worden.«

Ninette Lachaise legte ihre kühle Hand auf sein Handgelenk und sagte:

»Ich glaube, das ist ein Irrtum, Peter. Diese Leute sind nicht krank, nur selbstsüchtig. Ihr ganzes Leben ist ein Kampf. Jeder will zuviel für zuwenig. Sie sind im Netz ihres eigenen Egoismus gefangen.«

»Sie sind eine kluge Frau, Ninette.«

»Vielleicht klüger, als mir guttut.«

Sie saßen in ihrem Wagen, eine halbe Meile außerhalb des Dorfes. Das Mondlicht schien kalt auf die Speerspitzen der Zypressen. Als Carlo gegangen war, hatte Landon die Atmosphäre plötzlich erstickend gefunden und Ninette mit ungewohnter Weichheit gebeten, ihm noch eine Weile Gesellschaft zu leisten. Sie hatte sich bereit erklärt und ihn die gewundene

Straße entlanggefahren, bis zu dem Punkt, wo das Land steil in einen See von Dunkelheit abfiel, auf dessen anderer Seite die Hügel zu den matten Sternen kletterten.

Er war froh, ihr gegenüber einen Gedanken aussprechen zu können, der ihn schon lange verwirrte:

»Wissen Sie, was selten ist in der Welt? Ein Mensch, der weise genug ist, der Welt ins Auge zu sehen und sie zu nehmen, wie sie im Augenblick ist, sei es nun gut oder schlecht. Wenn Menschen zu mir kommen oder ich zu ihnen gerufen werde, dann deswegen, weil ich der letzte Meilenstein auf ihrer Flucht vor der Wirklichkeit bin. Ihre Flucht ist ein Krankheitssymptom, und die Krankheit ist die subtilste von allen: Angst. Sie haben Angst vor Verlust, vor Schmerz, vor Einsamkeit, vor ihrer eigenen Natur, vor den Verpflichtungen, die ihnen jedes normale Leben auferlegt.«

»Und was ist Ihre Therapie, Peter?«

»Manchmal gibt es keine, manchmal weigert sich der Mechanismus des Geistes, in anderen Bahnen zu laufen als in den psychopathischen. Wenn möglich, versuche ich, sie an der Hand zu nehmen und zurückzuführen zur Wurzel ihres Leidens. Und während ich das tue, versuche ich, ihnen Mut zu machen, sie zu erkennen. Wenn ich Erfolg habe, fangen sie an zu gesunden, wenn nicht...«, er zögerte einen Augenblick und sah über das dunkle Tal, wo die kleine, spärliche Lichtergruppe San Stefano erkennen ließ, »wenn nicht, geht die Flucht weiter.«

»Und wo endet sie?«

»Im Nichts. In der Verneinung des Seins. Manchmal«, fügte er leise hinzu, »frage ich mich, ob ich nicht in mir selber zerstöre, was ich in anderen aufzubauen versuche.«

»Nein, Peter!« Die Wärme in ihrer Stimme überraschte ihn. »Ich habe Sie heute abend mit Carlo beobachtet. Sie sind so behutsam mit ihm umgegangen – solange Sie das können, brauchen Sie keine Angst zu haben.«

»Aber wie erneuert man in sich selber, was man an andere verausgabt?«

»Wenn ich die Antwort darauf sicher wüßte«, sagte Ninette,

»würde ich mich sicherer fühlen. Aber ich denke – nein, ich glaube, daß Verausgaben gleichzeitig Wachsen bedeutet. Die Blüten fallen, um die Frucht reifen zu lassen, und das ist wohl von Anbeginn so gedacht gewesen.« Sie lachte leise und zog ihre Hand zurück. »Es ist spät, und ich werde sentimental. Gehen Sie schlafen, Peter. Sie sind ein beunruhigender Mann.«

»Darf ich Sie wiedersehn?«

»Jederzeit. Sie finden mich im Telefonbuch.«

»Ich denke, ich werde morgen die Villa verlassen.«

»Wo wollen Sie hin?«

»Wenn es nicht um Carlo ginge, würde ich nach Rom zurückgehen. Aber ich habe ihm versprochen, ihm bei diesem Fall zu helfen. Wahrscheinlich werde ich mir ein Zimmer in Siena nehmen.«

»Das freut mich«, sagte Ninette Lachaise einfach. »Es gibt auch mir ein bißchen Hoffnung.«

Sie küßte ihn flüchtig auf die Lippen, doch als er sie an sich ziehen wollte, schob sie ihn sanft von sich.

»Geh nach Haus, Peter. Und träume süß.«

Er sah ihrem zerbeulten Auto lange nach, als es den Hügel hinunterpolterte, dann wandte er sich ab und trottete zur Villa zurück, wo ein schläfriger Torhüter ihm verdrossen gute Nacht wünschte.

Er schlief schlecht und packte am nächsten Morgen gleich nach dem Bad seine Sachen. Dann ging er, um am frühen Morgen auf der Terrasse Luft zu schöpfen. Zu seiner Überraschung war Valeria Rienzi schon dort. Aus ihrer Begrüßung klang mehr als Verlegenheit.

»Schon auf, Peter?«

»Ich habe schlecht geschlafen. Und es ist ein herrlicher Morgen.«

Sie verzog kläglich den Mund und sagte:

»Ich bin froh, daß Sie hier sind. Ich möchte mich für gestern abend entschuldigen. Wir haben uns schrecklich schlecht benommen.«

Er war nicht in der Stimmung, die Klingen mit ihr zu kreuzen, und zuckte nur mit den Schultern:

»Sie brauchen sich nicht zu entschuldigen«, sagte er. »Das ist Ihr Haus. Sie können sich hier benehmen, wie Sie wollen. Aber ich denke, Carlo hat etwas Besseres verdient.«

»Ich weiß.« Sie nahm den Tadel ohne Protest hin. »Ich habe ihn sehr verletzt. Ich habe ihm gesagt, daß es mir leid tut.«

»Dann gibt es ja weiter nichts zu sagen. Alles andere ist Ihre Privatangelegenheit.«

»Sie sind sehr wütend, nicht wahr?« Ihre Hand hielt die seine auf der steinernen Balustrade fest, und sie lächelte ihn voll Bußfertigkeit und Reue an. »Ich kann es Ihnen nicht verdenken. Aber Carlo hat uns einfach überrumpelt. Es tut mir leid, daß Sie da hineingezogen worden sind.«

»Ich fühle mich nicht hineingezogen, und ich bin auch nicht wütend. Jetzt nicht. Aber ich denke, es ist besser, wenn ich nach dem Frühstück gehe.«

Sie machte keinen Versuch, es ihm auszureden, sondern nickte nur.

»Carlo hat es mir gesagt. Ich kann es verstehen. Er hat mir auch gesagt, daß Sie versprochen haben, ein paar Tage in Siena zu bleiben. Ich danke Ihnen dafür. Gerade jetzt braucht er einen Freund.«

»Eine Ehefrau braucht er noch viel mehr.«

Sie wurde rot, wandte sich ab und bedeckte ihr Gesicht mit den Händen. Landon wartete, halb schuldbewußt, halb froh. Nach einer Weile faßte sie sich wieder. Aber ihre Stimme war kühl, und sie sah finster aus, als sie sich ihm zuwandte.

»Vielleicht habe ich das verdient. Vielleicht haben Sie auch um Carlos willen das Recht, es mir zu sagen. Aber wollen Sie mir einen Gefallen tun?«

»Was für einen Gefallen?«

»Im Garten mit mir spazierengehen. Sich eine Weile mit mir unterhalten.«

»Selbstverständlich.«

»Danke.«

Sie nahm seine Hand und führte ihn die breiten Steinstufen zu den Gartenwegen hinunter, die sich zwischen Pinien, Rosenbüschen und umrankten Pergolen allmählich den Hügel hinunterwanden. Manchmal war das Haus den Blicken entzogen, als hätten die alten Gärtner Liebespaare vor unwillkommenen Blicken schützen wollen. Doch das Tal war ständig in Sicht. Kein Laut war zu hören, außer dem Summen von Insekten, dem gelegentlichen Zwitschern eines Vogels und dem trockenen Rascheln einer Eidechse zwischen den Blättern.

»Nachts«, sagte Valeria, »hören wir manchmal Nachtigallen im Garten. Vater und ich gehen dann jedesmal sehr leise ins Freie, um ihnen zu lauschen. Erst fängt eine an, dann fällt eine andere ein und noch eine und noch eine, bis das ganze Tal von ihrem Gesang erfüllt zu sein scheint. Es ist so unglaublich schön.«

»Auch einsam, manchmal.«

»Einsam?« Sie sah überrascht zu ihm auf.

»Für den, der drin sitzt und im Dunkeln Chopin spielt.«

»Sie verstehen das nicht, oder?«

»Ich würde's gern verstehen. Aber ich muß es nicht verstehen. Schließlich ist es nicht meine Sache.«

»Carlo hat es soweit kommen lassen. Und ich würde mein Verhalten gern erklären.«

»Hören Sie mal, Valeria!« Er blieb ihr gegenüber unter einem grauen Feigenbaum stehen, von dem aus ein Rotschwänzchen sie aufmerksam betrachtete. »Seien Sie sich bitte klar, wer und was ich bin. Ich bin ein Nervenarzt. Ich verbringe meine besten Jahre damit, anderer Leute Kümmernisse anzuhören, und werde dafür bezahlt. Wenn ich das auch außerhalb meiner Sprechstunde tue, beraube ich mich jeder Chance eines normalen Lebens. Andererseits schulden Sie mir keinerlei Erklärungen, nicht einmal wenn Sie sich entschließen, einen Handstand auf dem Dach des Doms machen zu wollen. Wenn das klar ist, höre ich Ihnen zu. Wenn ich Ihnen helfen kann, will ich es gern tun. Und dann: *basta.*«

»Ich wünschte, ich hätte die Hälfte von Ihrer nüchternen Sachlichkeit.« Die Bitterkeit ihres Tons erschreckte Landon. »Aber Sie haben recht. Ich habe keine Forderung an Sie. Ich rede, Sie hören zu und gehen. *Basta.* Aber Sie sind nicht halb so kalt, wie Sie andere glauben machen wollen.« Sie

nahm wieder seine Hand und führte ihn weiter. Das Rotkehl-
chen flog ihnen zwitschernd von Ast zu Ast voraus. Er be-
wunderte ihre Sicherheit, mit der sie von Dingen sprach, die
ihr durchaus nicht zur Ehre gereichten. Sie versuchte nichts
zu beschönigen und nichts zu verschleiern oder zu dramati-
sieren. Sie war von einer beunruhigenden, geraden Einfachheit, als sie begann. »Ich weiß, Peter, daß Sie mein Verhältnis
zu meinem Vater als unnatürlich empfinden. Und das färbt
auf die Vorstellung ab, die Sie von meiner Ehe mit Carlo
haben.«

»Wollen wir uns auf ein anderes Wort einigen – ›ungewöhnlich‹ – und da beginnen?«

»Also gut – ›ungewöhnlich‹. Sie sind liebenswürdiger als man-
cher meiner anderen Freunde.«

»So ist die Welt nun mal. Die Leute klatschen. Sie lieben den
Skandal.« Es war eine Banalität, doch sie dachte ernsthaft darüber nach, bevor sie fragte:

»Finden Sie es skandalös, Peter?«

Er schüttelte lächelnd den Kopf.

»Ich bin Arzt, nicht Sittenrichter. Ich sehe die Dinge mit klini-
schem Blick. Man muß alle Tatsachen kennen, bevor man die
Diagnose stellt.«

»Hier ist die erste: Ich habe lange nur in meiner Welt gelebt
und war sehr zufrieden damit. Ich hatte keine Mutter, aber
einen Vater, der mich zärtlich liebte und mir Stück für Stück
der Welt öffnete. Jede neue Enthüllung war eine Art Wunder.
Er verbot mir nichts und hielt mir nichts vor – und doch lehrte
er mich irgendwie das Bewahren im Genießen. Er tat, was die
meisten Väter nicht tun können: Er lehrte mich verstehen, was
es bedeutet, eine Frau zu sein. Er beantwortete jede Frage, die
ich jemals stellte. Ich habe ihn nie bei einer Lüge ertappt. War
es unnatürlich, daß ich ihn liebte und immer in meiner Nähe
haben wollte?«

»Nein, nicht unnatürlich. Aber, vielleicht, unglücklich.«

»Warum sagen Sie das?« Zum ersten Male schwang etwas wie
Angst in ihrer Stimme.

»Weil gewöhnlich die Schwächen und Fehler der Eltern die

Kinder zwingen, woanders nach Erfüllung zu suchen – in einer größeren Welt, bei anderen Menschen, in einer anderen Art Liebe. Nicht Ihr Verhältnis ist unnatürlich, unnatürlich ist, daß Sie darin Erfüllung und Befriedigung finden. Ihr Vater ist ein sehr bemerkenswerter Mann – aber er steht nicht für alle Männer und auch nicht für die ganze Welt.«

»Das habe ich schon herausgefunden«, sagte sie leise. »Überrascht Sie das?«

»Ein bißchen.«

»Ich habe Ihnen gesagt, daß ich ihn nie bei einer Lüge ertappt habe. Bis vor kurzem. Es ist mir erst ganz langsam bewußt geworden. Er hatte mir stets erklärt, all seine Fürsorge und seine Ratschläge sollten nur zu meinem Besten sein. Und nun habe ich entdeckt, daß mein Wohlbefinden ein Fonds ist, den er für sich selber geschaffen hat. Ein Kapital, mit dessen Hilfe er seine verlorene Jugend zu erneuern hofft.« Ihr Gesicht umwölkte sich, ihre Stimme wurde unsicher. »Ich soll ihm alles sein, was ich nicht sein kann: Ehefrau, Geliebte, Sohn – und ein Ebenbild Alberto Ascolinis!«

»Und was wollen Sie sein, Valeria?«

»Eine Frau. Eine selbständige Frau.«

»Nicht Carlos?«

»Irgend jemandes, der mir die Persönlichkeit zurückgeben kann, die mein Vater mir genommen hat.«

»Kann Carlo das nicht?«

Zum ersten Male hörte er sie lachen – aber ohne Herzlichkeit, nur voller Ironie und Traurigkeit.

»Sie haben viel für Carlo übrig, nicht wahr, Peter? Er ist ein Junge. Ein leidenschaftlicher Junge. Aber wenn Sie ein halbes Leben mit einem Mann gelebt haben, dann ist das bei weitem nicht genug.«

»Gestern abend hat er ausgesprochen wie ein Mann ausgesehen.«

»Sie sind nicht mit ihm schlafen gegangen«, sagte Valeria Rienzi.

Er kaute noch an dem Brocken, als sie ihm schon einen zweiten vorwarf: »Was verschreiben Sie, Doktor – wenn eine Frau geküßt und geliebt werden möchte und nichts anderes geboten kriegt als Pralinen zum Frühstück?«

Und weil er so in seiner Männlichkeit herausgefordert war und überdies genug davon hatte, den weisen Uhu zu spielen, während alle anderen in den Büschen Küß-mich spielten, nahm er sie in die Arme und küßte sie.

»Wie reizend!« sagte Doktor Ascolini trocken, doch gutgelaunt. »Wie sehr, sehr reizend – wenn auch ein bißchen unbedacht.«

Landon fuhr zurück und sah den alten Mann strahlend auf dem Weg stehen.

»Ich muß das natürlich aus prinzipiellen Gründen verurteilen, doch unter den gegebenen Umständen finde ich es eine durchaus empfehlenswerte Abwechslung für euch beide.«

»Oh – gehen Sie doch zum Teufel!«

Bleich vor Zorn und dem Gefühl der Erniedrigung drängte Landon sich an ihm vorbei und eilte davon. Ascolinis Gelächter folgte ihm wie das Gelächter eines Kindes, das von den Späßen eines Clowns entzückt ist.

3

Auf der Terrasse war das Frühstück schon gedeckt, und Carlo Rienzi studierte bei Kaffee und einem Steak die Morgenzeitungen. Er begrüßte Landon mit feierlicher Höflichkeit, reichte ihm eine Tasse und einen Teller mit warmem Landbrot und sagte ruhig:

»Ich habe gesehen, was geschehen ist, Peter. Es war fast, als hätte das Schicksal es so gewollt.« Er deutete in den Garten hinunter, wo Ascolini und seine Tochter durch eine Lücke im Gebüsch deutlich zu sehen waren. »Vielleicht verstehst du jetzt, wovor ich fliehen muß.«

Landon wurde bei dieser neuen Erniedrigung rot. Er sagte unbeholfen:

»Es war mein Fehler. Es tut mir leid.«

Rienzi winkte ab:

»Warum solltest du dir Vorwürfe machen. Ist schon oft genug passiert. Und wird nicht das letztemal gewesen sein.«

Landon empfand plötzlich einen ungerechten Zorn gegen ihn.

»Warum bist du dann so verdammt selbstgefällig und zufrieden damit? Warum haust du mir nicht eine 'runter? Wenn meine Frau mich betrügen würde, würde ich ihr den Hals umdrehen oder mich scheiden lassen.«

»Aber sie ist nicht deine Frau, Peter«, sagte Rienzi matt, »sie ist meine. Und ich bin halb und halb verantwortlich für das, was sie ist. Du kennst sie nur ein paar Tage – ich habe jahrelang mit ihr zusammengelebt. Du beurteilst sie wie jede andere Frau, die über die Stränge schlägt. Aber bei ihr ist das eine Art kindlicher Trotz, den ihr Vater in seinem eigenen Interesse ermutigt. Ihm gegenüber ist sie niemals trotzig, obwohl sie oft mit ihm böse ist. Das Autoritätsverhältnis zwischen den beiden ist so, wie es zwischen Eheleuten üblich sein sollte. Valeria erkennt einfach keine anderen Ansprüche oder Verpflichtungen an. Die Welt und all ihre Kreaturen sind lediglich zum Nutzen der Familie Ascolini geschaffen.«

»Und glaubst du, du kannst das ändern?«

»Ich weiß, daß ich es versuchen muß.«

»Ich wünsche dir viel Glück dazu.«

Rienzi schüttelte lächelnd den Kopf.

»Peter, mein Freund, spiel nicht den Zyniker. Ich weiß genau, was du empfindest. Das hier ist eine Ehe – keine sehr zufriedenstellende, aber es ist nun mal ein Vertrag, der uns bis an unser Lebensende aneinanderkettet, und ich muß versuchen, das Beste daraus zu machen. Am Anfang habe ich einen schweren Fehler begangen. Meine Liebe war zu groß und meine Klugheit zu klein. Jetzt bin ich klüger und empfinde, glaube ich, noch genügend Liebe. Du darfst mich nicht verachten, weil ich versuche, etwas Gutes zu tun, und du darfst Valeria nicht verachten, weil niemals sie jemand gelehrt hat, was gut ist.«

Diese Worte und die Situation, die Rienzi mit Würde meisterte, beschämten Landon mehr, als er zugeben wollte. Dennoch fühlte er sich zu einer Warnung verpflichtet.

»Es gehören zwei dazu, einen Vertrag einzuhalten, Carlo. Selbst wenn du alles dazu tust, was du tun kannst – da ist immer noch Valeria. Du solltest wenigstens darauf vorbereitet sein, daß sie nicht bereit ist, ihren Teil dazu beizutragen.«

Carlo zuckte die Schultern und sagte mit einer Art trauriger Selbstverachtung:

»Was habe ich schon zu verlieren, Peter?«

»Hoffnung.«

Rienzi starrte ihn lange an, dann nickte er düster.

»Das ist das schlimmste, Peter. Du darfst nicht verlangen, daß ich dem jetzt schon ins Auge sehe. – Jetzt frühstücke erst mal und laß uns sehen, was die Zeitungen über meine Mandantin zu sagen haben.«

Der Affäre von San Stefano hatten alle Morgenzeitungen Schlagzeilen gewidmet. Die Berichte waren düster und voller sadistischer Einzelheiten. Die Fotos bewegten sich zwischen einem gräßlichen Bild des Toten auf der Bahre bis zu einem

Schnappschuß von Anna Albertini, wie sie mit hochgerutschtem Rock in einen Polizeiwagen verfrachtet wurde.

Den Hintergrund der Tat beschrieb die »offizielle« Version. Nachdem sämtliche Einzelheiten aus der Vergangenheit mit epischer Breite ausgewalzt und die Person der vierundzwanzigjährigen »Mörderin von satanischem Charme« bis in alle Einzelheiten beschrieben waren, schilderten die Zeitungen den Ablauf des Mordtages.

Am Morgen hatte Anna Albertini für ihren Mann, den Nachtwächter einer Textilfabrik, das Frühstück bereitet, worauf er sich schlafen gelegt hatte. Sie hatte seinen Revolver eingesteckt und war mit einem Frühzug von Florenz nach Siena gefahren, wo sie kurz vor Mittag eintraf. Vom Bahnhof war sie mit einem Taxi nach San Stefano gefahren, um Belloni zu erschießen. Das Motiv des Verbrechens lag auf der Hand: Vendetta. Rache für den Tod ihrer Mutter an dem Mann, der dem Standgericht, das sie damals zum Tode verurteilte, vorgestanden hatte.

Die Zeitungen spielten dieses Motiv hoch, und ein führendes Blatt verdammte in seinem Leitartikel scharf »jegliches Wiederaufleben dieses alten unheilvollen Brauchs« und forderte »seitens der Polizei und der Justiz äußerste Wachsamkeit gegen jede falsche Sentimentalität gegenüber der Barbarei der Blutfehde, die so viele Seiten unserer Geschichte beschmutzt hat«.

Landon schien diese Forderung nur zu berechtigt. Es war ein blutiger, aufrührerischer, unheilvoller Kult, der nicht einmal im Dschungel Parallelen hatte. Überall, wo er befolgt wurde, lebten ganze Gemeinden am Rande des Abgrundes in Furcht und Schrecken. In dieser Sache waren alle seine Sympathien auf seiten der Engel, und was Carlo Rienzi auch tun mochte, sie würden es ihm vor Gericht verdammt schwer machen.

»Wenn ich dir helfen soll«, sagte Landon sachlich, »brauche ich außer Zeit eine gewisse Freizügigkeit und Bewegungsfreiheit. Die mußt du mir verschaffen.«

»Ich muß mit Galuzzi darüber sprechen. Er ist psychiatrischer Sachverständiger des Justizministeriums. Wenn er einverstan-

den ist, werden wir keinerlei Schwierigkeiten mit der Gefängnisverwaltung haben. Es mag eine Weile dauern, bis ich ihn erreiche, aber ich werde eine Unterredung so bald wie möglich vereinbaren. Ich habe dir in Siena ein Zimmer gemietet, und ich werde dir dahin Nachricht geben. Du hast gesagt, du wolltest mit Ascolini reden, wegen unserer Zusammenarbeit?«
»Das werde ich mir jetzt schenken. Ich glaube nicht, daß es noch wichtig ist.«
»Gut«, sagte Carlo. »Laß uns deine Koffer holen und fahren.«

Das Zimmer, das Rienzi für Landon in Siena gemietet hatte, lag in einer erstaunlichen Pension mit den Wappen der Salimbeni über dem Portal, riesigen Räumen mit kassettierten Deken und einem Brunnen aus dem dreizehnten Jahrhundert im Innenhof. Ehe sie auseinandergingen, erklärte Carlo, die Miete sei für eine Woche bezahlt. Und als Landon ob soviel Großzügigkeit verlegen wurde, lachte Rienzi:
»Nenn es eine Bestechung, Peter! Ich brauche dich hier. Morgen früh halb zehn hole ich dich ab. Halt die Ohren steif bis dahin.«
Landon war froh, als Rienzi weg war. Er brauchte Zeit und wollte allein sein, um seine Depression zu überwinden. Es war noch früh am Tage, und er beschloß, einen Rundgang durch die Stadt zu machen. Ihre Verehrer hatten sie vor langer Zeit die »Heimat der Seelen« getauft. Er hoffte, sie würde seiner eigenen Seele guttun, die sich augenblicklich in einem recht beklagenswerten Zustand befand.
Aber die Stadt machte ihn nur noch trauriger. Es gibt eine Krankheit, die viele Leute auf Reisen befällt: Die Symptome bestehen in einer akuten Melancholie, einer Art Bedrückung durch Altertümer, und gleichzeitig einem Widerwillen gegen alles Neue. Die Gesichter der Fremden erscheinen finster, wie auf den Zeichnungen von Leonardo da Vinci. Man fühlt sich einsam und fremd. Die Anstrengung, sich in einer anderen Sprache verständigen zu müssen, wird zur unerträglichen Belastung. Das Essen schmeckt nicht. Man sehnt sich nach dem billigsten Wein aus der Heimat.

Es gibt kein Heilmittel gegen diese Krankheit. Man muß sich mit ihr abfinden wie mit einem Malariaanfall. Sie vergeht dann von selbst, ohne irgendwelche Schäden zu hinterlassen. Die beste Behandlungsmethode ist, sie zu ignorieren und einfach weiterzumachen. Ein hübsches Mädchen ist eine große, eine halbe Flasche Schnaps eine unzuverlässige Hilfe.

Aber Landon hatte letzte Nacht zuviel getrunken und war zu angeschlagen, um sich in der neuen Umgebung nach einem Mädchen umzusehen. Also setzte er sich nach einer Stunde planlosen Umherirrens zum Mittagessen in ein Restaurant und rief anschließend Ninette Lachaise an. Ihre Reaktion war äußerst herzlich. Sie sollten, schlug sie vor, zum Abendessen zu Sordello gehen, einem Kellerlokal in der Nähe des Campo, das hauptsächlich von Studenten besucht wurde.

Als sie das rauchige Kellerlokal betraten, ertönten von allen Seiten anerkennende Pfiffe, die Landon aufmunterten.

Ein erfahrener Reisender verliert nicht viel Zeit mit der Einleitung von Freundschaften. Man schließt sie entweder schnell oder gar nicht, man hat keine Geduld für Frauen, die mit einem Lächeln geizen und eine große Oper aus einem gemeinsamen Abendessen machen – man hat keine Zeit zu verlieren, und man verachtet sich manchmal dafür, so abhängig von fremder Gesellschaft zu sein.

Als Landon das Ninette Lachaise erklärte, nahm sie es als Kompliment und gab ihm ihre eigene launige Version dazu.

»Es ist die Strafe für die Freiheit. Die Steuern, die wir dafür bezahlen müssen, daß wir Junggesellen oder Künstler sind. Wenn die Wanderbühne in die Stadt kommt, behalten die Männer ihre Frauen im Auge. Wenn die Hausierer mit ihren Neuheiten auftauchen, machen die ehrlichen Handelsleute die Geldbörsen zu und behalten ihre Töchter zu Hause. Du bist noch immer Scaramouche, *chéri,* und ich Pierette, leicht in der Liebe und bereit, ihre Töchter und Söhne zum Altar zu entführen. Erst wenn wir alt und berühmt sind, lädt man uns zum Dinner ein.«

»Und doch brauchen sie uns, Ninette. Nur Leute wie du und ich können ihnen zeigen, wie man die Welt verachtet.«

Sie lachte glücklich und biß in eine Olive.

»Freilich brauchen sie uns, Peter. Aber nicht ganz so sehr, wie es uns lieb wäre. Ohne ein, zwei Bilder sind die Wände nackt, und heutzutage ist ein Haus-Psychoanalytiker genauso schick, wie es früher ein Haus-Beichtvater war. Im übrigen«, ihre schmalen Hände wiesen in die Runde, »wäre es ihnen lieber, wir blieben in Bohemia und kämen nur zum Karneval zum Vorschein? Ich bin überzeugt, wir sind jedoch hier bestimmt glücklicher.«

»Und was wird, wenn wir alt werden?«

Sie zuckte die Schultern und schmollte wie eine echte Pariserin.

»Wenn wir alt und töricht werden, bleibt uns nur noch die Straße und die Flasche. Werden wir alt und weise, nehmen wir immer noch gelegentlich die Huldigungen entgegen – wie der da drüben zum Beispiel.«

Sie deutete in einen schattigen Winkel, wo ein weißhaariger Herr mit einem halben Dutzend Studenten saß, die ihm andächtig zuhörten. Am Hutständer neben dem Tisch hingen drei oder vier der seltsamen mittelalterlichen Mützen, deren Farbe zur juristischen Fakultät gehörte. In diesem Augenblick wandte der alte Herr den Kopf, und Landon sah zu seiner Überraschung, daß es Doktor Ascolini war. Er war zu weit weg und zu sehr in seinen Vortrag vertieft, um Landon zu bemerken, doch Landon fühlte eine leichte Röte in seine Wangen steigen. Ninette fragte lächelnd:

»Du hast mir gar nicht erzählt, was heute früh geschehen ist, Peter. Möchtest du darüber sprechen?«

Er erzählte es ihr. Während des ganzen Essens. Sie tranken eine Flasche, und noch eine, während Ascolini beredt und geehrt unter seinem studentischen Gefolge saß und Ninette von Zeit zu Zeit behutsam Fragen stellte. Als er geendet hatte, legte sie ihre schlanke Hand auf seine und fragte leise:

»Willst du wissen, was ich denke, Peter?«

»Gern.«

»Ich denke, Valeria ist mehr als halb in dich verliebt. Carlo verläßt sich mehr auf dich, als gut für ihn ist, und Ascolini hat mehr Achtung vor dir, als du ahnst.«

Ehe er widersprechen konnte, fuhr sie fort: »Außerdem denke ich, daß dich das alles viel mehr bewegt, als du zugeben möchtest. Du gefällst dir in der Rolle des Misanthropen, aber die Maske verlierst du manchmal, weil sie nicht richtig paßt. Darunter bist du ein weichherziger Mensch, der allzuleicht durch Bosheit und Mißtrauen verletzt wird. Du brichst zu schnell den Stab über diese Menschen. Du malst alles schwarz oder weiß, ohne jeden Halbton.«

»Du meinst Ascolini?«

»Ich meine alle. Aber Ascolini in erster Linie, wenn du so willst.«

Am Tisch des alten Herrn brach schallendes Gelächter aus, und Landon sah, wie er einem jungen Mann, der wohl den Anlaß dazu gegeben hatte, auf die Schulter klopfte. Er sah, wie er den Kellner heranwinkte, eine neue Flasche Wein bestellte und sich aufmerksam vorbeugte, um die Frage eines anderen Studenten zu vernehmen.

»Wie erklärst du das, Peter?« sagte Ninette Lachaise. »Was führt ihn her?«

»Du hast es ja selber gesagt. Der alte Meister nimmt die Huldigungen der Jungen entgegen.«

»Ist das alles, *chéri*? Keine Freundlichkeiten? Keine Furcht? Keine Einsamkeit?«

Landon ergab sich.

»Na schön, Ninette. Du gewinnst. Meinetwegen soll der Teufel ein sanftes Herz haben.«

»Hat er es dir gezeigt, Peter? Oder hast du es nur mit den Augen eines anderen gesehen?«

Er sagte lächelnd:

»Du bist der Künstler. Deine Augen sind schärfer als meine. Vielleicht solltest du es für mich sehen.«

»Ich kenne ihn, Peter«, sagte sie ruhig. »Ich kenne ihn schon lange. Er kauft meine Bilder und kommt oft zum Kaffee zu mir, um sich mit mir zu unterhalten.«

Ohne rechten Grund fühlte Landon so etwas wie Eifersucht, daß dieser boshafte alte Komödiant sich Ninettes Gastfreundschaft erfreuen durfte. Aber Siena war eine kleine Stadt, und

Ascolini hatte größere Anrechte als er. Er zuckte die Schultern und sagte:

»Ich weiß, er hat eine Menge Charme.«

Ninette Lachaise goß sein Glas voll und reichte es ihm lachend.

»Trink deinen Wein, *chéri.* Heute wirst du mich nach Haus bringen und nicht der ehrwürdige Doktor. Aber im Ernst! Es ist schon eine Tragödie – er hat eine Tochter, die ihn enttäuscht, und einen Schwiegersohn, der ihm grollt.«

Jetzt war es an Landon, zu lachen.

»Valeria soll ihn enttäuschen? Worüber hat er sich da zu beklagen? Er selber hat sie ja zu seinem Ebenbild gemacht.«

»Selbstporträts sind nicht immer die größten Kunstwerke, Peter.« Ihre Augen forderten ihn heraus, halb im Scherz, halb im Ernst. »Wir alle lieben uns selber, Peter. Aber wir sind nicht immer zufrieden mit dem, was wir im Spiegel sehen. Oder bist du's?«

Er kapitulierte, so elegant er konnte. Er nahm ihre Hände, küßte sie und sagte:

»Du gewinnst, Ninette. Du bist ein besserer Advokat als Ascolini.«

»Würdest du mir einen Gefallen tun?«

»Welchen?«

»Laß mich Ascolini auf ein Glas an unseren Tisch bitten.«

Es wäre ungezogen gewesen, abzulehnen. Außerdem waren ein paar verlegene Minuten ein bescheidener Preis für ihre Gesellschaft. Sie warf ihm ein schnelles dankbares Lächeln zu und ging, durch ein erneutes anerkennendes Pfeifkonzert, durch den Raum. Ascolini begrüßte sie mit überschwenglicher Höflichkeit und kam nach ein paar Worten mit ihr an Landons Tisch. Er streckte ihm die Hand entgegen und sagte voller Ironie:

»Sie sind in besserer Gesellschaft als ich, mein Freund. Ich freue mich darüber.«

»Wir haben vieles gemeinsam«, sagte Ninette Lachaise.

»Sie sind ein beneidenswerter Bursche, Landon. Wäre ich zwanzig Jahre jünger, würde ich sie Ihnen wegnehmen.« Er seufzte theatralisch und setzte sich. »Ah, Jugend! Jugend! Eine flüchtige Zeit – wir lernen sie erst schätzen, wenn wir sie verloren haben. Jeder einzelne von diesen Jungen da möchte gern so weise sein wie ich. Wie kann ich ihnen sagen, daß ich nichts weiter will, als so rüstig zu sein wie sie?«

Landon goß ein Glas für ihn ein und trank einen Toast auf Ninette. Sie redeten eine Weile hin und her, und dann, plötzlich, sagte Ascolini:

»Ich bitte selten um Entschuldigung, Landon. Aber ich schulde Ihnen diese. Es tut mir furchtbar leid, was in meinem Haus passiert ist.«

»Ich hab's schon vergessen. Ich wünschte, Sie würden es auch vergessen.«

Ascolini runzelte die Stirn und schüttelte seine weiße Mähne.

»Sie dürfen nicht zuviel versprechen, mein Freund. Auch nicht aus Höflichkeit. Man kann nichts vergessen – höchstens vergeben –, und das ist, weiß Gott, schwer genug.« So unvermittelt er das Thema aufgegriffen hatte, so schnell ließ er es wieder fallen und wandte sich einem anderen Gegenstand zu. »Sie waren heute mit Carlo zusammen, Landon?«

»Ja.«

»Sie sind also in die Sache verwickelt?«

»Verwickelt ist kaum das richtige Wort«, sagte Landon. »Ich habe Carlo meinen beruflichen Rat angeboten.«

»Carlo hat Glück mit seinen Freunden«, bemerkte Ascolini trocken.

»Mehr Glück als mit seiner Familie, vielleicht.«

Bevor der alte Herr antworten konnte, mischte Ninette Lachaise sich ein.

»Sie sind beide meine Freunde. Ich will nicht, daß Sie in meiner Gegenwart Streit anfangen. Sie, Peter, haben eine zu schnelle Zunge, und Sie, *dottore* ...«, sie legte besänftigend eine Hand auf seinen Arm, »warum müssen Sie ein Ungeheuer mit Hörnern und Schweif aus sich machen? Sie haben doch die gleichen loyalen Bindungen wie Peter – wenn Sie sie auch nicht eingestehn wollen.«

Für Peter Landon war dies eine Mahnung, sich besser zu benehmen, zumal es jemand ausgesprochen hatte, auf dessen Achtung er Wert legte. Er versuchte unbeholfen, den Schaden wiedergutzumachen.

»Tut mir leid, Doktor. Ich bin ein Fremder, der unversehens und gegen seinen Willen in eine Familienangelegenheit gezogen wurde. Ich bin reizbar und verwirrt. Carlo hat mir als erster sein Vertrauen geschenkt. Und also bin ich zu seinen Gunsten befangen. Aber natürlich geht das Ganze mich überhaupt nichts an. Nur ein Narr mischt sich freiwillig in die familiären Angelegenheiten anderer ein.«

Der alte Herr musterte ihn mit hellen ironischen Augen.

»Unglücklicherweise, Landon, brauchen wir keine Einmischung, wir brauchen Vergebung unserer Sünden und die Gnade der Besserung. Ich bin zu alt und zu stolz, darum zu bitten. Carlo ist zu jung, um die Notwendigkeit einzugestehen. Und Valeria...« Er brach ab und nippte nachdenklich an seinem Wein. »Ich habe ihr die Welt erschlossen – und sie der Unschuld beraubt, sie zu verstehen. Sie sind eine kluge Frau, Ninette, was verordnen Sie gegen eine Krankheit wie die unsere?«

»Wenn ich es Ihnen sage, kaufen Sie womöglich keine Bilder mehr von mir.«

»Im Gegenteil – vielleicht überrasche ich Sie damit, daß ich alle kaufe.«

»Dann, *dottore mio,* hier ist mein Rezept: Wenn Sie sich nicht alle gegenseitig umbringen wollen, muß einer von Ihnen das erste gute Wort sagen. Und Sie haben die wenigste Zeit zu verlieren.«

Ascolini schwieg lange. Das Feuer in seinen Augen verlosch, sein blühendes Gesicht verfiel, und es war Landon zum ersten Male klar, wie alt er war. Schließlich stand er auf und zog Ninettes Hand an die Lippen.

»Gute Nacht, Kind. Schlaf in Frieden.«

Zu Landon sagte er förmlich:

»Wenn Sie morgen bei Luca mit mir essen, würde ich mich gern mit Ihnen unterhalten.«

»Ich werde dort sein.«

»Sagen wir, um ein Uhr. Unterhalten Sie sich gut mit meinem Segen.«

Sie sahen ihm nach, wie er sich durch die dichtbesetzten Tische drängte und wie die Studenten aufsprangen, um ihn an ihrem Tisch willkommen zu heißen. Wie Söhne, die einen verehrten Vater begrüßen.

Landon spürte Ninettes Augen auf sich, aber er hatte nichts zu sagen und starrte weiter auf die karierte Tischdecke, beschämt und ein bißchen verlegen. Schließlich sagte sie mit leiser Zärtlichkeit:

»Es gibt noch andere Lokale hier und andere Leute. Laß uns gehen und sie suchen.«

Niemand pfiff, als sie hinausgingen. Auch das Sordello kannte so etwas wie Achtung, doch konnte Landon nicht sagen, ob er die Zurückhaltung Ascolini verdankte oder ob er selber noch in diesem Augenblick wie ein Verliebter aussah, ein Zustand, der in der Toskana fast so feierlich behandelt wurde wie eine Beerdigung oder die Krönung eines Papstes.

Gegen drei Uhr morgens brachte er Ninette aus dem letzten Lokal nach Hause. Im Schatten ihrer Haustür küßten und umarmten sie einander, benommen und leidenschaftlich, bis sie ihn sanft von sich schob und flüsterte:

»Dränge mich nicht, Peter. Versprich, daß du mich nicht drängen wirst. Wir sind keine Kinder, und wir wissen, wohin das alles führt.«

»Ich will, daß es weit und weiter führt.«

»Ich auch. Aber ich brauche Zeit zum Denken.«

»Darf ich morgen kommen?«

»Morgen? Jeden Tag.«

»Vielleicht wirst du meiner überdrüssig und schickst mich weg.«

»Dann werde ich mich selber verfluchen und dich zurückrufen. Und jetzt geh heim, *chéri*.«

Die alte Stadt lag verzaubert unter dem Sommermond, ihre Säulen silbern, ihre Türme klar, ihre Brunnen voller blasser Sterne. Ihre Glocken schwiegen, und auf den Piazze wimmelte

es von freundlichen alten Geistern. Einer davon stellte ihm eine Frage, die er schon einmal gehört zu haben glaubte:
Was geschieht, mein Freund, wenn deine Welt zusammenbricht?

In einem Zimmer im dritten Stock, unweit der Porta Tufi, lag Valeria Rienzi wach und sah zu, wie die Mondschatten auf den Dächern länger wurden. Neben ihr auf dem zerwühlten Bett schlief Basilio Lazzaro und schnarchte, sein schweres, hübsches Gesicht schlaff vor Befriedigung. Selbst im Schlaf strahlte er so etwas wie eine primitive animalische Vitalität aus. Er war wie ein Zuchtbulle, stolz auf seine Potenz, plump, doch ausdauernd im Bett.

Und doch – obwohl sie ihn verachtete – tat es ihr nicht leid, daß sie seine Geliebte war. Seine Heftigkeit tat ihr weh, sein Egoismus erweckte ihren Zorn. Und dennoch verfehlte er nie, ihr eine Art Erfüllung zu verschaffen. Er verlangte nicht von ihr, daß sie etwas anderes sein sollte, als sie war; eine anziehende Frau, die im Bett glücklich war und nicht zu viele Fragen über die Liebe stellte.

Er verlangte nicht, wie Carlo, daß sie die Verführerin spielen oder, wie ihr Vater, daß sie eine Episode in seinem Leben nachleben sollte. Er war so simpel wie ein Tier, und das allein schon war eine Garantie für ihre Freiheit. Sie konnte gehen oder bleiben. Wenn sie blieb, mußte sie den Preis bezahlen. Wenn sie ging, warteten schon zwanzig Frauen darauf, von ihm gerufen zu werden. Er behandelte sie wie eine Hure und ließ sie es auch fühlen. Aber wenigstens wurde sie in nichts verwickelt, was länger währte als eine Nacht.

Er war ein Partner und zugleich ein Symbol ihrer Auflehnung. Doch würde das Verhältnis zu ihm niemals dauerhaft oder vollkommen befriedigend für sie sein – womit sich der Kreis schloß und sie wieder der Frage gegenüberstand: Was blieb übrig, wenn das Spiel zu Ende war?

Ihr Vater hatte eine Antwort: eine konventionelle Ehe und Kinder, die ihr erlaubten, mit Anstand zu altern. Doch war diese Antwort zu verstehen aus dem Verlangen des Alters nach

Besitz und Beständigkeit. Waren die Kinder erst einmal da, würde er sie an sich fesseln und ihr wie einen Vorwurf vorhalten.

Carlo? Seine Antwort würde wieder anders lauten. Ehe war ein Vertrag, Liebe ein Tauschgeschäft. Er bot ihr seine Liebe wie einen Blumenstrauß und verlangte, dafür geküßt zu werden. Wenn er seinen Fall oder irgendeinen anderen siegreich beendete, würde er nur noch arroganter werden, doch nicht weniger anspruchsvoll. Seine Forderung war im Grunde brutaler als Lazzaros, der gab und nahm und ging. Carlo liebte sich selber in ihr, wie ein Kind sich in seiner Mutter liebt, und verlangte dafür, egozentrisch wie ein Kind, das Geschenk ihrer Liebe.

Er selber war voller Unsicherheit, wollte aber bei ihr keine Unsicherheit dulden. Er hatte sich auf seine Weise in Ascolinis Tyrannei ergeben, doch er weigerte sich, einzugestehen, wie viel mehr sie selber dieser Tyrannei ausgesetzt war. Er verlangte, daß sie sich seiner Auflehnung anschloß, und wollte nicht einsehen, daß sie viel subtiler vorgehen mußte. Auch er wollte Kinder – doch als Beweis, nicht als Frucht der Liebe.

Doch das waren nicht alle Antworten, und sie wußte es. Sie war eigensinnig und verlangte nach Unterordnung, Leidenschaft und Befriedigung. Sie wollte, daß jemand die Ängste teilte, die tief in ihr saßen, jemand, der kühl war und weise, doch nicht väterlich. Jemand, der sich ohne Vorwurf mit den Erinnerungen, deren sie sich schämte, abfand, so daß, wenn die Zeit zu geben kam, sie dankbar und frei geben konnte – ob als Frau oder Mätresse, das machte keinen Unterschied.

Als der Mond unterging und die Schatten die Decke erreichten, dachte sie an Peter Landon und die kurze, leidenschaftliche Begegnung im Garten. Zeit und eine günstige Gelegenheit, und sie könnte ihn bekommen; es sei denn – und der Gedanke gab ihr einen Stich –, es sei denn, Ninette Lachaise eroberte ihn für sich.

Peter Landon war nicht der einzige Gegenstand der Eifersucht zwischen ihr und dem Eindringling von jenseits der Grenze. Sie beobachtete schon lange die wachsende Zuneigung, die

Ascolini für sie empfand. Sie hatte sein unausgesprochenes Bedauern gespürt, daß seine Tochter Ninettes lockerer Dachstubenmalerei nichts entgegenzusetzen hatte. Selbst Lazzaro sprach im Ton sehnsüchtigen Bedauerns von ihr. Und heute hatte sie ihn, mit einer Art perverser Freude, wieder einmal auf das Thema gebracht.

Sie hatte ihm so lange geschmeichelt und seine Sinnlichkeit gekitzelt, bis er mit der Eitelkeit des Primitiven die Einzelheiten seiner Affäre mit Ninette Lachaise preisgegeben hatte. Es war kein glänzender Sieg gewesen, doch würde eine kluge Valeria ihn sehr wohl in einen besseren verwandeln können. Liebe war ein Krieg, in dem die Beute den Geschickten und Klugen zufiel – und ein Mann war mit einem Kuß schon halb entwaffnet.

Vergossene Milch konnte nicht wieder in den Krug gefüllt – verlorene Unschuld nicht zurückgewonnen werden. Aber auch Landon war kein Unschuldiger, und vielleicht – vielleicht. Das kalte Grau früher Dämmerung kroch den östlichen Himmel hoch, als sie sich eilig anzog und leise die Treppe zu ihrem Wagen hinunterstieg. Wenn Basilio aufwachte und merkte, daß sie fort war, würde er erleichtert darüber lächeln, daß er eine Frau gefunden hatte, die die Spielregeln kannte.

Punkt neun Uhr dreißig am nächsten Morgen kam Carlo Rienzi, um Peter Landon den ersten Bericht zu erstatten. Der Anfang war nicht ermutigend. Anna Albertini war des vorsätzlichen Mordes beschuldigt und in das Frauengefängnis von San Gimignano eingeliefert worden. Carlo hatte mit ihr gesprochen und festgestellt, daß sie ihm kaum von Nutzen sein würde. Die Tat war vollbracht. Sie war zufrieden und wollte nicht mehr davon sprechen. Ihr Mann würde als Zeuge der Anklage auftreten, und niemand in San Stefano würde bereit sein, zu ihren Gunsten auch nur den Mund aufzumachen. Fra Bonifazios Erwartungen hatten sich nicht erfüllt, und Rienzi würde die Kosten für seine beiden Kollegen aus eigener Tasche bezahlen müssen.

Nur eine einzige Nachricht war erfreulich. Professor Galuzzi ließ mitteilen, er würde sich glücklich schätzen, seinen bedeutenden Londoner Kollegen zu empfangen, um mit ihm informelle Unterhaltungen über die psychiatrischen Aspekte des Falles zu führen. Carlo und Landon waren in seine Räume in der Universität zum Kaffee gebeten.

Er war Landon vom ersten Augenblick an sympathisch; ein schlanker, großer, grauhaariger Mann Ende Vierzig mit einem grauen Spitzbart, goldenem Kneifer und einer ein wenig pedantisch wirkenden Art. Doch hinter dem Klemmer blickten ein paar kluge Augen, und hinter der Pedanterie verbargen sich Schlagfertigkeit und Liebenswürdigkeit. Landon hatte das Gefühl, es mit einem bedeutenden Fachmann zu tun zu haben. Seine Zusammenfassung war präzise und einleuchtend.

»Es besteht durchaus die Möglichkeit, Herrn Landon als sachverständigen Zeugen der Verteidigung vor einem italienischen Gericht auftreten zu lassen. Ich persönlich würde – und bitte, mißverstehen Sie meine Absicht nicht – davon abraten. Lokale Erwägungen, selbst unter den Richtern, könnten gegen einen ausländischen Sachverständigen sprechen. Andererseits würde ich mich glücklich schätzen, wenn mein verehrter Kollege mit mir an dem Fall als Beobachter zusammen arbeiten würde. Falls mein verehrter Kollege die Verteidigung als Privatmann zu beraten wünscht, so wäre das selbstverständlich seine eigene Angelegenheit.«

»Sie gehen weiter, als ich zu hoffen gewagt hatte«, sagte Rienzi vorsichtig.

»Aber Sie verstehen nicht, warum?« Galuzzi sah ihn mit hellen Vogelaugen an. »Wollen Sie das sagen? Ich denke, Herr Landon wird mich vielleicht besser verstehen als Sie. Wir sind beide Mediziner, unsere Hauptsorge gilt der Gesundheit des menschlichen Geistes – sowie der Milderung juristischer Härten in Fällen verminderter Zurechnungsfähigkeit. Mißverstehen Sie mich bitte nicht!« Er hob warnend die Hand. »Im Zeugenstand muß ich alle Fragen nach bestem Wissen und Gewissen beantworten. Ich bin kein Richter. Ich kann nicht bestimmen, welchen Gebrauch das Gericht von meiner Aussage macht. Falls Sie es notwendig finden sollten, andere Gutachter zu bestellen, so würde denen selbstverständlich die gleiche Gelegenheit, die Angeklagte zu untersuchen, eingeräumt werden wie mir.«

»Es ist ein faires Angebot, Carlo«, sagte Landon warm. »Ich bin geschmeichelt. Ich denke, du solltest dankbar sein. Sagen Sie mir, Professor, haben Sie Anna Albertini schon gesehen?«

»Noch nicht. Ich werde ihr heute nachmittag meinen ersten Besuch machen. Dabei möchte ich gern allein sein. Später wird es leichter sein, Sie als ausländischen Experten einzuführen. Aber ich habe eine interessante Information. Wie Sie wissen, wird jeder neue Häftling vom Gefängnisarzt gründlich untersucht, um etwaige ansteckende Krankheiten festzustellen. Anna Albertini ist vollkommen gesund. Außerdem ist sie *virgo intacta*.«

Rienzi sah ihn verblüfft an.

»Aber sie ist seit vier Jahren verheiratet!«

»Interessant, nicht?« Galuzzis Spitzbart zitterte, während er lachte. »Auch was für Sie, zum Nachdenken, Herr Landon. Und da ist noch etwas. Es sind keinerlei Anzeichen von Depression oder Manie zu beobachten. Keine Ausbrüche, keine Hysterie. Der Gefängnisarzt beschreibt sie als ruhig, gut gelaunt und offenbar zufrieden. Aber wir werden ja sehen.« Er zögerte einen Augenblick und fragte dann:

»Würden Sie mir einen Gefallen tun, Herr Landon?«

»Selbstverständlich.«

»Ihre Arbeit ist hier nicht unbekannt geblieben, und Sie sprechen ein ausgezeichnetes Italienisch. Ich würde gern näher mit Ihnen bekannt werden. Und vielleicht, wenn es Ihnen nicht zuviel ist, könnten Sie einen Vortrag vor meinen höheren Semestern halten.«

»Mit dem größten Vergnügen. Sie können mich jederzeit in der Pensione della Fontana erreichen.«

»Das werde ich.« Er kritzelte die Adresse auf einen Notizblock und stand auf. »Und jetzt, meine Herren, muß ich Sie bitten, mich zu entschuldigen. Ich habe in fünf Minuten eine Vorlesung.«

Auf dem Weg in die Innenstadt konnte Carlo gar nicht genug betonen, wie zufrieden er mit dem Ausgang der Unterhaltung sei. Doch Landon dämpfte seinen Enthusiasmus.

»Verlaß dich nicht zu sehr darauf, Carlo. Galuzzi gefällt mir ausgezeichnet. Er ist ein angenehmer Mann. Viel freier als die meisten meiner Kollegen. Die Liebenswürdigkeit kostet ihn nichts. Im Zeugenstand, wo es um seinen Ruf geht, wird er stehen wie ein Fels.«

»Hm«, sagte Rienzi, »sag mal, ist es möglich oder wahrscheinlich, daß deine Diagnose von der Galuzzis abweicht?«

»Kaum. In einem kompliziert gelagerten Fall können die Meinungen bis zu einem gewissen Grade auseinandergehen. Ich glaube, du nimmst an, jedes anomale Verhalten sei das Symptom einer Geisteskrankheit. Einige wenige Praktiker sind dieser Meinung. Ich bin es nicht. Und ich bin überzeugt, auch Galuzzi ist es nicht. Sollte deine Mandantin geisteskrank sein, werden wir uns in diesem Punkt einig sein – und dein Fall wird keine zwanzig Minuten dauern. Falls nicht – bist du auf mildernde Umstände angewiesen.«

»Danach suche ich ja gerade. Aber bis jetzt habe ich nur verschlossene Türen angetroffen.«

»Eine wird vielleicht offen sein.«

»Welche?«

»Die von Anna Albertinis Mann.«

»Er hat es abgelehnt, mit irgend jemand anderem als der Polizei zu sprechen. Und er ist schon wieder nach Florenz abgefahren.«

»Fahr hin und frag ihn, warum seine Frau nach vierjähriger Ehe noch Jungfrau ist.«

»Mein Gott!« sagte Rienzi leise. »Mein Gott – es könnte klappen.«

»Ist immer eine ziemlich sichere Spekulation. Pack einen Mann bei seiner Männlichkeit, und er ist nur zu bereit zu reden. Ob er die Wahrheit sagt, ist freilich eine andere Frage.«

»Wenn wir erst einmal wissen, was den Vollzug der Ehe verhindert hat, hätten wir ein paar Fragen, die wir Anna selber stellen könnten. Und von da an ...«

»Von da an«, sagte Landon grinsend, »kochst du deine eigene Suppe, Carlo. Ich kann dir helfen, sie umzurühren, aber essen mußt du sie allein – apropos essen: Ascolini hat mich gebeten, mit ihm zu Mittag zu essen. Ich habe ihn gestern abend mit Ninette getroffen.«

»Der alte, alte Zauber!« sagte Rienzi bitter. »Honig für die Fliegen. Wenn du eine Frau wärst, lägst du vor Sonnenuntergang in seinem Bett. Laß mich nicht im Stich, Peter!«

Er sagte es mit einem Lächeln, aber Landon wurde sofort wild.

»Scher dich doch zum Teufel, Carlo. Wenn du eine einfache Höflichkeit so auslegst!«

Ohne auf Rienzis Protest zu achten, wandte er sich ab und lief fort, schmutzige Gäßchen entlang, durch die übelriechende Abwässer rannen, bis er atemlos und immer noch zornig den im strahlenden Sonnenschein liegenden Campo erreichte. Es war erst zwölf Uhr, er ging in eine Bar, trank zwei Brandys und rauchte ein halbes Dutzend Zigaretten, die nach gar nichts schmeckten, bis es Zeit zum Essen mit Alberto Ascolini war.

Er fand den alten Herrn in der besten Ecke von Luca, auf einem roten Plüschstuhl wie auf einem Thron unter einem Renaissanceakt. Ein paar Kellner hielten sich zu seiner Verfügung, während Ascolini hin und wieder an seinem weißen Wermut nippte und Notizen in ein rotledernes Büchlein machte. Landon konnte ein Lächeln über die Sorgfalt, mit der er sich in Szene gesetzt hatte, nicht unterdrücken. Wenn er auch nur ein Bauernsohn war, er hatte doch die Gabe, selbst in Lucas prächtigem barockem Rahmen Eindruck zu machen.

Er begrüßte Landon geistesabwesend und fragte übergangslos:

»Haben Sie die Zeitungen gelesen, Landon?«

»Ja.«

»Was halten Sie von der Geschichte?«

»Wenn sie nicht geisteskrank ist, kann ich mir keinen einfacheren Fall für die Anklage vorstellen.«

»Und die Verteidigung?«

»Steht vor einer hoffnungslosen Aufgabe.«

»Ist er der gleichen Meinung?«

»Nicht ganz.«

»Dann muß er andere Informationen haben.«

»So scheint es.«

Ascolini ließ das Thema fallen und lächelte; ein listiger alter Fechter, der den Degen nach den ersten flüchtigen Gängen senkt.

»Lassen Sie uns einen Waffenstillstand schließen, Landon. Glauben Sie mir, ich habe nicht den Wunsch, Sie in Verlegenheit zu bringen, und ich würde mich freuen, wenn Sie mir ein bißchen vertrauten. Es mag Ihnen schwerfallen, das zu verstehen, aber ich habe durchaus ein Interesse an Carlos Wohlergehen.«

Landon dachte nach und sagte vorsichtig:

»Es könnte uns beiden weiterhelfen, wenn Sie dieses Interesse erklären würden.«

Ascolini lehnte sich in seinem Stuhl zurück, spreizte die Finger und legte die Spitzen gegeneinander. Seine Stimme nahm einen belehrenden Tonfall an.

»Wie einer Ihrer englischen Schriftsteller gesagt hat, Landon, ist die Jugend an junge Menschen verschwendet. Wenn man alt ist, hat man kein Verständnis für Verschwendung. Und man hat auch die Möglichkeit, sich das zu leisten, was ich in Carlos Fall getan habe. Das ist das Problem des Alters, mein Freund, und Sie werden sich, früher, als Sie glauben, damit auseinandersetzen müssen: Die Vielfalt möglicher Freuden wird derart eingeengt, daß man sogar primitiven Vergnügungen nachläuft. Ich bin nicht stolz darauf, noch kann ich sagen, daß es mir leid tut. Ich erkläre es Ihnen als Erfahrung. Ich bin ein eifersüchtiger Mann, mein Freund: eifersüchtig auf das, was ich habe, und auf das, was ich verloren habe. Und eifersüchtig auf die Extravaganz, mit der junge Menschen ihren Illusionen frönen. Nehmen Sie zum Beispiel Carlo. In seiner Ehe spielt er den geduldigen Gentleman. Das ist bei allen Frauen eine Torheit und besonders töricht bei einer Frau wie Valeria. Mir gegenüber spielt er den respektvollen Schüler, den pflichtbewußten Schwiegersohn. Er weigert sich einfach, zu sehen, daß ich ein alter Dickschädel bin, dessen Nase in den Staub gedrückt gehört. Die alten Bullen, Landon! Sie stehen da, geschwächt, doch kampfbereit, in Erwartung des letzten Gefechtes, das sie adeln soll, selbst wenn es sie vernichtet – und verachten die unsicheren Jungen, die sich weigern zu kämpfen. Verstehen Sie, was ich meine? Gerade Sie sollten es verstehen.«

»Selbstverständlich verstehe ich«, sagte Landon ruhig. »Ich bin Ihnen dankbar dafür, daß Sie es erklärt haben. Aber da ist etwas, was auch Sie verstehen sollten. Carlo hat zu kämpfen begonnen. Bisher hat er Sie erst herausgefordert. Sie dürfen ihn nicht verachten, weil er auf eine andere Weise kämpft als auf die Ihre.«

»Ihn verachten?« fragte der alte Herr aufgebracht. »Ich fange zum ersten Male an, ihn zu respektieren!«

»Warum haben Sie ihn dann derart erniedrigt, als er Ihnen ein Geschenk und seinen Dank anbot?«

Ascolini schüttelte düster lächelnd den Kopf.

»Auch Sie sind noch jung, mein lieber Landon. Wenn die alten Bullen kämpfen, dann gebrauchen sie alle schmutzigen Tricks, die sie kennen.« Er zuckte die Schultern, als hätte er weiter kein Interesse an dem Streit. »Jetzt lassen Sie mich Essen bestellen und einen Wein, der Ihnen ins Blut geht. Sie werden es brauchen, bei einer Frau wie Ninette Lachaise.«

Die Kellner stürzten auf sein Signal an den Tisch, und sie wurden fürstlich bedient. Beim Essen erzählte der alte Herr von seiner Kindheit als Bauernjunge im Val d'Orcia, von seiner Erziehung durch den Dorfpfarrer, von seinen Studentenjahren an der Universität Siena, seinem Kampf, in Rom Fuß zu fassen, seinen ersten Erfolgen, seiner Kaltstellung unter dem faschistischen Regime und seinem Aufstieg zu neuem Einfluß nach dem Kriege.

Er sprach ohne Groll von dem Fehlschlag seiner Ehe, seiner Sehnsucht nach einem Sohn und von seiner Tochter, die statt dessen zur Welt kam.

»Ich habe die Äpfel von Sodom gegessen, mein Freund«, sagte

er, »aber ich trauere ihnen nicht allzusehr nach, weil ich mich immer noch an den guten Geschmack erinnere.« Über Valeria sagte er düster:

»Ich habe versucht, ihr Weisheit beizubringen, für den Tag, an dem die Liebe sie im Stich lassen würde. Ich habe zu spät erkannt, daß meine Liebe sie zuerst im Stich gelassen hat. Ich wollte in ihr das besitzen, was ihre Mutter mir nicht hatte geben können. Was ich am Ende fand, war eine Nachbildung meiner selbst. Aber...« Er zuckte die Schultern und machte eine Geste des Bedauerns. »So ist das Leben. Man muß es mit Anmut tragen oder mit Würde ablegen. Ich habe mich entschlossen, es zu tragen.«

Landon konnte nichts dazu sagen. Er konnte Ascolini weder trösten noch verdammen und stellte nur die Frage:

»Denken Sie, die Ehe von Carlo und Valeria kann jemals wieder in Ordnung kommen? Wird sie sich jemals mit ihm begnügen?«

»Ich weiß es nicht. Wie die Dinge jetzt liegen, sieht es aus, als wäre Carlo der Liebende, während sie seine Liebe nur annimmt, ohne Wert darauf zu legen. Es ist möglich, daß sie, wenn er sich zurückzieht, Angst bekommt und danach trachtet, seine Liebe zu behalten. Wenn nicht – wer weiß? Es gibt Frauen, die mit ihren Herzen spielen und dabei trotzdem ganz zufrieden zu sein scheinen.«

»Interessiert Sie, wie es ausgeht?«

Er blickte Landon kalt an und sagte mit Nachdruck:

»Und ob! Wenn auch vielleicht nicht aus dem Grund, aus dem Sie denken. Ich wünsche, daß die Ehe dauerhaft ist – und so glücklich wie nur möglich. Nicht um Carlos willen. Nicht wegen Valeria. Sondern weil ich ein Enkelkind haben möchte – wenigstens den Anschein der Dauer.« Bevor Landon etwas dazu sagen konnte, redete er rasch weiter. »Und darum habe ich Sie heute hierhergebeten. Ich möchte, daß Carlo weiß, daß er in diesem seinem ersten Fall ebenso wie bei Valeria mit meiner Unterstützung rechnen kann.«

Landon sah ihn mit unverhohlenem Zweifel an. Alles, was in den letzten achtundvierzig Stunden geschehen war, strafte

Ascolini Lügen. Als hätte er Landons Gedanken gelesen, zog Ascolini einen Umschlag aus der Tasche und schob ihn über den Tisch.

»Ich möchte Sie bitten, Carlo das zu geben. Es sind ein Scheck über eine Million Lire darin und ein paar Notizen, die ich zu dem Fall gemacht habe. Ich wäre Ihnen dankbar, wenn Sie Carlo meine Haltung erklären und ihm raten würden, Geld und Rat im Interesse seiner Mandantin anzunehmen. Werden Sie es tun?«

»Nein!«

»Sie glauben mir nicht? Ist es das?«

»Ich glaube, Sie verkennen die Lage.«

»Wieso?«

»Zunächst einmal glaube ich nicht, daß Carlo es annehmen wird. Zweitens würde er sich, wenn er annehmen würde, wieder in Ihre Schuld begeben. Seinen Triumph – falls er ihn erringen sollte – würde er wieder, mindestens zum Teil, Ihnen danken müssen.«

»Glauben Sie, das will ich erreichen?«

»Nein. Aber Sie haben ja selber gestanden, daß Sie Gebrauch davon machen würden. Die alten Bullen, nicht wahr?«

Ascolini starrte lange schweigend auf den Tisch und zeichnete mit der Gabel Muster auf das weiße Tischtuch. Dann steckte er den Umschlag wieder in die Tasche und sagte leise:

»Vielleicht haben Sie recht, Landon. Sie haben keinen Grund, mir zu trauen, und ich habe kein Recht, meine Eitelkeit zu schonen, indem ich Sie zum Boten mache. Wollen Sie mir wenigstens einen Gefallen tun?«

»Wenn ich kann, gern.«

»Sagen Sie Carlo, was ich gesagt habe. Was ich angeboten habe.«

»Sie sehen ihn ja jeden Tag. Warum sagen Sie es ihm nicht selber?«

»Ich hoffe, Sie können es ihm besser erklären als ich.«

»Ich will's versuchen – aber ich kann nicht sagen, wie er es aufnimmt.«

»Selbstverständlich nicht. Wer könnte das? Wer könnte sagen, daß das Urteil, das man von sich selber hat, nicht nur von dem Bedürfnis diktiert wird, das Leben erträglich zu machen?« Er lächelte Landon kühl an. »Sie zum Beispiel, Landon, Sie können eine Seele auseinandernehmen und zusammenbauen wie ein Uhrmacher ein Uhrwerk. Haben Sie schon einmal versucht, sich zu erklären, warum Sie sich so tief in unsere Angelegenheiten eingelassen haben?«

Die Erkundung war so geschickt vorgetragen, daß Landon über ihre Virtuosität lachen mußte. Im übrigen war es eine faire Frage, die eine faire Antwort verdiente. Er dachte einen Augenblick nach, dann sagte er sachlich:

»Zum Teil aus Sympathie. Ich habe Carlo gern, und ich denke, er hat etwas Besseres verdient. Zum Teil auch aus Ehrgeiz. Sie wissen, ich suche nach einem Thema, dessen Aspekte interessant genug sind, daß ich mit einer Arbeit darüber nach London zurückkehren kann. Dieser Fall mag genau das Richtige sein. Mehr als das.« Er legte die Handflächen auf den Tisch und blickte konzentriert vor sich hin. »Im gewissen Sinne befinde auch ich mich in einer Krise – einer Krise, die Sie, glaube ich, verstehen werden. Ich bin zu lange allein und auf mich selber angewiesen. Meine Verstrickung in Ihre Angelegenheiten ist, glaube ich, zum Teil auf ein unterbewußtes Streben nach Gesellschaft und Wettbewerb zurückzuführen.«

Ascolini nickte zustimmend.

»Ich weiß Ihre Offenheit zu schätzen, Landon. Lassen Sie mich noch etwas fragen. Wie sehen Sie mich?«

»Mit ausgesprochener Hochachtung.«

»Danke. Ich glaube, Sie meinen es ehrlich.« Er wartete den Bruchteil einer Sekunde, dann fragte er listig: »Und wie sehen Sie Valeria?«

Wieder spürte Landon Zorn in sich hochsteigen, doch er unterdrückte ihn und sagte: »Sie ist eine attraktive Frau und hat ihre eigenen Probleme.«

»Glauben Sie, Sie können diese Probleme lösen?«

»Nein.«

»Glauben Sie, Valeria könnte für Sie zum Problem werden?«

»Jede Frau kann für jeden Mann zum Problem werden.«

Landon blickte verlegen in sein Weinglas. Ascolini runzelte die Stirn und begann wieder, mit der Gabel auf das Tischtuch zu zeichnen. Nach ein paar Augenblicken sah er auf.

»So seltsam das klingen mag, Landon, zu einer anderen Zeit hätte ich nichts gegen eine Verbindung zwischen Ihnen und Valeria einzuwenden gehabt. Ich glaube, Sie sind genau die Art Mann, die sie braucht. Doch jetzt würde ich aus den Gründen, die ich Ihnen erklärt habe, Einspruch dagegen erheben.«

»Ich auch«, sagte Landon obenhin. »Ich habe woanders Hoffnungen.«

Der alte Herr strahlte.

»Ninette Lachaise?«

»Ja.«

»Ich freue mich, das zu hören«, sagte Ascolini befriedigt. »Ich habe viel für Ninette übrig. Ich würde viel darum geben, sie glücklich zu sehen. Nur aus diesem Grunde sage ich: Seien Sie Ihrer selbst ganz sicher – und versuchen Sie nicht, Ninette zu überfahren. Ich danke Ihnen für Ihre Geduld, Herr Landon, und für Ihre Gesellschaft.«

Trotz Ascolinis ausgesuchter Höflichkeit verließ Landon das Restaurant noch immer zornig und grollend. Wenn Ninette nicht gewesen wäre, hätte er sie alle zum Teufel gewünscht und den nächsten Zug nach Rom genommen. Ihre Intrigen hatte er gründlich satt. Er haßte sie von ganzem Herzen dafür, daß sie seine Freundschaft erschlichen hatten und nun ihre gegenseitige Schuld vor seiner Tür abluden.

Er war genau in der Situation, die er sein Leben lang ängstlich zu meiden getrachtet hatte. Ein Mann hatte genug zu tun, mit seinen eigenen Problemen fertig zu werden, ohne auch noch Richter und Kindermädchen für andere zu spielen. Aber erwischt zu werden wie ein grüner Junge mit seiner ersten Witwe – das war zuviel. Er beschloß, hier und jetzt mit ihnen zu brechen, und machte sich, um seine Wut abzukühlen, zu Fuß auf den Weg zu Ninettes Atelier.

Sowie er sie wieder in den Armen hielt, wußte er mit absoluter Sicherheit, daß er sie liebte. Alles, was er sich je von einer Frau erträumt hatte, schien in Ninette Wirklichkeit geworden zu sein: Einfachheit, Leidenschaft, Mut. Die Tricks, mit denen andere Frauen Zärtlichkeit herausforderten, ohne sie zu erwidern, waren ihr fremd. Was sie hatte, gab sie – ohne wucherische Zahlungsforderungen. Sie sah die Welt mit den Augen einer Künstlerin, heiter, dankbar, voller Mitgefühl. Zum ersten Male in seinem Leben verließ ihn die Vorsicht des Junggesellen, und er sagte ihr die Wahrheit:

»Ich mußte einfach herkommen. Ich mußte es dir sagen. Ich liebe dich, Ninette.«

»Ich liebe dich auch, Peter.« Sie schmiegte sich einen Augenblick an ihn, dann wandte sie sich ab, ging zum Fenster und blickte über die Dächer der alten Stadt. »Nun, nachdem es gesagt ist, Peter, laß uns eine Weile damit leben. Laß uns keine Verträge schließen, laß uns einfach warten und mit dem glücklich sein, was wir haben. Wenn es wächst, ist es gut für uns beide. Wenn es stirbt, wird es uns nicht allzu weh tun.«

»Ich will, daß es wächst, Ninette.«

»Ich auch. Aber wir haben beide schon früher Ähnliches gesagt. Und es war nicht von Dauer.«

»Ich weiß, es wird nicht sterben. Nicht in mir.«

»Dann höre nicht auf, es zu sagen, *chéri*. Immerzu. Bis du im tiefsten Grunde deines Herzens glaubst, es ist wahr.«

»Und du?«

»Ich werde dasselbe tun.«

Sie standen dicht beieinander am Fenster und genossen den Zauber des ersten Geständnisses, sahen das Licht golden und zart vom toskanischen Himmel fließen. Dann nötigte sie ihn in einen Sessel, legte ihren Malerkittel ab und machte sich geschäftig ans Kaffeekochen. Er erzählte ihr von seinem Mittagessen mit Ascolini und seinem Ärger mit Rienzi und auch von seinem Entschluß, sich so bald wie nur irgend möglich aus der ganzen schäbigen Geschichte zurückzuziehen. Sie hörte ihm schweigend zu. Dann setzte sie sich, nahm seine Hände zwischen die ihren und sagte in ihrer offenen Art:

»Ich weiß genau, wie du das empfindest, Peter. Ich mache dir keinen Vorwurf. Sie sind einfach nicht deine Leute – genausowenig wie meine. Weder du noch ich könnten so wie sie leben. Sie haben an alten Geschichten zu tragen, und das ist uns fremd. Und doch brauchen sie uns auf eine seltsame Weise – dich viel mehr als mich.«

»Wie kannst du das sagen, Ninette?«

»Weil ich dich fast genauso nötig brauche, wie sie dich brauchen. Ich weiß, du bist unzufrieden mit dir. Aber für uns bist du der neue Mann aus der Neuen Welt, der lebendige Beweis, daß es möglich ist, ohne Vergangenheit zu leben. Es ist ein Symbol, verstehst du, das für diese Leute und für viele andere die einzige Lösung bedeutet. Irgend jemand muß sagen: ›Es tut mir leid‹ und einen neuen Anfang machen. Sonst korrumpiert die alte Geschichte die neue, und am Ende gibt es überhaupt keine Hoffnung mehr –«, sie zögerte und brach ab, als suchte sie nach Worten, um einem beunruhigenden Gedanken Ausdruck verleihen zu können, »– es ist wie mit uns, verstehst du. Wir haben beide andere Menschen geliebt und gehaßt, aber wenn wir in der Vergangenheit weiterleben, gibt es für keinen von uns eine Hoffnung. Wir müssen erkennen, daß die Gegenwart wichtig ist und das Morgen stets ein Fragezeichen. Ich liebe dich, weil du das kannst. Rienzi und Ascolini brauchen dich aus dem gleichen Grund. Du kannst es dir leisten, großzügig mit ihnen zu sein.«

Landon schüttelte den Kopf. Er war von einem vagen Schuldgefühl beunruhigt, über das er nicht einmal jetzt zu ihr sprechen konnte. »Überschätze mich nicht, Liebes. Es gibt Zeiten, wo ich mich sehr leer fühle.«

»Du gibst mehr, als du weißt, *chéri*. Deswegen bist du mir so lieb.«

Unversehens erfüllte ihn eine Überlegung, die er vor sich selber versteckt gehalten hatte.

»Ich habe Angst vor diesen Menschen, Ninette. Ich kann dir auch nicht sagen, warum. Aber sie erschrecken mich mit ihrer Fähigkeit zur Bosheit. Sie wissen genau, was sie tun. Sie gestehen es. Und etwas von der Scham färbt ab. Es ist, als hörte man einem Mann zu, der Obszönitäten über seine Frau erzählt.« Er lachte kurz auf. »Ich sollte daran gewöhnt sein. Ich kriege es täglich von meinen Patienten zu hören. Aber hier bin ich nicht so gut gewappnet.«

»Ich weiß«, sagte Ninette leise. »Ich bin schon länger hier als du. Sie quälen sich selber, weil sie nicht wissen, wie man liebt. Aber wir wissen es, und also können sie uns nicht verletzen – und wir können ihnen vielleicht helfen.«

»Und willst du das wirklich?«

»Ich bin so reich, Peter – so sehr reich in diesem Augenblick. Ich möchte gern dem Rest der Welt etwas davon abgeben.«

Er nahm sie in die Arme und küßte sie. Der Kaffeetopf kochte über, und sie waren glücklich in der schlichten, törichten Freude, am Leben zu sein.

Am Nachmittag fuhren sie in Ninettes verbeultem Citroën nach San Gimignano – der Stadt der wunderbaren Türme, die fast unverändert und unvergrößert ihren mittelalterlichen Charakter in das zwanzigste Jahrhundert gerettet hatte.

Das Land lag still unter den langen Schatten der Zypressen und Olivenbäume; braun, wo die Pflugschar es aufgeworfen hatte, grau unter den überhängenden Reben, grün, wo verborgene Quellen das junge Gras bewässerten. Das Licht war sanft, die Luft still und warm vom Atem eines Landes, das noch lebte und noch fruchtbar war nach so vielen hungrigen Jahrhunderten. Die Bauern arbeiteten nach der Mittagsruhe auf den Terrassen der Weinberge und auf den Gemüsefeldern – Männer, Frauen und Kinder gebückt über Rechen und Hacke. Die Friedlichkeit des Bildes berührte Landon, und er verfiel in einen angenehm beschaulichen Zustand. Auch Ninette war schweigsam, versunken in die Betrachtung von Licht, Schatten und Farbe. Sie waren getrennt, doch vereint in Harmonie, wie Töne im gleichen Akkord. Sie hatten keine Bedürfnisse, die ihnen ihr Beisammensein nicht erfüllt hätte, keine Ängste, die nicht durch eine Geste oder ein Lächeln schwanden.

Als das düstere alte Kloster in Sicht kam, das jetzt als Frauengefängnis diente, schauerte Ninette zusammen, drängte sich an Landon und flüsterte:

»Manchmal, Peter – manchmal habe auch ich Angst.«

»Wovor, Liebstes?«

»Vor all dem.« Sie deutete auf die besonnte Landschaft und die in der Ferne träumenden Türme von San Gimignano. »Es ist so friedlich. Die Bauern sind einfache Leute, engstirnig, wie überall in der Welt, aber freundlich und sanft im Umgang mit ihren Kindern. Und doch explodiert immer wieder plötzlich etwas, und Gewalt bricht hervor und Haß und tierische Grausamkeit.«

»Wie in San Stefano?«

»Ja, genau wie dort. Dieses Mädchen, Peter – bevor du kamst, habe ich ihr Gesicht nach den Fotografien in den Zeitungen skizziert. Ich versuchte, es zu zerlegen, wie ein Künstler das tut. Und ich konnte nichts als Kindlichkeit darin finden. Und dennoch ist das geschehen.«

»Ich hab' genau dasselbe gedacht, nachdem ich heute früh die Zeitungen gelesen hatte. Es fällt schwer, an die Bosheit in Kindern zu glauben. Aber sie existiert.«

»Sie erben sie manchmal. Manchmal tritt sie an die Stelle der Liebe. Niemand kann mit leerem Herzen leben.«

»Aber dieses Mädchen war doch verheiratet. Sie muß doch etwas von Liebe gewußt haben.«

»Nicht unbedingt. Manchmal ist die Fähigkeit zur Liebe zerstört. Eine Sumpfpflanze stirbt in süßem Boden. Ein Tier, das im Dunkeln aufwächst, ist in der Sonne blind. Sieh Valeria an. Hat ihr jemals Liebe gefehlt?«

»Wie kommst du auf sie?«

Ihre Antwort erschreckte ihn.

»Ich habe letzte Nacht von ihr geträumt, Peter. Und von dir auch. Ihr hieltet im Garten eure Hände. Wie ein Liebespaar. Ich habe nach dir gerufen, aber du hörtest nicht. Ich habe versucht, zu dir zu gehen, aber ich wurde festgehalten. Ich wachte davon auf, daß ich weinend deinen Namen rief.«

»Liebling, du bist eifersüchtig.«

»Ich weiß. Albern, nicht wahr?«

»Sehr albern. Valeria bedeutet mir gar nichts.«

»Ich frage mich dauernd, ob du ihr wohl etwas bedeutest.«

»Was sollte ich ihr bedeuten?« Er spürte leise Scham und Verlegenheit.

»Was wohl?« Sie brach ab und lächelte kläglich. »Du mußt dich mit mir abfinden, *chéri*. Jede Frau hat ihre Grillen. Meine ist nun mal, auf den Mann, den ich liebe, eifersüchtig zu sein. Aber laß sie uns vergessen und über uns selber reden.«

Und das taten sie auf die glückliche und unbeschwerte Art der Liebenden, während die Dächer und Türme von San Gimignano höher in den Himmel wuchsen. Und Landon sagte ihr auch, daß er bis nach der Gerichtsverhandlung in Siena bleiben und sie dann bitten wolle, seine Frau zu werden.

Seltsamerweise beunruhigte sie die Erwähnung einer Hochzeit. Als wäre es zu früh zuviel verlangt und könnte die alten Götter Etruriens verführen, ihnen einen Streich zu spielen. Landon neckte sie damit, aber es gelang ihm nicht, den kleinen Schatten zu vertreiben. Wie viele mutige Menschen, die bereit sind, sich mit dem Leben abzufinden, wie es ist, hatte sie eine tiefe unvernünftige Furcht, zuviel von der Zukunft zu verlangen, die Ernte zu schätzen, bevor die Frucht gereift war.

Auf der Piazza della Cisterna im Herzen der Stadt tranken sie Wein. Landon machte sich den Spaß, den Göttern ein paar Tropfen Wein zum Opfer zu bringen, um sie zu besänftigen. Ninette runzelte die Stirn und bat etwas gereizt: »Tu so was nicht, Peter.«

»Es ist ein Scherz, Liebling. Es bedeutet doch nichts.«

»Ich weiß, Peter. Aber ich mag nun mal keinen Pakt mit morgen schließen. Ich will das Heute, so wie es ist, gut oder schlecht. So fühle ich mich sicher. Vielleicht will ich dem Großen nicht ins Auge sehen.«

»Was soll das heißen?«

»Vielleicht sterbe ich. Vielleicht wirst du meiner überdrüssig und verläßt mich. Vielleicht werde ich blind und kann nicht mehr malen.«

»Das ist doch Unsinn.«

»Ich weiß, *chéri*. Alles, was nicht geschehen ist, ist Unsinn. Aber wenn es dann geschieht, ist es besser, man ist darauf vorbereitet. Ich ziehe es vor, mit der Zukunft erst zu rechnen, wenn an einem neuen Tag die Sonne aufgeht.«

»Aber irgend jemand muß doch Pläne für das Morgen schmieden. Das Leben ist nun einmal nicht einfach eine Reihe von Zufällen oder ein Schachspiel, von einem allmächtigen Schicksal gespielt.«

»Dann mußt du für uns beide planen, Peter. Ich kann nur versuchen, uns von einer Stunde auf die andere glücklich zu erhalten.« Sie stand auf. »Komm jetzt. Ich muß dir noch so viel zeigen vor Sonnenuntergang.«

Die nächsten zwei Stunden durchstreiften sie die winzige Stadt. Jeder Schritt führte sie zurück in die an Gewalttaten reiche Geschichte der Provinz. Im zwölften Jahrhundert hatten die Bürger den Tyrannen Volterra verjagt. Im vierzehnten hatte die Stadt sich Florenz ergeben, ausgeblutet durch die Medici-Bankiers und durch die Fehden innerhalb der eigenen Mauern. Benozzo Gozzoli malte hier, und Folgore, der Dichtersohn, wurde zusammen mit elf großen Verschwendern aus Siena von hier in Dantes Hölle verdammt. Wenn ein Turm einstürzte, wurde ein neuer gebaut, ausgerüstet mit Pfeilen und Schleudern und allem erdenklichen Kriegsgerät. Niccolo Machiavelli exerzierte vor den Mauern mit seinen Truppen, und Dante führte eine Abordnung zum großen Rat der Guelfen. Äußerlich hatte sich der Ort im Lauf der Jahrhunderte kaum verändert, und als die Schatten länger wurden, erwartete man fast, den Tritt der Landsknechte und das Hufgeklapper berittener Soldaten zu hören, während Handelsleute und Ritter und wandernde Ordensbrüder sich vor Sonnenuntergang durch das Stadttor drängten.

Am Ende ihres Rundgangs waren sie heiß, staubbedeckt und durstig, und Ninette schlug vor, an einem kleinen Restaurant an der Straße nach Siena zu halten. Sie parkten den Wagen davor, und als sie den schattigen Innenhof betraten, sahen sie, ein paar Sekunden zu spät, an einem der kleinen Marmortische Valeria Rienzi mit einem Mann sitzen. Landon sah Ninette rot werden und sich gerade aufrichten. Im gleichen Augenblick jedoch winkte Valeria sie schon an ihren Tisch. Es blieb ihnen nichts anderes übrig, als der Aufforderung Folge zu leisten. Valeria stellte ihren Begleiter vor.

»Peter, das ist Basilio Lazzaro. Basilio, das ist Peter Landon. Ninette kennst du selbstverständlich, Basilio?«

»Natürlich, wir sind alte Freunde«, sagte Lazzaro glatt. »Ich freue mich sehr, Sie kennenzulernen, Herr Landon.«

Ninette sagte nichts. Valeria beobachtete sie amüsiert, während Lazzaro und Landon einander musterten und sofort zu dem Schluß gelangten, sich nicht leiden zu können. Nach einer kleinen steifen Pause sagte Valeria:

»Ich habe versucht, Sie heute früh anzurufen, Peter. Ich wollte Sie morgen gern treffen.«

»Ich bin fast den ganzen Tag fort gewesen«, sagte Landon unbeholfen. »Und ich weiß noch nicht genau, wie es morgen wird.«

»Darf ich Sie dann anrufen? Es ist ziemlich wichtig.«

Es blieb ihm nichts anderes übrig, als einzuwilligen. Daraufhin zogen er und Ninette sich so schnell wie möglich zurück. Sie tranken ihre Gläser schweigend aus und gingen rasch zum Wagen. Nach einer Weile sagte Ninette gereizt:

»Ich habe es dir doch gesagt, Peter, nicht wahr? Sie interessiert sich für dich, und sie wird dich ohne Kampf nicht aufgeben.«

»Mir kam dagegen vor«, sagte Landon beißend, »als interessiere sich dieser Basilio – wie heißt er doch – für dich.«

Damit endete die Unterhaltung. Ein leichter kühler Windstoß fuhr über das Land. Bei all ihrer Liebe fanden sie doch während der ganzen Fahrt bis Siena kein Wort der Versöhnung. Düster und in sich gekehrt saßen sie nebeneinander, während die graue Dämmerung sich auf Olivenhaine und Zypressen senkte.

In jeder Liebe, wie heftig sie auch sein mag, gibt es Augenblicke, in denen plötzlich das Gemeinsame auseinanderfällt und Mann und Frau in die Einsamkeit zurückgestoßen werden, die sie ursprünglich zueinandergeführt hat. Die Vorstellung, die jeder vom andern hat, ist zu vollkommen, das gegenseitige Verhältnis zu empfindlich, um auch nur die kleinste Enttäuschung zu vertragen. Liebe und Ergebenheit erscheinen so rein, daß niemand etwa vorhandene Vorbehalte eingestehen kann. Sie sind so zart zueinander, daß sie sich Unduldsamkeit gar nicht vorstellen können. Eine kleine Verstimmung aber führt blitzschnell zum Streit. Die Folge ist Zorn, Trennung und Flucht in die Einsamkeit, die schließlich unerträglich wird und sie wieder zueinanderführt; mehr als zuvor auf den anderen angewiesen.

Das ist die wahre Gestalt der Liebe: einfach und offenkundig für alle, die diese Wege und Umwege erlebt haben, aber schwierig und schmerzvoll für diejenigen, die, wie Ninette und Landon, noch hindurchmüssen.

An diesem Abend stritten sie sich nicht, sie waren still und zurückhaltend. Ninettes Eifersucht schien Landon kindisch, albern und beinah beleidigend für einen Mann, der bereit war, sie zum Altar zu führen, wenn sie nur mit dem Kopf nickte. *Sie* hatte ihn gedrängt, die Verbindung mit Rienzi nicht abzubrechen. *Sie* hatte ihm beigebracht, daß sie seine Freundschaft brauchten. Und wenn sie das alles jetzt bereute, dann hatte sie nicht den leisesten Grund, es ihm anzukreiden.

Was Ninette betraf, so verlangte sie nach Bestätigung, Nachsicht und Verständnis für ihre Grille. Sie brauchte wie jede Frau einen Partner in der offenkundigen Torheit der Liebesbeziehung. Sie verübelte ihm sein Gepolter ebenso wie seinen Mangel an Verständnis.

Es gab nur ein einziges Mittel dagegen: das Buch wegwerfen, die Worte vergessen – und sich in Zärtlichkeiten flüchten. Doch scheuten sie beide vor dieser einfachen Lösung zurück. An diesem Abend hatten sie Angst voreinander. Sie redeten aneinander vorbei und wußten doch, die Wahrheit lag nur einen Schritt entfernt – das große florentinische Bett mit seinen Drapierungen und den Erinnerungen an andere Lieben. Beide empfanden die gleiche Leidenschaft füreinander, und doch hatten beide das Gefühl, daß ihnen in dieser Situation Enthaltsamkeit besser täte als allzu bereites Nachgeben. Vielleicht war es eine Torheit, denn das Leben ist eigentlich zu kurz, als daß man sich zu sehr unfruchtbarem Zorn überlassen dürfe. Doch in der Liebe ist vieles töricht – und sie trennten sich, nur halb versöhnt und auf ein besseres Morgen hoffend.

4

Am nächsten Morgen saß Professor Galuzzi um zehn Uhr dreißig mit seinem englischen Kollegen zu einer ersten Aussprache in seinem Büro. Er begann mit einer Entschuldigung:

»Ich denke, Landon, Sie sind mit mir einig, daß wir noch immer Pioniere einer unexakten Wissenschaft sind. Unsere Methoden sind tastend und unbeholfen, unsere Definitionen mitunter ungenau. Es hat bedeutende Gelehrte auf unserem Gebiet gegeben – Freud, Jung, Adler und die anderen –, doch wir wissen, daß selbst ihre bedeutendsten Untersuchungen oft durch ein zu dogmatisches Festhalten an unbewiesenen Hypothesen behindert wurden. Ich persönlich würde mich einen Eklektiker nennen. Ich behalte mir das Recht der Auswahl vor, der Auswahl des klarsten Weges zur Wahrheit. Nach allem, was ich von Ihnen gelesen habe, glaube ich, Sie haben die gleiche Einstellung.«

»Stimmt.« Landon nickte. »Ich glaube, das gilt für alle Wissenschaften: Die großen Sprünge nach vorn haben stets kühne Spekulierer gemacht, deren Irrtümer schließlich zur Entdeckung neuer Wahrheiten geführt haben. Noch ist unser Wissen um den menschlichen Geist ungenau, doch haben wir schon ein schönes Stück Wegs zurückgelegt – vom mittelalterlichen Tollhaus, von teuflischer Besessenheit und göttlichem Wahn.«

»Gut«, sagte Galuzzi erleichtert. »Damit hätten wir den Ausgangspunkt für eine Zusammenarbeit.« Er lehnte sich zurück. »Ich habe mich nur zu oft von Kollegen beeindrucken lassen, die behaupteten, das letzte Rätsel um den menschlichen Geist gelöst zu haben. Wir können uns eine solche Anmaßung nicht leisten. Wir sind weder Götter noch Wahrsager. Also – lassen Sie uns auf unsere Patientin zu sprechen kommen, diese Anna Albertini. Ich war gestern ein paar Stunden bei ihr. Ich habe eine Bandaufnahme von unserer Unterhaltung gemacht, die ich gern ablaufen lassen möchte. Vorher möchte ich Sie jedoch auf eine Eigenart der italienischen Strafjustiz aufmerksam machen. Wir haben, genau wie Sie, den Begriff der Unzurechnungsfähigkeit, dessen Definition ziemlich genau der in England gebräuchlichen entspricht. Außerdem haben wir den Begriff der verminderten Zurechnungsfähigkeit. Er umfaßt eine ganze Skala, vom unkontrollierbaren Affekt bis zu den geistigen Zuständen und Schädigungen, die die Verantwortlichkeit des Individuums vor dem Gesetz vermindern, aber nicht aufheben. Und ich glaube, daß wir allenfalls damit operieren können.«

»Demnach schließen Sie Unzurechnungsfähigkeit völlig aus?«

»Ja.« Die Antwort kam mit großem Nachdruck. »Wenn Sie das Mädchen gesehen haben, werden Sie, glaube ich, derselben Ansicht sein. Ich glaube, daß sie im Sinne des Gesetzes durchaus nicht geisteskrank ist. Ich habe keinerlei Anzeichen einer Manie, einer Schizophrenie oder paranoider Tendenzen feststellen können. Auch keine Amnesie und keine Spur von Hysterie. Eine gewisse Schockwirkung ist selbstverständlich vorhanden, doch sie schläft gut und ruhig, ißt normal, pflegt sich körperlich einwandfrei und scheint sich mit vernünftiger Resignation in ihre Lage zu finden. Selbstverständlich ist ein Trauma vorhanden. Und zwar im Zusammenhang mit dem Tod ihrer Mutter. Auch eine Art Besessenheit ist festzustellen, vermindert, doch nicht völlig überwunden durch die reinigende Wirkung des vollzogenen Racheaktes. Es wird gründlicher Untersuchung bedürfen, Grad und Ausdehnung zu ermitteln.«

»Genügt diese Besessenheit, um ein italienisches Gericht auf mildernde Umstände erkennen zu lassen?«

Galuzzi lachte und warf mit italienischer Überschwenglichkeit die Arme von sich:

»Ah! Das ist es ja! Hier fängt die Schwierigkeit an. Die Definition ist unklar. Und nur zu oft reagieren unsere Richter äußerst heftig auf Andeutungen, ein Mensch, der nicht geisteskrank ist, könnte für seine Handlungen dennoch nicht voll verantwortlich sein. Sie wissen ja so gut wie ich, daß die Rechtsprechung in diesem Punkt nicht mit der Entwicklung unserer Wissenschaft Schritt hält. Es ist nicht selten Sache eines Anwalts, eine für seinen Mandanten günstige Entscheidung des Gerichts zu erwirken. Oft wird Gerechtigkeit durch mangelhafte Definition verhindert. Es liegt bei Leuten wie Ihnen und mir, unsere Erkenntnisse so klar und eindeutig festzulegen, daß der Richter gar nicht umhinkann, sie zu berücksichtigen. Und jetzt, bevor ich Ihnen das Band vorführe... Sie sagen, Sie haben das Mädchen noch nicht gesehen?«

»Nein. Rienzi hat sie gesehen und mir eine recht farbige Beschreibung von ihr gegeben.«

Galuzzi lachte auf.

»Ich mache ihm keinen Vorwurf daraus. Ich bin älter als er, doch ich gestehe, auch ich war seltsam beeindruckt. Sie ist von ganz ungewöhnlicher Schönheit und verfügt über einen fast nonnenhaften Charme. Die Insassinnen in Gimignano sind auch wie Nonnen gekleidet – Säuferinnen, Diebinnen, Abtreiberinnen und billige Straßenmädchen. Aber sie! Man könnte einen Heiligenschein um ihren Kopf malen und sie auf ein Piedestal in die Kirche stellen. Na, wollen wir sie uns mal anhören.«

Er ging zum Tisch und schaltete das Gerät ein.

Galuzzis Stimme hatte den nüchternen Tonfall des geübten Psychiaters. Die Stimme des Mädchens war angenehm, doch irgendwie abwesend und gleichgültig, nicht stumpf und auch nicht gelangweilt, nur einfach seltsam unbeteiligt. Sie klang wie die Stimme einer Schauspielerin, die durch eine Maske spricht.

»Sie wissen, Anna, daß ich Arzt bin und gekommen, Ihnen zu helfen.«

»Ja, ich weiß.«

»Sagen Sie, haben Sie letzte Nacht gut geschlafen?«

»Sehr gut, danke.«

»Sie haben sich nicht gefürchtet?«

»Nein. Ich war sehr müde von den vielen Fragen. Aber niemand war unfreundlich zu mir. Ich habe mich nicht gefürchtet.«

»Wie alt sind Sie, Anna?«

»Vierundzwanzig.«

»Wie lange sind Sie verheiratet?«

»Vier Jahre.«

»In was für einem Haus wohnen Sie?«

»Ich wohne in keinem Haus, sondern in einer Wohnung. Sie ist nicht sehr groß. Aber groß genug für Luigi und mich.«

»Wie alt ist Luigi?«

»Sechsundzwanzig.«

»Was haben Sie getan, seit Sie verheiratet sind?«

»Was jede Frau tut. Saubergemacht, eingekauft, gekocht und für Luigi gesorgt.«

»In Florenz war das?«

»Ja.«

»Hatten Sie irgendwelche Freunde in Florenz?«

»Luigi hatte Freunde von der Arbeit her, und er hatte seine Familie. Ich selber habe dort niemanden gekannt.«

»Haben Sie sich nicht einsam gefühlt?«

»Nein.«

»War Luigi gut zu Ihnen?«

»Ja. Er war manchmal böse – aber er war gut zu mir.«

»Warum war er böse?«

»Er sagte immer, ich liebte ihn nicht, wie ich sollte.«

»Und haben Sie ihn geliebt?«

»Im Grunde, ja.«

»Was heißt das?«

»Innen. In meinem Kopf. In meinem Herzen.«

»Haben Sie Luigi das gesagt?«

»Ja. Aber er war trotzdem böse.«

»Warum?«

»Weil er gesagt hat, das genüge nicht. Eheleute täten etwas, um ihre Liebe zu zeigen.«

»Wußten Sie, was er meinte?«

»O ja.«

»Aber sie wollten es nicht tun?«

»Nein.«

»Warum nicht?«

»Ich habe gedacht, er würde mir weh tun.«

»Und was haben Sie sonst noch gedacht?«

»Ich habe an seine Pistole gedacht.«

»Erzählen Sie mir etwas darüber.«

»Er hat sie jede Nacht mitgenommen, wenn er zur Arbeit gegangen ist. Er mußte die Fabrik bewachen. Morgens, wenn er nach Hause kam, hat er sie ins Schreibtischschubfach getan.«

»Hatten Sie Angst vor der Pistole?«

»Nur im Traum. Am Tage habe ich sie oft in die Hand genommen und angesehen.«

»Was haben Sie von der Pistole geträumt?«

»Daß Luigi sie in der Hand hatte und damit auf meine Mutter zielte. Und dann war es nicht Luigi. Es war jemand anderer. Ich konnte sein Gesicht nicht sehen, aber ich habe gewußt, es war Belloni. Dann habe ich versucht, zu ihm zu kommen, aber ich konnte nicht, und dann bin ich immer aufgewacht.«

»Belloni ist der Mann, den Sie umgebracht haben?«

»Ja.«

»Warum haben Sie ihn umgebracht?«

»Er hat meine Mutter erschossen.«

»Erzählen Sie mir davon, Anna.«

»Ich möchte lieber nicht darüber sprechen. Es ist vorbei. Belloni ist tot.«

»Erschreckt es Sie, daran zu denken?«

»Nein. Ich möchte einfach nicht darüber sprechen.«

»Schön. Dann erzählen Sie mir etwas von Ihrem Vater.«

»Ich kann mich kaum an ihn erinnern. Er wurde eingezogen, als ich fünf war. Dann haben wir erfahren, daß er gefallen ist. Mutter hat viel geweint, aber schließlich ist sie drüber weggekommen. Ich zog in ihr Zimmer und habe bei ihr geschlafen.«

»Bis die Deutschen ins Dorf kamen?«

»Nein. Immer.«

»Als die Deutschen da waren, haben Sie da auch bei ihrer Mutter geschlafen?«

»Ja. Sie hat nachts immer abgeschlossen.«

»Wo sind Sie zur Schule gegangen?«

»In San Stefano. Bei den Braunen Schwestern.«

»Was haben Sie da gelernt?«

»Lesen, Schreiben und Rechnen. Und auch den Katechismus.«

»Steht nicht im Katechismus, Anna, daß man nicht töten darf?«

»Ja.«

»Aber Sie haben Belloni getötet. War das nicht eine Sünde?«

»Ich denke, ja.«

»Macht Ihnen das nichts aus?«

»So habe ich nie daran gedacht. Ich habe nur gewußt, ich muß ihn umbringen, weil er meine Mutter umgebracht hat.«

»Haben Sie das immer gewußt?«

»Ja.«

»Wieso haben Sie es gewußt?«

»Ich habe es einfach gewußt. Wenn ich früh aufwachte, wenn ich kochte oder saubermachte oder zum Einkaufen ging, immer habe ich es gewußt.«

»Wie haben Sie sich schließlich entschlossen, ihn umzubringen?«

»Es war die Pistole.«

»Aber Sie haben gesagt, die Pistole wäre immer dagewesen. Luigi hätte sie nachts mit zur Arbeit genommen und morgens immer in die Schreibtischschublade gelegt. Sie haben gesagt, Sie hätten sie oft herausgenommen und angesehen. Warum haben Sie so lange gewartet?«

»Weil es anders war. An diesem Morgen hat Luigi die Pistole nicht in den Schreibtisch getan. Er hat sie auf dem Nachttisch liegengelassen. Als er eingeschlafen war, habe ich sie genommen und bin nach San Stefano gefahren und habe Belloni erschossen. Bitte, können wir eine Pause machen?«

Galuzzi stand auf und schaltete das Gerät ab. Dann wandte er sich Landon zu, der am Tisch saß und sich auf einem Briefumschlag Notizen machte.

»Also, Landon, das wäre der erste Teil. Was halten Sie bis jetzt davon?«

»Bis jetzt ist es beinah klassisch simpel. Schock und Trauma, hervorgerufen durch die Umstände beim Tod der Mutter. Die Unfähigkeit des Mädchens, die Situation zu meistern, und eine daraus resultierende Blockierung der Ich-Funktion. Daher die Besessenheit, die Alpträume, die sexuelle Unfähigkeit, die Übertragung von Symbolen...« Er zuckte die Schultern. »Ich sollte mich nicht so rasch festlegen.«

Galuzzi nickte:

»Wie Sie sagen, mein Freund, es ist beinah ein Lehrbuchfall. Wir werden selbstverständlich tiefer vordringen müssen und schließlich die Beschreibung bekommen, die sie sich vorläufig zu geben weigert. Eine Beschreibung der Umstände beim Tod ihrer Mutter. Ich zweifle nicht, daß wir dabei auf einige Verwicklungen stoßen werden, von denen wir bisher nichts haben ahnen können. Aber selbst wenn sich unsere ersten Vermutungen bestätigen sollten – wo stehen wir dann?«

»Es geht einfach um die menschliche Natur und um bestimmende Faktoren persönlicher Verantwortlichkeit«, sagte Landon. »Die alten Moralisten haben schon gewußt, warum sie sich so lange weigerten, die Doktrin von der Willensfreiheit aufzugeben.«

»Genau meine Meinung, Landon«, sagte Galuzzi und nickte. »Die Frage, die das Gericht von uns beantwortet wissen will, ist einfach, ob in diesem Mädchen noch genug Willensfreiheit gewesen ist, genug Einsichtsvermögen, um ihre Handlungsweise beurteilen und sich dagegen entscheiden zu können.«

Landon zuckte hilflos die Schultern.

»Wer soll das beantworten – ausgenommen der allmächtige Gott?«

»Und doch«, sagte Galuzzi düster, »maßen wir uns, wenn wir zu Gericht sitzen, stets die göttliche Funktion an, über Leben und Tod zu richten. Es kommt vor, daß ich im Zeugenstand um meinen eigenen Verstand zittere. Wollen Sie den Rest noch hören, oder wollen Sie sich das Mädchen erst einmal ansehen?«

»Ich würde sie gern mit Ihnen zusammen aufsuchen«, sagte Landon. »Sie könnten die Fragen stellen, und ich würde nur zuhören. Es ist schon schwierig genug, in der eigenen Sprache eine Untersuchung durchzuführen – in einer anderen gehen zu leicht die Nuancen verloren.«

»Lassen Sie uns zusammen essen gehen und eine Flasche Wein trinken«, sagte Emilio Galuzzi. »Ich glaube, wir haben einen schweren Nachmittag vor uns.«

Als Landon in die Pensione della Fontana zurückkehrte, senkte sich Dämmerung über die alte Stadt. Er war müde und bedrückt von der Erinnerung an das finstere Gefängnis und die Gesichter der unglücklichen Insassinnen.

Die Unterhaltung mit Anna Albertini war lang und langweilig gewesen, und trotz Galuzzis Geschicklichkeit und Landons Hilfe war es ihnen nicht gelungen, von Anna Einzelheiten über die Umstände beim Tod ihrer Mutter zu erfahren.

Seine Niedergeschlagenheit vertiefte sich, als er erfuhr, daß keinerlei Nachricht von Ninette vorlag. Nur ein Telegramm von Carlo aus Florenz war da und Valeria Rienzis Bitte um einen Anruf vor acht Uhr abends bei einer Nummer in Siena.

Carlos Telegramm war kurz und sagte wenig: *Es war ein Scherz, aber ich bitte um Entschuldigung. Habe Fortschritte gemacht. Weitere Unterredungen in San Stefano heute abend. Morgen früh mit Mandantin. Bitte setze dich morgen mittag im Hotel Continentale mit mir in Verbindung.*

Landon steckte das Telegramm in die Tasche, klingelte nach dem Stubenmädchen und bestellte ein Bad.

In der Marmorbadewanne zog er die Bilanz seiner Lage. Er hatte für ein der Reise und Erholung gewidmetes Jahr einfach zuviel von seiner Freiheit geopfert und zuviel von seinen persönlichen Interessen – und zwar Menschen, zu denen er im Grunde keine Beziehung hatte. Wenn der Fall Anna Albertini sich so weiter entwickelte, würde er weder zu seiner Erfahrung noch zu seinem Ruf beitragen. Er konnte sich immerhin seiner Verpflichtung gegenüber Carlo mit einem Bericht über seine und Galuzzis Erkenntnisse entledigen und einige Ratschläge über die Haltung der Verteidigung andeuten. Ascolini schuldete er nichts als die Höflichkeit eines Gastes. Ein Dankbrief und ein passendes Geschenk würden da völlig genügen. Valeria schuldete er so viel – oder so wenig –, wie ein Sommerkuß wert war.

Und Ninette? Das war eine andere Frage. Er liebte sie. Er hatte ihr gesagt, er wolle sie heiraten. Sie war einer Antwort ausgewichen und hatte ihm gesagt, er könne bleiben oder gehen. Und was wollte er? Wieviel war er bereit zu zahlen? Welchen Weg würde er einschlagen?

Er war noch immer unmutig, weil sie ihn nicht angerufen hatte. Er wußte zwar, daß es unvernünftig war, das von ihr zu verlangen. Aber wenn ein Mann durch Jahre hindurch gewöhnt war, nach Frauen nur winken zu müssen, neigt er dazu, zuviel zu verlangen. Aber da waren noch andere Befürchtungen. Wenn die Laute so früh und so leicht einen Sprung bekam – was für Musik würde sie nach ein paar Jahren Ehe spielen? Vielleicht war es doch besser, zu packen und abzureisen. Glück war in jedem Hauptbuch ein zweifelhafter Posten – wer sollte das wohl besser wissen als ein Arzt für kranke Seelen?

Dann, plötzlich, wandelte sich seine Gereiztheit in unbekümmerte Rücksichtslosigkeit. Zum Teufel mit allen! Noch war er frei. Er hatte genug gegeben. Er hatte sich eine richtige Nacht verdient. Und wenn ein Mädchen geküßt werden wollte – warum nicht ihr und sich selber den Gefallen tun? Er stieg aus der Wanne, trocknete sich ab und zog sich besonders sorgfältig an. Dann ging er und rief Valeria Rienzi an.

»Peter? Nett, daß Sie anrufen. Hätten Sie heute abend wohl ein bißchen Zeit für mich?«

»Ja, natürlich.«

»Wollen wir zusammen essen?«

»Gern. Wo treffen wir uns?«

Sie sagte ihm, sie sei bei einem Cocktail bei Freunden in der Via del Capitano, und schlug vor, er solle sie dort halb neun Uhr abholen. Sie könnten dann in ein Restaurant in der Nähe essen gehen. Es war ihm recht, und sie dankte ihm mit entwaffnender Liebenswürdigkeit.

Ein vages Schuldbewußtsein ließ ihn Ninettes Nummer anrufen, aber sie meldete sich nicht. Er war ärgerlich und entschied mit männlicher Naivität, daß eine kleine Trennung ihnen beiden guttun würde. Es war erst halb acht, und er beschloß, die Zeit für ein paar Briefe zu nutzen.

Während er unbeantwortete Korrespondenz erledigte, empfand er ein befriedigendes Gefühl von Selbstgerechtigkeit. Er war ein vernünftiger Bursche, der wußte, was er tat. Ein Mann mit einem Bankkonto und dem Bewußtsein, im Dienste der Menschheit etwas zu leisten. Alles andere – ausgenommen Ninette Lachaise – war ein provinzielles Abenteuer, ein Zwischenspiel, das er vergessen würde, sobald es vorüber war.

Dann aber, ohne jede Warnung, überfiel ihn eine dieser Stimmungen, in denen die Schrecknisse und Mysterien des Lebens plötzlich übergroß und überdeutlich werden.

Er hatte in Rom ein Empfehlungsschreiben vorgewiesen und war unversehens in ein Familiendrama verwickelt worden. Er hatte sich von einem halbflüggen Anwalt bestricken lassen und mußte ihn plötzlich über das Schicksal einer Mandantin beraten. Er hatte mit einer neuen Bekanntschaft zu Abend gegessen – wie schon tausendmal – und war plötzlich zur Ehe entschlossen. Jetzt würde er mit einer anderen dinieren und war sich durchaus bewußt, daß das sehr wohl der Anfang neuer Verwicklungen sein konnte.

Es war eine merkwürdige Erfahrung, als stünde er auf einem hohen Berg und blickte auf ein schattenerfülltes Tal hinab. Das Tal war leer und lautlos. Er war einsam – eine Kreatur aus dem Niemandsland ohne Weg und Ziel. Dann, plötzlich, flammten Lichter auf, hier und da und dort, und das Tal war mit einem Schlag von Menschen belebt, und er war gezwungen, hinunterzugehen und sich unter sie zu mischen.

Es war nicht gut, allein zu sein. Aber es kostete einen Preis, sich dem Pilgerzug anzuschließen, und eine Gebühr für jeden Reisetag. Man mußte sein Brot unter Tränen brechen und dünnen Wein voller Dankbarkeit trinken. Man mußte sich dareinfinden, beneidet und gehaßt zu werden, wenn auch geliebt. Und wenn die Karawane das versprochene Ziel nicht erreichte, dann mußte man in der Wüste warten. Das war das Schreckliche am Menschsein, daß jeder mit allen zusammengekettet war auf Gedeih und Verderb, so daß jede Krankheit zur Epidemie werden konnte und die Schuld einiger weniger alle zu Sündenböcken machte.

Ein ziemlich trostloser Gedanke für einen Sommerabend in der Toskana. Landon wies ihn von sich und ging, um mit Valeria Rienzi zu dinieren.

Sie verließen die Stadt und fuhren zu einem Landgasthof, wo sie unter einem Rebendach aßen und einen Wein aus dem Garten der Wirtschaft tranken. Der Wein war stark, ein Trio musizierte, und nach zwanzig Minuten war Landon entspannter und gelöster, als er es seit Tagen gewesen war.

Auch Valeria schien dankbar für den Abend und neckte ihn gutgelaunt:

»Sie scheinen endlich anzufangen, sich zu unterhalten, Peter – ein kleines Drama, eine kleine Komödie, eine kleine Romanze.«

»Wird langsam Zeit, meinen Sie nicht auch?«

»Selbstverständlich. Aber vor dem heutigen Abend hätte ich nie gewagt, es zu sagen.« Sie schmollte und runzelte die Stirn. »Immer, wenn ich mit Ihnen sprach, kam ich mir vor wie ein kleines Mädchen bei der Beichte.«

»Heute nicht, hoffentlich.« Landon streckte lachend die Hand über den Tisch. »Kommen Sie, lassen Sie uns tanzen, dann will ich *Ihnen* beichten.«

Es war leichthin gesagt, und sie sah mit der gleichen Leichtigkeit darauf, daß er sich daran hielt. Während sie dicht aneinandergeschmiegt tanzten, während sie dasaßen und ihren Wein tranken, fragte sie ihn aus, und er redete unbefangen über sich selber, seine Familie, seine Karriere und über die Situation, die ihn bewogen hatte, London für eine Weile zu verlassen. Valeria war eine gute Zuhörerin, und wenn sie nicht kokettierte, strahlte sie eine Wärme und Schlichtheit aus, die er ihr niemals zugetraut hätte. Schließlich kamen sie auf Carlo zu sprechen, und sie fragte ihn:

»Glauben Sie immer noch, er macht es richtig, Peter?«

»Ich glaube, er tut das Richtige für sich: Wenn er vielleicht auch nichts dabei gewinnen mag, denke ich doch, es ist gut, daß Sie und Ihr Vater beschlossen haben, ihn zu unterstützen.« Sie sah ihn prüfend an.

»Glauben Sie, es interessiert ihn in diesem Augenblick, ob wir ihn unterstützen oder nicht?«

»Unbedingt. Vielleicht würde er es nicht zugeben, aus Furcht, schwach zu erscheinen.«

»Haben Sie seine Mandantin gesehen – diese Anna Albertini?«

»Ja, heute nachmittag.«

»Wie ist sie?«

»Jung, schön, und – ganz verloren, denke ich.«

Sie lachte kurz auf.

»Es wäre lustig, wenn Carlo sich in sie verlieben würde. Anwälte und Ärzte verlieben sich gelegentlich in ihre Klienten und Patienten, nicht wahr?«

»Ich glaube, daß Carlo Sie liebt, Valeria.«

Sie schüttelte den Kopf.

»So nicht, Peter. Wenn ich ein lahmes Entlein wäre, vielleicht. Ich weiß, er glaubt, daß das, was er für mich empfindet, Liebe ist. Aber ich fürchte, es ist nicht meine Art. Und Sie, Peter, lieben Sie Ninette Lachaise?«

Es war sauber gemacht – wie ein Zaubertrick. Doch Landon wich der Frage aus:

»Drängen Sie mich nicht, Valeria. Wie gesagt: ich fange eben an, mich zu unterhalten.«

Sie tätschelte seine Hand mit schwesterlicher Zustimmung:

»Das ist gut, Peter. Und ich freue mich für Sie. Mit einer erfahrenen Frau ist es immer am besten. Wenn es nichts wird, gibt es keine Komplikationen und keinen Kummer. Lassen Sie uns noch einmal tanzen, dann müssen wir gehen.«

Danach war es nur allzu leicht. Die Schwüle der Nacht umschmeichelte sie, und als sie nach Siena zurückfuhren, legte sie verträumt den Kopf auf seine Schulter.

Vor der Pensione della Fontana fragte er sie, ob sie noch für ein letztes Glas mitkommen wollte. Sie willigte ein. Doch als sie in dem alten Zimmer mit der hohen Kassettendecke voller Schatten früherer Lieben allein waren, hob Leidenschaft sie wie eine Welle hoch und warf sie in Dunkelheit und Aufruhr auf das breite Bett.

In den frühen Morgenstunden wachte Landon auf und sah sie, vollkommen angezogen, auf dem Bettrand sitzen. Sie nahm seinen Kopf zwischen die Hände und küßte ihn auf die Lippen. Dann lächelte sie, und ihr Lächeln war voll fraulicher Weisheit –

»Jetzt bin ich glücklich, Peter. Ich habe es so gewollt, das weißt du. Und jetzt wirst du mich nie wieder verachten können. Nein, sage nichts. Es war gut für mich, und ich denke, es wird auch für dich gut sein. Ich wollte dir furchtbar weh tun; jetzt kann ich es nicht mehr. – Du brauchst übrigens keine Furcht vor mir zu haben. Carlo wird es nie erfahren und Ninette auch nicht. Aber wir beide werden es nie vergessen. Gute Nacht, mein Liebling.«

Sie küßte ihn noch einmal, dann ging sie. Und er lag wach bis zur Dämmerung, während er im Vokabular seines Berufes nach Worten suchte, die beschreiben konnten, was ihm geschehen war.

Er war zu alt, um die Fassung zu verlieren wie ein Jüngling nach dem ersten Fehltritt mit einer verheirateten Frau, aber er war zu erfahren, um sich nicht über die Konsequenzen klar zu sein. Er hatte eine Schuld auf sich geladen: eine persönliche Schuld, ein Unrecht an Ninette, ein noch größeres an Carlo Rienzi. Er konnte niemandem außer sich selber einen Vorwurf daraus machen – und er konnte sich den Luxus eines Geständnisses nicht leisten. Und so drängte sich ihm mit vollendeter Ironie das Rezept auf, das er allen seinen Patienten ausstellte: Erkennen Sie die Schuld an, erkennen Sie sich selber, tragen Sie das Wissen darum wie ein Nesselhemd und ertragen Sie es mit soviel Würde wie möglich.

Er trug es den ganzen Morgen. Er lief ziellos durch die Stadt über sonnenbeschienene Piazze und durch übelriechende Gäßchen. Er trank zuviel Kaffee und rauchte zu viele Zigaretten. Er verfluchte sich selber, stellte aber fest, daß er Valeria nicht verfluchen konnte. Eine Stunde vor Mittag saß er allein in einem Straßencafé, erschöpft, erniedrigt und mit dem Bewußtsein, daß dies eine Krise in seinem Leben und er nicht darauf vorbereitet sei.

Er war zu weit und zu lange gereist, um nicht zu wissen, daß es immer einige angenehme Ersatzlösungen für die große Leidenschaft gibt. Mit jeder konnte man durchaus glücklich überleben, wie ja auch die meisten Menschen ohne Trüffeln zum Frühstück oder Champagner zum Abendessen überlebten. Der halbverdurstete Reisende war glücklich mit einem Krug Wasser vom Dorfbrunnen und fragte nicht nach klaren Quellen. Sein Leben konnte sich zu einer Folge von Episoden wie der mit Valeria entwickeln, deren jede mit zunehmendem Alter und abnehmender Vitalität weniger und weniger bedeuten würde, und wenn es schon keine Ekstase gäbe, dann auch nicht die schmerzlichen Folgen der Liebe.

Liebe war ein Zustand, der der Agonie nahe verwandt schien. Doch wenn man ihn einmal erlebt hatte, wurde man in alle Ewigkeit von der Erinnerung und einer bitteren Sehnsucht nach dem verlorenen Paradies geplagt. Wie oft konnte die Welt zusammenbrechen? Und wem konnte nach dem einmaligen, dem großen Erlebnis noch der Sinn nach Feuerwerk und Vorstadtsex stehen?

Ein Romantiker mochte aus dieser Situation eine Geschichte von tiefer Einsicht und edler Entschlossenheit machen. Aber wie so vieles andere fehlte Landon auch die Gabe dafür. Er wartete einfach, verkrampft und erschöpft, bis er sich allmählich beruhigte und in der Lage fühlte, Ninette gegenüberzutreten.

Sein Herz schlug laut, und seine Hände waren feucht, als er die Treppen hochstieg und an die Tür ihres Ateliers klopfte. Sekunden später lag sie in seinen Armen, voller Besorgnis und Vorwurf.

»*Chéri*, wo warst du gestern den ganzen Tag? Warum hast du nicht angerufen? Ich habe heute früh ein dutzendmal telefoniert, aber niemand wußte, wo du bist. Wir dürfen uns so was nicht wieder antun. Nie wieder! Versprich es mir.« Dann spürte sie etwas Fremdes an ihm, schob ihn auf Armeslänge von sich und sah ihm ins Gesicht. »Etwas ist geschehen, Peter. Was?«

Die Lüge kam ihm leichter von den Lippen, als er zu hoffen gewagt hatte.

»Nichts ist geschehen. Außer, daß ich mich wie ein Idiot benommen habe. Es tut mir leid. Ich war gestern den ganzen Tag beschäftigt. Abends habe ich dann bei dir angerufen, aber du warst nicht zu Hause. Dann bin ich wütend in die Stadt gegangen. Ich hätte nicht wütend sein dürfen. Verzeihst du mir?«

Er nahm sie in die Arme, um sie zu küssen. Aber sie trat zurück, bleich und kalt wie eine Statue und ging zum Fenster. Als sie schließlich sprach, klang ihre Stimme müde.

»Das ist genau, was ich gefürchtet habe, Peter. Der Augenblick, in dem das, was wir gewesen sind, das bedroht, was wir sein wollen. Und deswegen wollte ich auch, daß wir warten und unsrer Liebe Zeit zum Wachsen lassen sollen.«

»Willst du das immer noch?« Er hielt sich zurück und bemühte sich, seine Stimme beherrscht und reserviert klingen zu lassen.

»Ja, Peter. Aber nur, wenn du es genauso willst wie ich. Und du darfst mich niemals belügen. Wenn du mir etwas nicht sagen willst, dann behalte es für dich und lüge nicht. Ich verspreche dir, ich werde es auch nicht tun.«

»Sonst noch etwas?«

»Ja. Ich brauche noch Zeit bis zu meinem endgültigen Entschluß.«

»Wie lange?«

»Bis nach dem Prozeß.«

»Ich hatte gehofft, wir könnten schon vorher fort von hier.«

Sie wandte ihm ihr Gesicht zu, und er sah, daß sie um Haltung ringen mußte. Ihre Antwort war sehr bestimmt. »Nein, Peter. Laß mich nicht wieder von vorn anfangen. Aber ich denke, du weißt jetzt, daß du Carlo etwas schuldest und daß du nicht glücklich sein kannst, bis du deine Schulden bezahlt hast. Ich weiß, ich kann es auch nicht.«

Er wußte keine Entgegnung und stand beschämt und unentschlossen da, bis sie kam, die Arme um ihn legte und ihm die Vorahnung einer Vergebung gab.

Ein Viertel nach zwölf Uhr traf Landon im Continentale ein. Rienzi saß in Hemdsärmeln an seinem mit Büchern und Notizen bedeckten Schreibtisch. Sein Gesicht war grau und seine Augen rotgerändert von Müdigkeit; er hielt sich mit Brandy und schwarzem Kaffee auf den Beinen. Landon war gleichfalls müde, überdies verlegen und alles andere als ausgelassen. Er entschloß sich also zu der gleichen Diät, goß sich eine Tasse Kaffee und ein Glas Brandy ein und streckte sich auf dem Bett aus, während Rienzi redete.

»Wir machen Fortschritte, Peter. Es geht langsam, aber wenigstens in die richtige Richtung. Ich habe in Florenz mit Luigi Albertini gesprochen. Er ist ein unbedeutender Bursche, von der Polizei gründlich verschreckt. Trotzdem hat er, wie du schon vermutet hast, ein bißchen ausgepackt, als ich ihn fragte, warum seine Frau nach vierjähriger Ehe noch Jungfrau sei.«

Rienzi grinste und sagte in florentinischem Vorstadtdialekt: »›... sie wollte einfach nicht. Sie hat gesagt, es tut ihr weh. Ich hab' sie zum Arzt gebracht, aber der hat auch nichts machen können. Was soll ein Mann mit so einer Frau anfangen...?‹ Aber damit war's auch schon aus. Ich hatte das Gefühl, er hält mit irgendwas hinterm Berg, jedoch keine Zeit, herauszufinden, was es war. Aber ich habe einen Privatdetektiv beauftragt, soviel wie möglich über ihn herauszubekommen.«

»In deinem Telegramm hast du gesagt, du würdest nach San Stefano gehen. Hast du dort irgend etwas Neues erfahren?«

»Fra Bonifazio wollte mich sprechen. Eines seiner Beichtkinder war mit Gewissensnöten zu ihm gekommen. Er wollte mir den Namen nicht sagen, aber offenbar handelt es sich um jemanden, der mit Belloni zusammen bei den Partisanen war. Fra Bonifazio hat ihm gesagt, sein Gewissen verpflichte ihn, alles zu sagen, was dem Mädchen helfen könnte. Er hat sich Bedenkzeit erbeten. Aber wenn er sich entschließt, zu sprechen, wird Fra Bonifazio mich sofort benachrichtigen. Ich hab' noch mal versucht, Sergeant Fiorello zum Reden zu bringen, aber ohne jeden Erfolg. Dann habe ich noch einen Privatdetektiv beauftragt, in den Dörfern der Umgebung nachzuforschen, ob er dort etwas über Belloni erfahren kann. Ein Mann wie Belloni muß einfach ein paar Feinde gehabt haben. Und heute morgen war ich bei Anna.«

»Ich gestern«, sagte Landon.

»Ich weiß. Sie hat es mir erzählt. Sie war dankbar, daß ihr, du und Galuzzi, so freundlich zu ihr wart.«

»Offenbar war sie mit dir gesprächiger als mit uns.« Landon lächelte und nippte an seinem Brandy. Rienzi kam und setzte sich auf den Bettrand. Er fragte besorgt:

»Was denkst du, Peter? Was denkt Galuzzi?«

»Auf keinen Fall ist sie geisteskrank«, sagte Landon mit Bestimmtheit. »Es sind Anzeichen von Trauma, Besessenheit und anderen psychopathischen Symptomen vorhanden. Galuzzi braucht noch etwas Zeit, um genau zu bestimmen, *wie* sehr ihr Zustand ihre Zurechnungsfähigkeit vermindert. Ich stimme mit ihm überein.«

»Ist das alles?«

»Was willst du mehr?«

Rienzi begann, auf und ab zu gehen. Er fuhr sich mit den Fingern durchs Haar und sprach in knappen, akzentuierten Sätzen.

»Ich brauche einen Ausgangspunkt, Peter. Einen Punkt, von dem aus ich kämpfen kann. Ich bin entsetzt darüber, was man diesem Mädchen angetan hat. Viel mehr als darüber, was sie selber getan hat. Weißt du, wie sie ist? Wie jemand, der sein ganzes Leben in einem Raum verbracht und aus dem gleichen Fenster in den gleichen kleinen Garten geblickt hat. Weißt du, was sie mir heute gesagt hat ...? ›Jetzt kann ich lieben. Jetzt kann ich anfangen, Luigi glücklich zu machen.‹ Wie hätte sie wissen sollen, was sie getan hat! Sie ist wie ein Mensch von einem anderen Planeten.«

»Das Gericht wird einen anderen Standpunkt einnehmen, Carlo. Du solltest dir folgendes klar vor Augen halten: Sie wußte, was eine Pistole ist. Sie konnte immerhin die Fahrt mit dem Taxi planen und ausführen. Sie wußte, daß Mord eine Sache ist, die die Polizei angeht. Sie war sich über die Folgen im klaren. Sie lebte in einer Großstadt. Sie führte ihrem Mann den Haushalt. Sie hat eine gewisse Schulbildung und zieht sich wie eine Erwachsene an. Sie ist weder verrückt noch zurückgeblieben. Und sie hat sechzehn Jahre gewartet, einen Mann

112

umzubringen. Ich will nicht behaupten, daß das die ganze Geschichte ist. Ich weiß, daß sie es nicht ist. Aber es ist auf alle Fälle die Geschichte, von der das Gericht ausgehen wird. Und du weißt so gut wie ich, daß das Gericht dabei stets die Frage der öffentlichen Ordnung im Auge hat und fürchten muß, daß etwaige Milde ein Wiederaufleben der Vendetta zur Folge haben kann.«

Dieser letzte Gedanke beeindruckte Rienzi am meisten. Er dachte einen Augenblick lang nach und sagte dann leise:

»Ich weiß das alles. Und mehr, Peter. Aber es gibt da etwas, das mich tief beunruhigt und das uns möglicherweise als Ausgangspunkt für die Verteidigung dienen kann. Dieser Mord war sechzehn Jahre lang geplant. Wenn das wahr ist, dann hat ihn Anna Albertini im Alter von acht Jahren beschlossen, in einem Alter, in dem sie vor dem Gesetz noch keine Verantwortung hat. Der Beschluß ist damals gefaßt worden, wenn auch die Tat selbst erst zu einem späteren Zeitpunkt ausgeführt worden ist. Was ist in diesen sechzehn Jahren geschehen, Peter? In welchem Zustand befand sich das Mädchen während dieser Zeit? Welcher Schock hat sie zuerst in diesen Zustand versetzt?«

»Du stellst die gleiche Frage wie Galuzzi und ich.«

»Und wenn du mir keine Antwort geben kannst, Peter, dann kann auch keine Gerechtigkeit entstehen.«

Landon stellte die Kaffeetasse weg und schwang sich vom Bett. Dann fing auch er an, hin und her zu gehen, während er antwortete:

»Durch das Gesetz kann nur zufällig Gerechtigkeit entstehen. Das Gesetz dient in erster Linie der öffentlichen Ordnung; es ist eine abschreckende, eine strafende Waffe. Die Gerechtigkeit ist noch immer in Gottes Hand, und er braucht lange, um ein Urteil zu fällen.«

»Vielleicht können wir ihn diesmal überreden, ein bißchen schneller zu arbeiten«, sagte Rienzi mit einem Anflug von Galgenhumor, dann wandte er sich in einem plötzlichen Entschluß Landon zu. »Ich habe kein Recht, dich darum zu bitten, Peter. Außer meiner Dankbarkeit kann ich dir nichts für deine Hilfe anbieten. Aber ich möchte gern, daß du in Siena

113

bleibst und mir hilfst. Trotz Galuzzi möchte ich dich gern als Zeugen der Verteidigung befragen, falls es mir gelingt, die Genehmigung des Gerichts dafür zu bekommen.«

»Wie du willst.«

Landon sagte es so beiläufig, daß er beinah das Gefühl hatte, sich zu verraten. Aber er konnte einfach nicht weiter schauspielern. Und als Carlo ihn verblüfft und entzückt anstarrte, sagte er gereizt:

»Um Gottes willen, Mann! Du hast doch die ganze Zeit gewußt, ich würde ja sagen. Laß uns jetzt kein Drama veranstalten. Und erwarte keine Wunder.«

»Wunder, Peter?« Rienzi lachte erleichtert. »Das ist ja schon ein Wunder.«

»Und noch etwas«, sagte Landon düster, in der Absicht, das Thema zu wechseln. »Du weißt, ich habe mit Ascolini zu Mittag gegessen. Er möchte dir helfen. Er bietet dir eine Million Lire und gewisse Notizen, die er über den Fall gemacht hat.«

»Das kann ich nicht annehmen«, sagte Rienzi kühl.

»Ich habe ihm schon gesagt, du würdest wahrscheinlich ablehnen. Aber es wäre vielleicht gut, ihm ein paar Zeilen mit deinem Dank zu schicken.«

»Das werde ich tun –«, sagte er. »Weißt du, Peter, daß ich in diesem Augenblick Valeria und ihrem Vater herzlicher zugetan bin als je zuvor? Und weißt du, warum? Weil ich dich zum Freund habe und weil es jemanden gibt, der mich nötiger braucht als sie – Anna Albertini. Ich habe plötzlich ein Lebensziel, einen Fall, um den ich mir Sorgen machen kann. Und das macht mich sehr glücklich.«

Glücklich? Landon kam er eher vor wie ein Mann, der im Angesicht des Galgens einen bitteren Witz macht. Aber was konnte er dazu sagen? Wenn man mit der Frau eines Mannes geschlafen hatte – durfte man ihm dann auch noch die Illusionen rauben? Es war eine schlimme Erfahrung, die Landon in diesem Augenblick machte. Er lächelte dabei, aber ein bitterer Nachgeschmack blieb zurück; er spürte ihn jede Stunde, jeden Tag, bis Anna Albertini vor Gericht stand.

5

Die Eröffnung eines Strafprozesses ist ein seltsam theatralisches Ereignis. Tradition und Öffentlichkeit verlangen nicht nur, daß Gerechtigkeit zu geschehen habe, sondern daß dabei gleichzeitig eine dramatische Unterhaltung geboten wird. Durch Mitleid und Schrecken sollen die Leidenschaften beruhigt werden, die durch das Verbrechen aufgewühlt worden sind.

Viele Menschen glauben, britische Prozesse seien unterhaltender als kontinentale, doch soll kein Delinquent sie unbedacht unterschätzen. Die britische Tradition geht unmittelbar auf den germanischen Brauch von Untersuchung, Verhör und Auseinandersetzung zurück. Das Gericht ist eine Stätte rednerischen Streites, dem ein Richter und eine Jury vorsitzen. Anklage und Verteidigung führen ihre Beweise mittels Verhör und Kreuzverhör. Sie disputieren miteinander über Tatsachen und deren Auslegung. Sie lassen sich in Wortgefechte ein wie Ritter in den alten Turnieren.

Die lateinische Methode ist, im Gegensatz dazu, eine auf das römische Recht gegründete Inquisition, modifiziert durch die Methode der Kanoniker. Sie besteht aus einer richterlichen Voruntersuchung, deren Ergebnis dem Gericht in Form einer Anklageschrift vorgelegt wird.

Der Angeklagte wird nicht gefragt, ob er sich schuldig oder nicht schuldig bekennt. Es gibt keinerlei Auseinandersetzung, sondern lediglich eine Darlegung des Tatbestandes, Plädoyers der Anklage und der Verteidigung und dann ein Urteil, das der Vorsitzende auf Grund der Entscheidung des Kollegiums aus fünf Richtern fällt, von denen drei Laien sind.

Für jemanden, der an die britische Tradition gewöhnt ist, hat diese inquisitorische Methode stets etwas leise Unheimliches, Finsteres an sich, da sie das verbreitete Prinzip zu verletzen scheint, daß die Anklage die Beweislast zu tragen hat und daß jeder so lange unschuldig ist, wie seine Schuld nicht bewiesen ist. In der Praxis scheint die lateinische Methode von der Voraussetzung auszugehen, daß die Wahrheit auf dem Grunde eines tiefen Brunnens liegt und daß der Angeklagte schuldig ist, bis die Inquisition genug Tatsachen ans Licht gebracht hat, um seine Unschuld nachzuweisen. Letzten Endes wird allerdings der Gerechtigkeit durch die eine Methode genauso gut oder genauso schlecht zum Siege verholfen wie durch die andere.

Jedes Gericht hat etwas von einem Theater an sich. Etwas von einer Bühne mit allen Requisiten sowie Logen und Parkettplätzen für ein Publikum, das für die Akteure ebenso leidenschaftlich Partei ergreift wie im Theater. Die Hauptdarsteller sind im Kostüm. Die Dialoge folgen vorgegebenen Richtlinien, so daß, genau wie im Theater, die Wirklichkeit durch Unwirklichkeit enthüllt und Wahrheit durch Fiktion demonstriert wird.

Landon und Ninette kamen frühzeitig und fanden doch den Vorraum bereits voller Menschen: Reporter, Fotografen, Zeugen, Neugierige, nervöse Beamte; alle redeten durcheinander.

Der alte Ascolini drängte sich durch die Menge, um sie zu begrüßen. Er sah abgespannt aus, schien es Landon. Die rosa Wangen waren blasser, die Haut durchscheinend, doch er begrüßte sie mit dem alten beißenden Humor.

»Also zeigen sich die verliebten Vögel doch wieder einmal. Lassen Sie sich ansehen, meine Liebe –. Gut! Bis jetzt ist die Liebe noch ein angenehmer Zeitvertreib, wie? Vielleicht werden Sie bald schon Zeit finden, mein Porträt zu beenden. Und Sie, Landon, treten also als sachverständiger Gutachter der Verteidigung auf, wie? Sie sind ein hartnäckiger Bursche, nicht wahr? Sie haben uns überrascht – am allermeisten Valeria, glaube ich.«

»Ist sie hier?« fragte Ninette.

»Dort drüben. Schmollt in einer Ecke. Ich habe sie in den letzten Wochen nur wenig zu Gesicht bekommen. Sie hat ihre eigenen Sorgen, glaube ich. Ich fürchte, ich kann ihr nicht helfen.«

Das war ein heikles Thema, und Landon versuchte, ihn davon abzubringen.

»Wie fühlt sich Carlo heute morgen?«

»Ziemlich angestrengt.« Ascolini lächelte. »Sollten Sie besser wissen als ich, Landon. Sie haben doch mit ihm gearbeitet.«

Landon überhörte den Stich und fragte geradeheraus:

»Was haben Sie für ein Gefühl bei dem Prozeß, Doktor?«

Ascolini breitete die Hände aus:

»Es ist genau das eingetreten, was ich erwartet habe. Ein feindseliges Klima und unbestimmte Gerüchte von bevorstehenden Überraschungen. Carlo hat mir kaum etwas erzählt. Aber wenn Sie mal Zeit haben, Landon, würde ich mich jederzeit freuen, ein Glas Wein mit Ihnen beiden zu trinken.«

»Jederzeit, *dottore*«, sagte Ninette lächelnd. »Klopfen Sie einfach an die Tür.«

»Bei jungen Liebesleuten ist es für gewöhnlich sicherer, vorher anzurufen. Aber ich komme bestimmt.«

Als die Tür geöffnet wurde, kam Bewegung in die wartende Menge, und sie wurden mit in den Gerichtssaal gedrängt. Es dauerte zehn Minuten, bis alles sich beruhigte, dann betraten die Akteure nacheinander die Bühne.

Zuerst kam der öffentliche Ankläger: ein großer, hakennasiger Mann mit eisengrauem Haar. Er suchte seinen Platz rechts vom Richtertisch auf und begann eine leise Unterhaltung mit seinen Assistenten. Dann kamen der Kanzler und der Stenograf, ein bißchen hochtrabende, uninteressiert wirkende Leute, die sich an einen Tisch in der Nähe der Anklagebank setzten, dem Platz des Anklägers gegenüber.

Als nächster erschien Carlo Rienzi mit zwei ziemlich schäbig wirkenden Kollegen mittleren Alters. Sie nahmen an einem Tisch, dem Richtertisch gegenüber, Platz. Carlo war in den letzten Wochen recht gealtert. Er hatte sehr abgenommen; sein schwarzer Mantel hing wie ein Sack von seinen schmalen Schultern. Sein Gesicht war angespannt und gelblich. Tiefe Falten lagen um Augen und Mund. In seinem gestärkten weißen Jabot und dem schwarzen Seidenmantel wirkte er wie ein von Gewissensqualen und Askese abgezehrter Mönch.

Ninette legte ihre Hand auf Landons Arm und flüsterte:
»Wir müssen uns um ihn kümmern, Peter. Er sieht so schrecklich einsam aus.«

Landon nickte geistesabwesend. Obgleich sie es nicht so gemeint hatte, erinnerte ihn die Bemerkung doch daran, daß auch seine wochenlange Mitarbeit die Schuld Rienzi gegenüber noch nicht vermindert hatte.

Plötzlich erhob sich aufgeregtes Geflüster: Anna Albertini betrat den Saal und wurde auf die Anklagebank geführt. Das Geflüster verebbte rasch, und das Mädchen ließ nicht erkennen, ob sie es überhaupt bemerkt hatte. Sie umklammerte die Messingstange vor der Bank und stand stocksteif da, mit niedergeschlagenen Augen, blutleerem Gesicht; selbst unter dem harten gelben Licht noch immer schön.

Beim Eintritt des Vorsitzenden und seiner Richterkollegen erhob sich das Publikum schweigend und wartete stehend, bis die Richter sich gesetzt und ihre Papiere geordnet hatten.

Der Präsident war eine imponierende Gestalt: ein großer, leicht gebückter Mann mit weißem Haar und einem altersweisen Gesicht, in dem Verständnis und die Unpersönlichkeit des Gesetzes einander zu widerstreiten schienen. Er runzelte die Stirn über den Lärm, mit dem die Menge sich wieder niederließ, sagte jedoch nichts. Dann trat der Kanzler vor und erklärte:

»Mit Genehmigung des Präsidenten und der Mitglieder des Gerichts: die Republik kontra Anna Albertini. Die Anklage: vorsätzlicher Mord.«

Landon fühlte den Druck von Ninettes Hand auf seinem Arm. Er verspürte einen leisen Druck in der Magengegend. Die Dreschflegel des Gesetzes begannen, auf die Tenne zu schlagen, und sie würden nicht aufhören, bis die Spreu vom Weizen getrennt und die letzten Körner für die Mühle herausgedroschen waren.

Der Präsident wandte sich an das Mädchen auf der Anklagebank:

»Sie heißen Anna Albertini, geborene Moschetti, aus dem Dorf San Stefano, bis vor kurzem wohnhaft in Florenz?«

Ihre Antwort war tonlos, aber bestimmt:

»Ja.«

»Anna Albertini, Sie sind vor diesem Gericht des vorsätzlichen Mordes an einem gewissen Gianbattista Belloni, Bürgermeister von San Stefano, angeklagt. Und zwar sollen Sie den Mord am vierzehnten August dieses Jahres begangen haben. Haben Sie einen Rechtsvertreter oder bedürfen Sie des Beistands eines Pflichtanwalts?«

Carlo Rienzi erhob sich und erklärte:

»Die Angeklagte wird von mir vertreten, Herr Präsident – Carlo Rienzi, Rechtsanwalt.«

Er setzte sich, und der Präsident beugte sich kurz über seine Papiere. Dann wandte er sich wieder an die Angeklagte:

»Laut Anklageschrift, die mir hier vorliegt, sind Sie, Anna Albertini, am Mittag des genannten Tages mit einem Taxi in San Stefano eingetroffen. Sie sind zum Haus des Bürgermeisters gegangen und haben gebeten, ihn sprechen zu dürfen. Sie wurden zum Eintreten aufgefordert. Aber Sie lehnten ab und warteten an der Tür. Als der Bürgermeister herauskam, schossen Sie fünfmal auf ihn und gingen dann zur Polizeistation, wo Sie Ihre Waffe ablieferten, verhaftet und später des Mordes beschuldigt wurden. Sie haben ausgesagt: ›Er hat meine Mutter im Krieg erschossen. Ich habe gelobt, ihn zu erschießen. Ich habe es getan.‹ Wollen Sie diese Aussage zurückziehen oder in irgendeiner Weise ändern oder ergänzen?«

Carlo Rienzi antwortete für sie:

»Wir wollen diese Aussage meiner Mandantin weder ändern noch zurückziehen. Wir betonen ausdrücklich, daß sie ohne Beeinflussung oder Zwang gemacht wurde.«

Der Präsident sah ihn verwundert an.

»Hat der Herr Verteidiger die Aussage gelesen?«

»Jawohl, Herr Präsident.«

»Und Sie sind sich über den belastenden Charakter völlig im klaren?«

»Völlig, Herr Präsident. Jedoch möchten wir beantragen, daß im Interesse der Gerechtigkeit diese Aussage im Lichte des Beweismaterials betrachtet werde, das wir dem Gericht noch vorlegen werden.«

»Der Antrag ist genehmigt, Herr Rienzi.« Er wandte sich an den Vertreter der Anklage: »Der Herr Staatsanwalt wird gebeten, seinen Fall vorzutragen.«

Der große hakennasige Staatsanwalt erhob sich und verkündete mit milder Stimme:

»Herr Präsident, meine Herren Richter. Der Tatbestand dieses Verbrechens ist so einfach, so klar und brutal, daß es keiner rednerischen Leistung von meiner Seite bedarf, Sie zu einer Verurteilung zu veranlassen. Mit Genehmigung des Herrn Präsidenten schlage ich vor, einfach meine Zeugen vorzuführen.«

»Bitte.«

Der erste Zeuge war der untersetzte Sergeant Fiorello. Trotz seines finsteren Gesichtes und seiner dörflichen Sprechweise machte er im Zeugenstand doch eine eindrucksvolle Figur. Seine Antworten waren präzis, seine Rede flüssig. Er hatte zwanzig Jahre in San Stefano Polizeidienst gemacht und stand jetzt der dortigen Station vor. Er identifizierte die Angeklagte und die Mordwaffe, schilderte die Umstände und Auswirkungen des Mordes und erntete ein Lob des Präsidenten für seine hervorragende Handhabung des Falles. Als die Staatsanwaltschaft ihn entließ, stand er als ein mustergültiger Diener der Ordnung und sympathischer Freund des Volkes da.

Dann lieferte Carlo Rienzi seine erste Überraschung. Er lehnte es ab, den Zeugen ins Kreuzverhör zu nehmen, bat aber, ihn später noch einmal zur Vernehmung durch die Verteidigung aufrufen zu dürfen. Der Präsident blickte auf:

»Das ist ein ungewöhnliches Ersuchen, Herr Rienzi. Ich denke, es bedarf einer Begründung.«

»Es ist eine Frage der Klarheit der Beweisführung, Herr Präsident. Wir gedenken, von späteren Zeugen gewisse Informationen zu bekommen, und werden dann zu bestimmten Punkten Sergeant Fiorellos Aussage hören müssen. Wenn wir ihn jetzt dazu befragen, stehen die Fragen in der Luft.« Er verbeugte sich förmlich vor dem Staatsanwalt. »Wir müssen uns jetzt nach dem Herrn Ankläger und nach seiner Reihenfolge der Zeugenaussagen richten.«

Die Richter hielten eine kurze Beratung im Flüsterton ab, worauf der Präsident den Antrag genehmigte. Rienzi dankte ihm und setzte sich.

Landon sah sich um, um zu sehen, was Ascolini von dieser Taktik hielt, doch war sein Gesicht hinter einem Vordermann verborgen, und Landon bemerkte nur Valerias klares klassisches Profil. In ihrem Gesicht Bosheit zu erkennen war genauso schwer wie in dem blassen jungfräulichen der Angeklagten Mord. Valeria hatte ihr Versprechen gehalten. Was immer Ninette erraten haben mochte: Valeria hatte ihr nichts verraten. Immer, wenn er sie in den letzten Wochen in Carlos Beisein getroffen hatte, hatte sie geschwiegen. Nur einmal, als sie mit ihm allein war, hatte sie ihm über das Haar gestrichen und geflüstert:

»Du fehlst mir, Peter. Warum suchen sich Mädchen wie ich immer die Falschen aus?«

Im übrigen vertraute ihr Landon und sah sich, wenn auch zögernd, zu einem gewissen Respekt genötigt.

Ein neuer Zeuge wurde in den Zeugenstand geführt: Maria Belloni, die Frau des Ermordeten – die breite, mütterliche Person, die Anna Albertini unter der Tür des Bürgermeisterhauses begrüßt hatte. Jetzt, in ihren Witwenkleidern, schien sie zusammengefallen, alt, von Kummer und Einsamkeit niedergedrückt. Nachdem sie vereidigt worden war, wandte sich der Staatsanwalt mit der Zartheit eines Leichenbestatters an sie. Er sprach, als zitiere er die Verse eines Psalms.

»Frau Belloni, wir teilen Ihren Schmerz. Wir bedauern von Herzen, Ihnen die Qual einer erneuten Befragung zumuten zu müssen. Aber ich muß Sie um den Versuch bitten, sich zu fassen und die Fragen des Herrn Präsidenten zu beantworten.«

»Ich will es versuchen – ich will es versuchen.«

»Sie sind eine sehr tapfere Frau. Ich danke Ihnen.«

Er blieb in ihrer Nähe, während der Präsident seine Routinefragen stellte.

»Sie heißen Maria Alessandra Belloni und sind die Frau des Verstorbenen?«

»Ja.«

»Das Gericht würde gern mit Ihren eigenen Worten hören, was geschah, kurz bevor Ihr Gatte erschossen wurde.«

Einen Augenblick schien es, sie würde vollkommen zusammenbrechen. Dann faßte sie sich und begann ihre Aussage, zögernd zunächst, doch dann mit wachsender Leidenschaftlichkeit und Hysterie.

»Wir saßen beim Essen wie jeden Tag – mein Mann, die Jungens und ich. Wein war auf dem Tisch und Kuchen und ein Reisgericht. Es war ein Festessen, wissen Sie. Mein Mann hatte Geburtstag. Wir waren glücklich, wie eine Familie es sein soll. Dann klingelt es. Ich gehe zur Tür. Die da steht draußen«, sie streckte eine anklagende Hand gegen Anna Albertini. »Sie sagt, sie will meinen Mann sprechen. Sie sieht so klein aus und so einsam, und ich denke, ich will ihr was Gutes tun. Ich sage ihr, sie soll reinkommen und mit uns essen. Sie sagt nein, es ist eine persönliche Sache, und es dauert nur einen Augenblick. Ich – ich gehe rein und rufe meinen Mann. Er steht vom Tisch auf. Er hat noch die Serviette um den Hals. Und ein bißchen Soße am Mundwinkel. Ich – ich erinnere mich noch daran. Die Soße an seinem Mundwinkel. Er geht raus. Dann – dann hören wir die Schüsse. Wir stürzen hinaus – und da liegt er in der Tür mit Blut auf der Brust. Sie hat ihn umgebracht!« Sie schrie die letzten Worte. »Sie hat ihn umgebracht wie ein Tier! Sie hat ihn umgebracht . . .« Sie brach ab und barg ihr Gesicht schluchzend in ihren Händen.

Landon sah zu Anna Albertini hinüber. Sie hatte die Augen geschlossen und schien einer Ohnmacht nahe zu sein. Rienzi sprang auf.

»Herr Präsident! Meine Mandantin ist einer außerordentlichen Belastung ausgesetzt. Ich darf bitten, ihr ein Glas Wasser zu geben.«

Der Präsident nickte zustimmend.

Der Gerichtsschreiber reichte Anna ein Glas Wasser von seinem Tisch, das sie dankbar trank. Währenddessen stand der Staatsanwalt neben Maria Belloni und sprach beruhigend auf sie ein. Fast drei Minuten vergingen, bis der Präsident mit seinen Fragen fortfuhr:

»Frau Belloni, haben Sie die Angeklagte vorher, das heißt, bevor sie zu Ihrem Haus kam, jemals gesehen?«

»Nur als kleines Mädchen während des Krieges.«

»Haben Sie sie erkannt?«

»Nicht gleich. Erst später.«

»Wissen Sie, warum sie Ihren Mann umgebracht hat?«

»Weil er seine Pflicht getan hat.«

»Würden Sie uns das erklären, bitte?«

»Während des Krieges war mein Mann der Führer der Partisanen in unserem Bezirk. Er war für viele verantwortlich. Und es gab Verräter, die Geheimnisse an die Deutschen und an die Faschisten verrieten. Die Mutter von der da war solch eine Verräterin. Ihretwegen wurden viele unserer Söhne gefangengenommen, gefoltert und umgebracht. Also wurde sie verhaftet und in einem Gerichtsverfahren zum Tode verurteilt. Mein Mann war der Vorsitzende des Gerichts und hat später auch das Exekutionskommando befehligt. Aber das war im Krieg. Er mußte seine Männer schützen – und auch ihre Frauen.«

Maria Belloni wirkte plötzlich abwesend, als versänke sie aus der Wirklichkeit der Verhandlung in die Einsamkeit ihres Kummers und Schreckens. »Aber das war lange vorbei, zu Ende, erledigt, wie alles, was im Krieg passiert ist. Dann ... das ... Es ist wie ein Alptraum. Ich hoffe immer, ich wache auf und finde meinen Mann wieder neben mir. Aber er ist nicht da – er ist nicht da!«

Sie brach ab und schluchzte leise vor sich hin. Mitleidiges Murmeln erhob sich unter den Zuhörern, doch der Präsident stellte die Ruhe sofort wieder her. Er sagte:

»Hat die Verteidigung irgendwelche Fragen an die Zeugin?«

»Wir haben drei Fragen, Herr Präsident. Die erste ist: Auf welche Weise hat Signora Belloni Kenntnis von der Anklage und der Verhandlung gegen Anna Albertinis Mutter sowie von der Exekution erlangt?«

»Würden Sie die Frage beantworten, bitte.«

Maria Belloni hob den Kopf und starrte geistesabwesend auf den Richtertisch.

»Mein Mann hat es mir erzählt, selbstverständlich. Und die anderen, die dabei waren. Wie denn sonst? Ich mußte mich um die Kinder kümmern und um den Haushalt.«

»Danke. Die nächste Frage, Herr Rienzi?«

»Mit Erlaubnis des Gerichts würde ich sie der Zeugin gerne direkt stellen.«

»Bitte.«

Rienzi stand auf und ging langsam zum Zeugenstand. Sein Mitgefühl schien nicht geringer als das des Staatsanwalts.

»Signora Belloni, war Ihr Mann ein guter Ehemann?«

Sie antwortete umgehend und voll Bitterkeit:

»Ein guter Ehemann! Ein guter Vater! Er hat uns geliebt, für uns gesorgt – sogar in der schlimmsten Zeit haben wir zu essen gehabt. Nie war er schlecht zu jemandem. Der Herr Präsident der Republik hat ihm einen goldenen Orden geschickt und gesagt, er sei ein Held. So ein Mann war er. Dann kam die da und hat ihn umgebracht wie einen Hund!«

Rienzi wartete einen Augenblick, bis sie sich wieder gefaßt hatte, und dann fragte er unversehens:

»War Ihr Mann Ihnen immer treu?«

Der Staatsanwalt sprang auf.

»Herr Präsident, ich erhebe Einspruch!«

Der Präsident schüttelte den Kopf.

»Wir finden die Frage hierher gehörig und berechtigt. Die Zeugin wird ersucht, sie zu beantworten.«

»Selbstverständlich. Eine Frau merkt so etwas ja, nicht wahr? Er war ein guter Ehemann und ein guter Vater. Er hat nie einen Fehltritt begangen.«

»Danke, Signora. Das ist alles.«

Landon konnte beim besten Willen nicht einsehen, was Rienzi mit dieser Frage erreichen wollte. Auch das Publikum schien ähnlich zu empfinden. Landon war sogar etwas enttäuscht und hatte den Eindruck, Carlo kämpfe gegen die Unerschütterlichkeit der Zeugin wie Don Quijote gegen Windmühlenflügel.

Während Maria Belloni den Zeugenstand verließ, beriet sich der Präsident im Flüsterton mit den anderen Richtern. Dann wandte er sich an den Staatsanwalt.

»Meine Kollegen weisen mit Recht darauf hin, daß kein Zweifel mehr über die Umstände des Todes von Gianbattista Belloni besteht. Sie betonen jedoch, daß nunmehr der zweite Punkt der Anklage von der Staatsanwaltschaft noch bewiesen werden muß. Und zwar, daß der Mord mit Vorsatz und Vorbedacht ausgeführt wurde.« Der Staatsanwalt konnte sich angesichts seines eindeutigen Falles ein Lächeln erlauben. Er sagte:

»Nachdem wir den Tatbestand und das Motiv dargelegt haben, Herr Präsident, wird die Aussage unserer nächsten Zeugen den Vorsatz erweisen. Der erste ist Giorgio Belloni, der Sohn des Ermordeten.«

Giorgio Belloni war ein dünner Jüngling mit einem schmalen Gesicht, ruhelosen Händen und unbeholfener Ausdrucksweise. Seine Aussage war einfach und eindeutig. Er war Anna Albertini zweimal gegenübergestellt worden: zum erstenmal am Mordtag und später noch einmal bei der Voruntersuchung. Sie hatten zusammen die Schule besucht, und er hatte sie sofort erkannt. Beide Male hatte er sie gefragt, warum sie seinen Vater umgebracht hätte, und jedesmal hatte sie vor Zeugen geantwortet: »Ich habe keinen Streit mit dir, Giorgio. Nur mit ihm. Ich habe lange warten müssen, aber jetzt ist es vorbei.«

Als Rienzi darauf verzichtete, den Zeugen ins Kreuzverhör zu nehmen, runzelte der Präsident die Stirn, und die Richter sahen sich an. Ninette wandte sich an Peter und fragte ängstlich:

»Was tut er nur, Peter?«

»Laß ihm Zeit, Liebling. Das ist doch nur die erste Runde.«

»Sieh Doktor Ascolini an.«

Er sah sich um. Der alte Herr hatte den Kopf in die Hände gelegt, während Valeria aufrecht neben ihm saß, ein kleines ironisches Lächeln auf den Lippen. Der Staatsanwalt rief mit spürbarer Befriedigung seinen nächsten Zeugen auf.

»Luigi Albertini, Ehemann der Angeklagten.«

Alle Köpfe fuhren herum, als Anna einen unterdrückten Schrei ausstieß: »Nein, Luigi, nein!«

Es war das erste Zeichen von Bewegung, das sie von sich gab. Mit weitaufgerissenen Augen hielt sie ein zerknülltes Taschentuch vor den Mund gepreßt, und es schien einen Augenblick, als wolle sie auf den hübschen jungen Mann zustürzen, der den Zeugenstand betrat. Einer der Wärter legte beschwichtigend eine Hand auf ihre Schulter; sie saß steilaufgerichtet, die Augen geschlossen, auf der Anklagebank, als weigere sie sich, dem bevorstehenden Unheil ins Gesicht zu sehen. Der junge Mann wurde vereidigt, und der Präsident begann, mit ruhiger Stimme zu fragen:

»Sie heißen Luigi Albertini und sind der Ehemann der Angeklagten?«

»Ja.«

Die Antwort war kaum vernehmbar, und der Präsident ermahnte ihn:

»Das ist ein schmerzlicher Augenblick, junger Mann, aber Sie sind hier, um vom Gericht gehört zu werden. Bitte sprechen Sie lauter. Wie lange sind Sie verheiratet?«

»Vier Jahre.«

»Haben Sie die ganze Zeit mit Ihrer Frau zusammengelebt?«

»Ja.«

»Was sind Sie von Beruf?«

»Ich bin Nachtwächter in der Elena-Textilfabrik in Florenz.«

»Wie liegt Ihre Arbeitszeit?«

»Von neun Uhr abends bis sechs Uhr morgens.«

»Tragen Sie bei Ihrer Arbeit eine Pistole bei sich?«

»Ja.«

Auf ein Zeichen des Präsidenten ging ein Gerichtsdiener zum Zeugenstand und zeigte ihm die Waffe.

Der Präsident fragte:

»Erkennen Sie diese Waffe?«

»Ja, es ist meine.«

»Wann haben Sie sie zum letztenmal gesehen?«

»Nachdem ich am Morgen des vierzehnten August nach Hause gekommen bin. Ich habe sie auf den Nachttisch gelegt.

Gewöhnlich tue ich sie in die Schreibtischschublade, aber an diesem Morgen war ich besonders müde und habe es vergessen.«

»War sie geladen?«

»Ja.«

»Was tun Sie gewöhnlich, wenn Sie vom Dienst nach Hause kommen?«

»Ich esse und gehe schlafen.«

»Haben Sie das auch am Morgen des vierzehnten August gemacht?«

»Ja.«

»Wann sind Sie aufgewacht?«

»Um drei Uhr nachmittags.«

»War Ihre Frau da zu Hause?«

»Nein.«

»Wo war sie?«

»Das wußte ich nicht. Sie hatte einen Zettel hingelegt, ich solle mich nicht beunruhigen, sie würde in ein paar Tagen wieder zurück sein.«

»Wann haben Sie das Fehlen Ihrer Pistole bemerkt?«

»Als ich den Zettel fand.«

»Wann haben Sie sie wiedergesehen?«

»Als die Polizei mich zu ihr nach Siena brachte.«

»Danke.«

Der Präsident sah Rienzi fragend an.

Rienzi erhob sich langsam und sagte:

»Herr Präsident, ich muß das hohe Gericht noch einmal um Nachsicht bitten. Auch diesen Zeugen möchte ich erst zu einem späteren Zeitpunkt ins Kreuzverhör nehmen.« Der Präsident schien unwillig und sagte mit Schärfe:

»Ich möchte dem Herrn Verteidiger zu bedenken geben, daß das Gericht sein Urteil aufgrund der Tatsachen fällt, die in der Anklageschrift aufgeführt sind und in der Beweisaufnahme erhärtet werden. Dem Herrn Verteidiger wird mit Nachdruck empfohlen, sich nicht auf taktische Manöver zu verlassen.«

»Wenn Sie gestatten, Herr Präsident«, sagte Rienzi fest, »dieses Gericht ist dafür da, Recht zu sprechen. Und es wäre mehr

127

als traurig, wenn eine allzu starre Anwendung der Verfahrens-regeln der Gerechtigkeit in den Arm fallen würde.«

Selbst einem unbefangenen Beobachter mußte das eine riskante Bemerkung scheinen. Die Beisitzer sahen unangenehm berührt auf und wandten sich dann fragend dem Präsidenten zu. Der alte Herr saß einen Augenblick schweigend da und spielte mit seinem Bleistift. Dann erklärte er mit erhobener Stimme:

»Angesichts der schwierigen Lage, in der sich die Verteidigung befindet, sind wir geneigt, dem Antrag zuzustimmen. Der Zeuge ist entlassen und wird später wieder aufgerufen.«

»Danke, Herr Präsident.«

Rienzi setzte sich, und der Ankläger erhob sich mit offenkundigem Triumph.

»Mit Erlaubnis des Herrn Präsidenten und des hohen Gerichtes möchte die Staatsanwaltschaft erklären, daß sie glaubt, den Mord sowie den Vorsatz voll erwiesen zu haben. Um jedoch jedem etwaigen Antrag der Verteidigung zuvorzukommen, die Angeklagte für unzurechnungsfähig zu erklären, bitte ich, als meinen letzten Zeugen Professor Emilio Galuzzi aufrufen zu dürfen.«

Professor Galuzzi wirkte imponierend. Er sprach langsam und pedantisch; weder seine Autorität noch seine Kompetenz unterlagen auch nur dem geringsten Zweifel. Mit Erlaubnis des Präsidenten führte der Staatsanwalt die Befragung selber durch.

»Professor Galuzzi, was ist bitte Ihr Amt?«

»Ich bin Ordinarius für Gerichtsmedizin und Psychiatrie an der Universität von Siena. Außerdem bin ich Direktor der Psychiatrischen Abteilung des Santa-Catarina-Krankenhauses in dieser Stadt und als beratender Gutachter für Geisteskrankheiten und Kriminalpsychologie beim Justizministerium tätig.«

»Haben Sie die Angeklagte Anna Albertini untersucht?«

»Jawohl. Auf Veranlassung des Kanzlers dieses Gerichtes.«

»Würden Sie dem Gericht bitte das Ergebnis dieser Untersuchung mitteilen?«

»Ich fand keinerlei Anzeichen einer physischen Erkrankung und auch keinerlei Symptome von Hysterie. Es waren gewisse Schocknachwirkungen zu beobachten, aber das ist nach einem Verbrechen dieser Art durchaus natürlich. Jedoch habe ich ein außerordentlich starkes psychisches Trauma feststellen müssen, das direkt auf die Umstände beim Tode ihrer Mutter zurückzuführen ist. Es zeigte sich durch die klassischen Symptome der Besessenheit und Gefühlsbehinderung sowie einen im Hinblick auf dieses Verbrechen ganz offenbaren Schwund des moralischen Empfindens.«

»Würden Sie sagen, Professor, daß die Angeklagte im Sinne des Gesetzes geistig gesund ist?«

»Ja.«

»Aus diesem Grunde waren Sie auch der Ansicht, sie könne sich vor diesem Gericht verantworten?«

»Ja.«

»Wieder rechtlich gesehen, Herr Professor: In Ihren Augen ist sie eine für ihre Handlungen verantwortliche Person?«

»Sie fragen dasselbe zweimal«, sagte Galuzzi milde. »Ein gesunder Geist bedeutet im rechtlichen Sinne dasselbe wie Verantwortlichkeit.«

Der Staatsanwalt nahm die Belehrung mit einem dünnen Lächeln hin.

»Ich habe noch eine Frage. War Anna Albertini Ihrer Ansicht nach, wiederum im Sinne des Gesetzes, zur Zeit des Verbrechens eine für ihre Handlungen verantwortliche Person?«

»Das würde ich sagen, ja.«

»Das ist alles. Danke.«

Carlo Rienzi stand auf.

»Mit Erlaubnis des Herrn Präsidenten würde ich dem Zeugen gern ein paar Fragen stellen.« Der Präsident sah auf die Uhr, die fünf Minuten vor Mittag zeigte. Er sagte mit spöttischem Humor:

»Das Gericht begrüßt jedes Zeichen von Aktivität seitens der Verteidigung, aber wir nähern uns der Mittagspause. Wird die Befragung längere Zeit in Anspruch nehmen?«

»Es kann eine Weile dauern, Herr Präsident.«

»In diesem Fall scheint es mir besser zu sein, wir vertagen uns vorher. Die Verteidigung kann mit der Befragung bei Wiederaufnahme beginnen. Die Sitzung wird auf drei Uhr nachmittags vertagt.«

Er raffte seine Papiere zusammen und ging, von seinen Kollegen gefolgt, hinaus. Der Gerichtsdiener führte Anna Albertini von der Anklagebank, und das Publikum begann sofort, sich lebhaft zu unterhalten. Landon und Ninette drängten sich nach vorn, um mit Carlo zu sprechen, doch bevor sie ihn erreichten, war Valeria schon bei ihm, und sie hörten, wie sie ihn gereizt fragte:

»Kommst du mit zum Essen, Carlo? Ich möchte hier nicht den halben Tag herumstehen.« Carlo blickte sie unbestimmt an.

»Nein, warte nicht auf mich. Ich möchte mit Anna reden. Ich habe das Essen in ihre Zelle bestellt.«

»Reizend!« sagte Valeria verächtlich. »Wie reizend! Wenn auch ein bißchen verstiegen. Dann hast du wohl nichts dagegen, wenn ich mit Basilio esse?«

Rienzi zuckte verdrossen die Schultern und wandte sich ab.

»Du mußt tun, was du nicht lassen kannst, Valeria. Und ich kann nicht zwei Schlachten auf einmal schlagen.«

»In der hier geht's dir nicht grade besonders gut, oder, Liebling?«

»Ich tue mein Bestes«, sagte Carlo düster, »und es liegt noch ein weiter Weg vor mir.«

»Alles Gute für deine kleine Jungfrau.«

Sie wandte sich ab und wollte hinter der Menge her aus dem Gerichtssaal gehen, aber Landon vertrat ihr zornig den Weg.

»Hör auf damit, Valeria! Hör auf, dich wie ein Biest zu benehmen. Kein Mann verdient eine Behandlung, wie du sie Carlo gegenüber für richtig hältst.«

»Du solltest höflicher sein, Liebling. Ich kann noch Schlimmeres sagen, wenn ich will.«

Sie gab ihm einen leisen Klaps auf die Wange und ließ ihn rot und ohnmächtig stehen – und noch einmal daran denken, was ihn diese eine Nacht alles kostete. Er ging zum Tisch der Verteidigung, wo Ninette mit Carlo sprach.

»Du siehst müde aus, Carlo. Du mußt mehr auf dich achtgeben.« Rienzi lächelte kläglich.

»Es war eine harte Zeit. Außer Peter habe ich niemanden gehabt. Und Valeria gibt sich die größte Mühe, es mir noch schwerer zu machen.« Er wandte sich an Landon. »Wie wirkt es bis jetzt, Peter?«

»Wie geplant. Ein einleitendes Geplänkel.«

Ein kurzes, jungenhaftes Lächeln erhellte Rienzis angespanntes Gesicht.

»Ich denke, diesen Nachmittag wird es besser. Wenn ihr mich jetzt bitte entschuldigen wollt. Ich möchte zu meiner Mandantin. Grade jetzt braucht sie Trost und Unterstützung.«

»Wie wäre es, wenn du heute abend bei uns essen würdest?«

Er zögerte, aber Ninette lächelte ihn aufmunternd an.

»Bitte, Carlo. Du schuldest uns endlich mal einen Besuch. Wir warten nachher auf dich, und dann gehen wir zusammen zu mir essen. Da kannst du dich ausruhen und uns vielleicht ein bißchen was vorspielen.«

»Doch, gern. Danke schön.«

Er nahm seine Papiere auf und ging, schleppend und müde, zur Tür, die zu den Zellen führte. Landon und Ninette sahen ihm nach, gerührt von soviel Ausdauer und gutem Willen. Ninette platzte heraus:

»Valeria ist ein Ungeheuer! Wenn sie ihn auf eine Weise nicht kleinkriegen kann, probiert sie es auf eine andere. Was hast du ihr gesagt, Peter?«

»Daß sie ein Biest ist und Carlo gefälligst in Ruhe lassen soll.«

»Du hast keine Angst vor ihr, Peter? Oder?«

Die Frage überraschte ihn, und einen Augenblick wußte er nicht, was er darauf antworten sollte. Zu seiner Verwunderung lachte Ninette leise.

»Laß dich nie von einer Frau erpressen, nicht einmal von mir. Ich liebe dich, *chéri*. Und ich kann auch kämpfen um das, was ich will! Komm! Laß uns was essen gehen.«

Der Vorraum war fast leer, aber Doktor Ascolini wartete in der Nähe der Ausgangstür auf sie. Er nahm Ninettes Arm und sagte mit einer Stimme, die keinen Widerspruch duldete:

»Sie essen beide mit mir bei Luca. Ich muß mit Ihnen reden.«

Auf dem Weg durch die belebten engen Straßen hatten sie kaum Gelegenheit zu sprechen. Doch sobald sie in dem barokken Luxuslokal Platz genommen hatten, fragte Ascolini Landon:

»Nun, mein Freund, was halten Sie von Carlos Chancen?«

»Es ist zu früh, etwas darüber zu sagen.«

»Und Ninette?«

»Offen gestanden, *dottore,* ich weiß nicht, was ich denken soll. Ich kann nicht glauben, daß er so unfähig ist, wie er bis jetzt gewirkt hat. Jedenfalls hat er keinen Eindruck auf mich gemacht, und ich glaube, auf die Richter auch nicht.«

Der alte Herr lachte leise und zufrieden vor sich hin.

»Jetzt geben Sie wohl selber zu, daß es klug von mir gewesen sein könnte, ihm von diesem Fall abzuraten?«

Ninette Lachaise schüttelte den Kopf.

»Nicht ganz. Selbst wenn er verliert, und Peter glaubt, daß er verlieren wird, dann hat er doch seine Kraft ausprobiert. Auf jeden Fall kann er davon nur profitieren.«

»Selbst wenn er damit seine Karriere vernichtet?«

»Eine Karriere ist nicht so wichtig wie Selbstachtung, *dottore.* Das wissen Sie auch.«

»Treffer!« sagte Ascolini überrascht. »Mit dieser Frau haben Sie eine großartige Eroberung gemacht, Landon. Und jetzt will ich Ihnen beiden mal etwas sagen, was Sie überraschen wird.« Er wartete einen Augenblick und weidete sich an ihrer Verblüffung. »Sie, mein lieber Landon, sind an das Feuerwerk vor britischen Gerichten gewöhnt. Sie denken etwa an ein Duell zwischen Ankläger und Verteidiger. Und so entgeht Ihnen die Strategie, die unser System erfordert.« Er nippte an seinem Glas und trocknete sich mit einem seidenen Taschentuch die Lippen. »Betrachten Sie bitte, was Carlo bis jetzt getan hat. Er hat den Richtern ein Bild von sich selber vermittelt, was sie zweifeln läßt, ob unter solchen Umständen der Angeklagten Gerechtigkeit widerfährt. Infolgedessen lassen sie ihm die Zügel lockerer, als sie es sonst tun würden. Er hat die Anklage ihre Beweise in einem einzigen Vormittag vortragen lassen. Seine Methode erlaubt ihm, einen wichtigen Zeugen der Anklage zu Anfang der neuen Sitzung zu befragen und andere im Lichte neuen Beweismaterials ins Kreuzverhör zu nehmen. Das ist ein solider Schlachtplan – ganz besonders bei einem so wenig erfolgversprechenden Fall.«

»Carlo würde ermutigt, wenn er Sie das sagen hörte.«

Ascolini runzelte die Stirn und antwortete traurig: »Das möchte ich bezweifeln. Das Klima zwischen uns ist schlechter denn je. Valeria hält ihm jetzt diesen Lazzaro direkt unter die Nase. Er muß einfach glauben, daß ich die Affäre billige.«

»Sie richtet sich selber zugrunde«, sagte Ninette mit plötzlich aufwallendem Zorn. »Sieht sie das denn nicht?«

»Deutlicher als Sie, denke ich«, sagte der alte Herr düster. »Aber es gibt nun mal Naturen, die sich mit nichts begnügen können. Ich bin so ein Mensch und sie auch. Uns befriedigt nur, aus jedem Augenblick das Letzte herauszuholen. Es ist, wenn Sie so wollen, Eroberungstrieb und nicht Lebensfreude. Wir suchen zu dominieren, und wenn wir das nicht können, müssen wir zerstören. Carlo hat sich von uns zurückgezogen. Sein ganzes Interesse ist auf diesen Fall gerichtet – und, wie ich fürchte, auf seine Mandantin.«

»Das fürchte ich auch«, sagte Landon. »Ich habe in den letzten Wochen diese Entwicklung verfolgt. Ich habe versucht, ihn zu warnen. Ich habe ihn auf die Gefahren für sich und seine Mandantin hingewiesen. Aber ich fürchte, er kann oder will sie nicht sehen. Ich mache mir ernstlich Sorgen um ihn. In seinem Beruf braucht ein Mann, genau wie in jedem anderen, einen Ort, an den er sich zurückziehen kann. Wenn er den zu Hause nicht findet, kann er sich entweder auf eine zu intensive Bindung oder gar auf eine gefährliche Identifikation mit seinem Mandanten einlassen.«

Ascolini nickte zustimmend und fragte interessiert:

»Und wozu neigt Carlo?«

»Er glaubt, es ist eine intensive Bindung, eine Hingabe an die Sache seines Klienten. Ich fürchte, es ist mehr. Er macht kein Geheimnis aus seinem Mitgefühl für Anna Albertini. Er opfert sich auf für ihr Wohlergehen und für die Stärkung ihres Selbstvertrauens. Und sie hat sich schon daran gewöhnt, sich mit allem und jedem an ihn zu wenden. Das macht alles doppelt gefährlich.«

»Ich weiß«, sagte Ascolini. »Valeria macht Witzchen darüber, und das ist schlimm für einen Mann, der am Rande seiner Nervenkraft angekommen ist. Aber jetzt wehrt er sich schon dagegen. Er läßt uns schon nicht mehr mit sich umspringen, wie wir das bisher gewohnt waren. Der Junge ist zum Mann geworden, und im Lauf der Jahre hat sich allerhand Zorn in ihm angesammelt.«

Während des Essens sprachen sie von angenehmeren Dingen, aber beim Kaffee ging es schon wieder um den Prozeß, und der alte Herr erläuterte seine Ansichten über die Probleme der Verteidigung.

»In einem Fall wie diesem, wo der Tatbestand unumstößlich feststeht, gibt es keine Hoffnung auf Freispruch. Keine Gesellschaft kann sich mit einem Mord einfach abfinden. Sie haben sich mit Carlo auf ein Plädoyer für mildernde Umstände geeinigt. Wegen Provokation und verminderter Zurechnungsfähigkeit. Ihr Problem ist dann selbstverständlich, daß Sie sich auf ein Gebiet zweifelhafter und sehr heikler Begriffsdefinitionen begeben, wo der Erfolg ebensosehr von der Geschicklichkeit des Anwalts wie von der Legalität seines Antrags abhängt. Hier kommt es viel auf Erfahrung an. Und die fehlt Carlo.«

»Ich glaube, Sie unterschätzen ihn immer noch, *dottore*«, sagte Ninette.

»Vielleicht.« Ascolini lächelte. »Aber selbst wenn, mein Kind, fürchte ich, daß dieses Gericht strenger sein wird, als Sie denken. Insbesondere, nachdem ein allzu freizügiges Urteil der öffentlichen Ordnung abträglich sein könnte.«

»Sie meinen Vendetta?«

»Vendetta, Verbrechen aus Leidenschaft. Keine Gesellschaft kann sich damit abfinden, wie groß auch immer der Anlaß sein mag.« Er schob das Thema als unlösbar beiseite. »Deswegen repräsentiert auch eine Frau die Gerechtigkeit. Sie ist wankelmütig, paradox, unbarmherzig – aber sie hat stets ein Auge auf die Hauptsache.«

Sie lachten über seinen Zynismus, und er freute sich darüber. Und doch fühlte Landon so etwas wie Mitleid mit ihm: ein Mann von seiner Bedeutung, ein kühler Analytiker, ein mutiger Kämpfer, ein stoischer Humorist – und doch von der Leidenschaft, der er stets gefrönt und zu der er andere ermutigt hatte, der ruhigen Überlegenheit des Alters beraubt.

Landon war froh, als Ninette in ihrer ruhigen Art sagte: »Carlo ißt heute bei uns zu Abend. Warum kommen Sie nicht auch, *dottore?* Es würde Ihnen beiden guttun.«

Er schüttelte lächelnd den Kopf.

»Sie haben ein gutes Herz, aber lassen Sie es nicht mit sich durchgehen. Carlo braucht Ihre Gesellschaft. Und ich bin ein böser alter Teufel, der aus reiner Perversität das Falsche sagen würde.« Er stand auf. »Lassen Sie uns vor der Nachmittagssitzung noch ein bißchen frische Luft schöpfen.«

Keine zwanzig Schritte vom Gerichtssaal, in der engen, weißgekalkten Zelle, servierte Carlo Rienzi seiner Mandantin das Mittagessen. Er hatte es in einem benachbarten Restaurant bestellt. Komplett mit Wein, Tafelsilber und frischem Leinenzeug. Jetzt deckte er den Tisch wie eine Hausfrau, während das Mädchen aus dem einzigen vergitterten Fenster auf einen blauen Fleck zwischen den Wolken starrte. Der Raum war dürftig wie eine Mönchszelle, ausgestattet mit einem Klappbett und einem Kruzifix an der Wand, ein paar Stühlen und einem rohen Holztisch. Aber für Carlo besaß er in diesem Augenblick einen Anflug von Gemütlichkeit und Intimität.

In den letzten Wochen hatte er Anna Albertini fast täglich besucht, blieb aber niemals mit ihr allein. Stets war ein Wärter in der Nähe gewesen, dessen Gegenwart sie zur Förmlichkeit zwang. Hier waren sie zum erstenmal wirklich allein. Die schwere Tür war verriegelt, das Klappfenster geschlossen, und der träge Wärter trank eine Flasche Wein zu seinem Mittagessen, das ihm Rienzi hatte bringen lassen.

Anna Albertini zeigte jedoch keinerlei Anzeichen von Freude

oder Überraschung über die neue Situation. Sie hatte ihm gedankt, als das Essen in die Zelle gebracht wurde, und es ihm überlassen, den Tisch zu decken. Als er fertig war, rief er sie:

»Kommen Sie etwas essen, Anna.«

»Ich möchte nichts essen, danke.« Sie wandte sich nicht nach ihm um, sondern sprach mit ausdrucksloser Stimme, den Blick auf den Himmel gerichtet.

»Es ist ein gutes Essen«, sagte Rienzi mit forcierter Fröhlichkeit. »Ich habe es selber bestellt.«

Sie wandte sich nach ihm um und sagte mit einem Anflug von Wärme in der Stimme:

»Sie hätten sich nicht soviel Mühe machen sollen.«

Rienzi goß lächelnd zwei Gläser Wein ein und reichte ihr eins.

»Wenn Sie nicht hungrig sind – ich bin es. Wollen Sie nicht einen Bissen mit mir essen?«

»Wenn Sie es wünschen.«

Abwesend und ruhig kam sie zum Tisch und setzte sich ihm gegenüber. Rienzi begann sofort zu essen und fragte sie zwischendurch: »Wie fühlen Sie sich, Anna?«

»Ganz gut, danke.«

»Es war schlimm heute früh. Ich fürchte, heute nachmittag wird es noch schlimmer.«

»Ich hab' keine Angst.«

»Aber Sie sollten Angst haben«, sagte er rauh. »Jetzt seien Sie nicht albern und essen Sie Ihr Mittagessen.«

Gehorsam wie ein Kind begann sie, auf ihrem Teller herumzustochern, während Rienzi seinen Wein trank, sie beobachtete und sich wie immer über ihre ihm fast unheimliche Art wunderte, Unschuld und Unbeteiligtheit auszustrahlen. Nach einer Weile fragte sie:

»Warum sollte ich Angst haben?«

Trotz all seiner Erfahrung mit ihr war Rienzi verblüfft.

»Verstehen Sie denn nicht, Anna? Selbst jetzt nicht? Sie haben das Gericht gesehen, Sie haben gehört, was der Staatsanwalt gesagt hat. Wenn es so geht, wie er will, kommen Sie für zwanzig Jahre ins Gefängnis. Ängstigt Sie das nicht?«

Ihre kleine wächserne Hand deutete auf die Zelle.

»Ist nicht das hier Gefängnis?«

»Ja.«

»Das ängstigt mich nicht.« Sie starrte ihn mit weitgeöffneten Augen an. »Die Leute sind freundlich und rücksichtsvoll. Ich bin hier glücklich. Auch in San Gimignano bin ich glücklich – glücklicher, als ich es je in meinem Leben gewesen bin.«

»Weil Sie einen Mann umgebracht haben?« Rienzis Ton war böse und gereizt.

»Nein, eigentlich nicht. Weil ich ruhig schlafe. Verstehen Sie das nicht? Ich habe keine Alpträume mehr. Ich wache morgens auf und fühle mich wie ein neuer Mensch. Wie ein neuer Mensch in einer neuen Welt. Ich brauche nichts zu hassen und nichts zu fürchten. Zum erstenmal fühle ich, daß ich ich selber bin.«

Rienzi starrte sie an, bewegt von Mitleid, Verwunderung und einer Art sprachloser Furcht.

»Was waren Sie vorher, Anna?«

Ihr Gesicht umwölkte sich, und ihre Augen wurden plötzlich trübe.

»Ich habe es nie gewußt. Das war es ja – ich habe es nie gewußt.«

Er war erschüttert und sagte nach einer Weile sanft:

»Wir *haben* eine Chance, Anna. Eine kleine Chance. Vielleicht gelingt es uns, zu erreichen, daß Sie mit einer nur sehr kleinen Strafe davonkommen.«

»Ich hoffe es«, sagte Anna Albertini. »Um Ihretwillen.«

Rienzi starrte sie mit offenem Munde an.

»Um meinetwillen?«

»Ja. Ich weiß, daß dieser Fall Ihnen sehr viel bedeutet. Wenn Sie ihn gewinnen, werden Sie der große Advokat sein, der Sie gerne sein möchten.«

»Wieso wissen Sie das?«

»Ich bin kein Kind«, sagte Anna Albertini.

Rienzi sah unentschlossen auf seinen Teller und begann wieder:

»Sagen Sie mir, Anna, wenn wir Erfolg haben und Sie mit einer leichten Strafe davonkommen, was werden Sie tun, wenn Sie aus dem Gefängnis entlassen werden?«

»Was ich immer gewollt habe – zu meinem Mann zurückgehen, ihm eine gute Frau sein und ihm Kinder schenken.«

»Sind Sie sicher, Sie könnten es?«

»Warum nicht? Ich habe Ihnen ja gesagt, ich bin ein neuer Mensch. Die Alpträume sind vorüber.«

»Schlimmere könnten Sie erwarten«, sagte Rienzi hart. Er stieß seinen Stuhl zurück und ging zum Fenster, um durch das Eisengitter auf das kleine Stück Himmel zu sehen. Das Mädchen beobachtete ihn mit kindlicher Verwirrung. Sie sagte unglücklich:

»Ich verstehe Sie überhaupt nicht.«

Rienzi fuhr herum, starrte sie einen Augenblick an und stieß dann heftig hervor:

»Anna, ich versuche, Ihnen etwas klarzumachen. In diesem Augenblick und noch bis zum Ende des Prozesses sind Sie in meiner Hand. Ich handle für Sie, denke für Sie, spreche für Sie. Aber später, wie auch immer die Sache ausgehen mag, werden Sie all das selber tun müssen. Sie werden ein neues Leben gestalten müssen. Innerhalb der vier Wände des Gefängnisses oder außerhalb in der großen Welt. Sie müssen anfangen, sich darauf vorzubereiten, jetzt schon. Sie werden allein sein, verstehen Sie?«

»Wieso werde ich allein sein? Ich bin mit Luigi verheiratet. Und außerdem werden Sie mir helfen, nicht wahr?«

Rienzi antwortete vorsichtig:

»Ein kluger Anwalt interessiert sich nur für den Fall, Anna – nicht für das Privatleben seiner Mandantin.«

»Aber Sie interessieren sich für mich, privat, meine ich?«

»Wie kommen Sie darauf?«

»Ich fühle es einfach. Wenn ich vor dem Gericht stehe, weiß ich gewiß, solange ich an Sie denke, kann nichts passieren.«

»Das stimmt nicht, Anna. Ich bin ein ganz gewöhnlicher Anwalt, der einen Fall betreut. Ich kann keine Wunder vollbringen. Sie dürfen keine Wunder erwarten.«

Es war, als höre und sehe sie ihn nicht. Mit der pathetischen Einfachheit eines Kindes fuhr sie fort, sich auszusprechen:

»Für mich sind Sie der einzige Mensch im Gericht. Die ande-

ren sehe ich kaum. Ich höre kaum, was sie sagen. Es ist, als ob
– als ob . . .«
Rienzi fragte scharf:
»Als ob was?«
»Als ob Sie meine Hand hielten, wie es meine Mutter immer
getan hat.«
»Allmächtiger, nein!«
Das Mädchen starrte ihn verwirrt an.
»Habe ich etwas Falsches gesagt?«
»Essen Sie jetzt, Anna«, sagte Rienzi mit Fassung. »Ihr Essen
wird kalt.«
Er wandte sich um und ging nachdenklich in dem engen Raum
auf und ab, während sie unlustig zu essen begann. Nach ein
paar Augenblicken schien ihr ein neuer Gedanke zu kommen,
und sie fragte:
»Wo ist Luigi? Warum ist er nicht hergekommen?«
»Ich weiß es nicht, Anna.«
Ihre seltsam abwesende Art schien die Antwort einfach hin-
zunehmen. Rienzi zögerte einen Augenblick und fragte sie
dann:
»Sagen Sie mir, warum haben Sie Luigi geheiratet?«
»Meine Tante hat gesagt, es wäre Zeit für mich zu heiraten.
Und ich wollte es selber auch. Luigi war ein netter Junge, lieb
und freundlich. Es schien, als könnten wir miteinander glück-
lich sein.«
»Aber Sie waren es nicht?«
»Als wir verlobt waren, doch. Ich war stolz auf ihn, und er
schien stolz auf mich zu sein. Wir sind spazierengegangen und
haben geredet und uns an der Hand gehalten und uns geküßt.
Wir haben Pläne gemacht, was wir tun würden, und wir haben
uns Namen für die Kinder ausgedacht und uns überlegt, wie
wir uns einrichten würden.«
»Aber später?«
Anna Albertini sah ihn nachdenklich an, und zum erstenmal
schien sie ihm verändert.
»Später war das mein Fehler. Ich konnte einfach nicht anders.
Jedesmal, wenn er mich in die Arme nahm . . .« Sie brach ab

und streckte ihm die Hände in einer flehenden Geste entgegen. »Bitte! Ich möchte nicht darüber sprechen! Es ist alles vorüber! Ich bin ein anderer Mensch. Ich weiß, ich werde ihm eine gute Frau sein.«

»Bedeutet er Ihnen immer noch soviel?«

»Er ist das einzige, was ich habe.«

»Was hat er gesagt, als er Sie im Gefängnis besucht hat?«

»Nichts. Er hat mich nur angesehen. Ich habe versucht, ihm alles zu erklären. Aber er hat mich gar nicht reden lassen. Und dann ist er gegangen. Ich mache ihm keinen Vorwurf. Ich bin überzeugt, er wird mich schließlich verstehen. Glauben Sie nicht auch?«

»Ich hoffe es«, sagte Rienzi, »aber ich würde mich nicht darauf verlassen.«

Zum erstenmal schien ihr klarzuwerden, worum es ging. Ihre Hand fuhr zum Mund, und ihr Gesicht verriet jähen Schreck.

»Liebt er mich nicht mehr?«

»Nein, Anna. Und ich lasse ihn heute noch einmal in den Zeugenstand rufen. Es wird Sie wahrscheinlich betrüben, was Sie zu hören bekommen.«

Sie stand auf und ging zum Fenster, wo sie zitternd stehenblieb, die Handflächen gegen die weiße Wand gedrückt. Rienzi fragte sie:

»Haben Sie ihn wirklich geliebt, Anna?«

»Ich weiß nicht«, ihre Stimme war stumpf und tonlos. »Das ist es ja. Bis jetzt hab' ich überhaupt nichts gewußt. Nicht mal etwas über mich selber. Solange Belloni am Leben war, hatte alles einen Sinn. Es war eine lange grade Straße da, ich am einen Ende und Belloni am andern. Und solange ich weiterging, wußte ich, daß ich früher oder später auf ihn treffen mußte. Jetzt, wo er tot ist, gibt es gar nichts mehr – keine Straße, gar nichts.«

»Dann müssen Sie eine neue Straße finden, Anna.«

Aus ihrer Antwort sprach Verzweiflung:

»Aber eine Straße führt immer irgendwohin. Ich weiß nicht, wohin ich will. Ich weiß nicht einmal, ob es mich gibt. Es gibt meinen Namen, Anna Albertini – aber mich gibt es nicht. Können Sie mich sehen?«

»Das kann ich, Anna.« Er ging zu ihr und nahm ihre kalten Hände in die seinen. »Ich kann Sie sehen, und ich kann Sie fühlen. Sie sind sehr schön. Sie sind geschaffen, Kinder zu haben, zu lieben und geliebt zu werden.«

»Der einzige Mensch, der mich geliebt hat, war meine Mutter.«

»Sie ist tot, Anna.«

»Ich weiß.«

Er sagte eindringlich:

»Aber Sie leben, Anna. Sie werden weiterleben. Sie brauchen etwas, wofür Sie leben können.«

»Ich hatte Belloni. Jetzt ist auch er tot.«

»Das war Haß, Anna. Sie können einen Toten nicht mehr hassen.«

»Ich wollte Luigi lieben. Aber er liebt mich nicht. Was soll ich anfangen? Wohin soll ich gehen?«

Er sagte düster: »Wenn wir verlieren, werden Sie für zwanzig Jahre ins Gefängnis gehen.«

»Sie wissen, davor habe ich keine Angst. Irgendwie ist das ganz gut. Dort sagen sie mir, was ich tun soll, wie ich es tun soll und wohin ich gehen soll.«

»Aber das ist kein Leben!« rief er, jetzt doch wütend. »Das ist Tod! Das ist wie die Prinzessin im Zauberwald. Sie werden keine Alpträume mehr haben. Aber Sie werden auch nicht leben. Man wird Sie hierhin und dorthin schicken, wie eine Marionette, bis Ihre Schönheit dahinstirbt, bis die Liebe vergeht und bis es keine Hoffnung mehr gibt.«

»Bitte seien Sie mir nicht böse.«

Er packte sie an den Schultern und schüttelte sie. »Und warum nicht? Sie sind eine Frau! Keine Puppe. Sie können nicht einfach die Verantwortung für Ihr Leben auf andere abwälzen. *Sie* haben Luigi kaputtgemacht, Sie! Er wollte Liebe, und Sie konnten sie ihm nicht geben. Jetzt will *ich* etwas von Ihnen – Hilfe, Mitarbeit. Aber Sie geben mir nichts!« Er ließ sie los, und sie stand da und rieb ihre Schultern. Die ersten Tränen, die er je an ihr gesehen hatte, traten in ihre Augen, und sein Zorn war verflogen. Zärtlichkeit überwältigte ihn. Er legte seinen Arm um sie und zog ihren dunkeln Kopf an seine Brust.

»Ich mache Ihnen ja keinen Vorwurf. Ich bin nicht Gott. Ich möchte, daß Sie sich selber Vorwürfe machen.«

Dann, zum erstenmal, begann sie zu schluchzen. Sie klammerte sich verzweifelt an ihn.

»Verlassen Sie mich nicht! Verlassen Sie mich nicht. Nur mit Ihnen fühle ich mich sicher!«

Er stieß sie heftig von sich.

»Sie können sich nicht sicher fühlen. Sie müssen sich nackt fühlen und allein und erschreckt. Sie müssen etwas so sehr wollen, daß es Ihr Herz bricht. Sie sind eine Frau, Anna, kein Kind!«

»Aber ich will ja eine Frau sein. Sehen Sie denn nicht, daß ich es sein will? Ich weiß nur nicht wie! Um Gottes willen, helfen Sie mir!«

Sie klammerte sich wieder an ihn, ihren dunklen Kopf an seiner Schulter, ihr Haar an seinen Lippen. Rienzi versuchte unbeholfen, sie zu trösten, während er die unabsehbaren Folgen ihrer Abhängigkeit von ihm bedachte. Dann schob er sie sanft von sich.

»Ich muß jetzt gehen, Anna. In ein paar Minuten beginnt die Verhandlung.«

»Gehen Sie nicht – lassen Sie mich nicht allein!«

»Ich muß, Anna«, sagte Rienzi fest. »Ich muß!«

Er wandte sich ab, ging zur Tür und rief den Wärter, der ihn herauslassen mußte. Als die Tür hinter ihm ins Schloß schlug, starrte Anna Albertini ausdruckslos auf das Klappfenster darin und warf sich dann, von plötzlichem Entsetzen übermannt, schluchzend auf das Bett.

6

Die Nachmittagssitzung begann ruhig, mit einer akademischen Einlage. Professor Galuzzi betrat den Zeugenstand, und Carlo Rienzi faßte zunächst die Aussage vom Vormittag zusammen. Dann fragte er:

»Professor Galuzzi, würden Sie wohl die Liebenswürdigkeit haben, dem Gericht die Begriffe Trauma und traumatische Psychose zu erklären.«

Galuzzi hüstelte, lächelte, richtete seinen Kneifer und sagte:

»Wörtlich bedeutet Trauma eine Wunde. Im medizinischen Sinn bezeichnet es einen morbiden Zustand des Körpers, hervorgerufen durch eine äußere Störung. Im psychiatrischen Sinne bedeutet es so ziemlich dasselbe – eine Wunde, die von einem seelischen oder geistigen Schock hervorgerufen wurde. Eine traumatische Psychose ist ein krankhafter Geisteszustand, der von einem Trauma herrührt. Um es noch einmal klarer zu sagen – ein Schnitt im Finger ist ein Trauma, wenn auch kein sehr ernsthaftes; auch Operationswunden sind Traumata. Und ähnliche Wunden kann die menschliche Psyche erhalten.«

»Und die ernsthafteren Traumata sind stets von Dauer?«

»Ja. Wenn auch Zeit und Behandlung ihre Wirkung mildern mögen.«

»Bitte korrigieren Sie mich, wenn nötig, Professor, aber bezeichnet das Wort Psychose nicht eine tiefverwurzelte, schwere und mehr oder weniger dauerhafte geistige Störung?«

»Ganz allgemein ist das richtig.«

»So daß ein Patient mit einer Psychose stets mehr oder weniger, sagen wir, behindert ist?«

»Ja.«

»Darf ich ein einfaches Beispiel anführen, Professor.« Rienzis Tonfall war sanft, beinah ehrerbietig. »Ein Kind verliert seine geliebte Mutter. Würden Sie das einen emotionellen Schock nennen?«

»Ohne Zweifel.«

»Es würde eine Wunde hinterlassen?«

»Gewiß.«

»Die sich im späteren Leben durch gewisse geistige Ausfallserscheinungen bemerkbar machen kann?«

»Das wäre möglich – ja.«

Eine tiefe Stille schien plötzlich in dem Raum zu herrschen. Aller Augen folgten Rienzi, wie er zu seinem Tisch zurückging, einige Papiere an sich nahm und zu Galuzzi zurückkehrte. Er hatte sich merklich verändert: Seine Gestalt straffte sich, sein Ton war bestimmter, seine Fragen kamen rascher.

»Lassen Sie uns den Fall Anna Albertini ins Auge fassen. Sie hatte im Alter von acht Jahren beide Eltern verloren. Wie der Herr Ankläger vorgetragen hat, wurde ihre Mutter von einem Erschießungskommando exekutiert. Wie würden Sie die Wunde klassifizieren, die einem jungen Gemüt dadurch zugefügt wird?«

»Ich würde sagen: eine sehr schwere Wunde.«

»Noch eine Frage, Professor. Sie sagen, Sie hätten die Angeklagte untersucht. Welcher Art waren Ihre Untersuchungen?«

»Ich habe eine medizinische und eine neurologische Untersuchung sowie eine modifizierte Analyse durchgeführt.«

»Sie wissen dann, daß Anna Albertini nach vierjähriger Ehe noch immer Jungfrau ist?«

»Ja.«

»Ist es richtig, daß das auf ein abnormes Verhältnis zu ihrem Mann schließen läßt?«

»Ja.«

»Wie haben Sie diese Anomalie diagnostiziert?«

»Als einen Zustand sexuellen Unvermögens bezogen auf oder wahrscheinlich sogar veranlaßt durch ihr Jugenderlebnis.«

»Mit anderen Worten, durch das Trauma, von dem wir gesprochen haben?«

»Ja.«

»Würden Sie Anna Albertini eine psychopathische Person nennen?«

»Ja.«

»Mit anderen Worten, Professor, Sie sagen, daß Anna Albertini geschwächten Geistes ist?«

Der Staatsanwalt erhob sich protestierend.

»Herr Präsident, die Frage veranlaßt den Zeugen, einen Schluß zu ziehen, den zu ziehen Sache des Gerichts ist. Ich protestiere!«

»Dem Einspruch ist stattgegeben. Der Herr Verteidiger möge sich auf Fragen mit Bezugnahme auf die vorliegende Anklageschrift beschränken.«

»Wenn Sie gestatten, Herr Präsident«, sagte Carlo Rienzi bestimmt. »Es kommt mir darauf an, dem Gericht meine Feststellung mit aller Klarheit zu definieren. Gestatten Sie mir, die Frage anders zu formulieren. Sagen Sie uns bitte, Professor, ist es richtig oder ist es nicht richtig, daß ein psychopathischer Patient geistig geschwächt ist?«

»Das ist richtig.«

»Keine weiteren Fragen, danke.«

Die Richter berieten sich flüsternd, und Ascolini wandte sich mit triumphierendem Lächeln Landon und Ninette zu.

»Sehen Sie? Ich habe Ihnen ja gesagt, er hat Asse im Ärmel! Das ist gut! Sehr gut!«

Nach dem erregten Gemurmel der Zuschauer zu urteilen, hatten die meisten die Bedeutung der letzten Sätze begriffen. Die Reporter schrieben fieberhaft, und der Staatsanwalt beriet sich mit seinen Assistenten. Nur Anna Albertini saß ruhig und ungerührt da, als ginge sie das aufgeregte Treiben um sie herum gar nichts an.

Der Präsident schlug mit seinem Hammer auf den Tisch, und die Zuschauer verstummten. Der Staatsanwalt stand auf und wandte sich an das Gericht:

»Herr Präsident, meine Herren Richter, die Ihnen vorliegende Anklage ist so klar und einfach, die Aussagen der Zeugen sind so bündig und übereinstimmend, daß ich zögere, die Zeit des Gerichts durch den Aufruf weiterer Zeugen unnötig in Anspruch zu nehmen. Wir haben das Verbrechen bewiesen und den Vorsatz. Beides wird zudem durch das freiwillige Geständnis der Angeklagten erhärtet. Es steht mir nicht zu, mich zu der neuen Taktik der Verteidigung zu äußern, doch möchte ich darauf hinweisen, daß dadurch keine unserer Beweisführungen erschüttert worden ist. Wir wären dem Herrn Präsidenten für eine Anweisung außerordentlich dankbar.«

Aus einem Landon nicht verständlichen Grunde schien dieses Ansinnen den Präsidenten zu reizen. Er sagte mit Schärfe: »Ich sehe beim besten Willen keinen Anlaß für irgendeine neue Anweisung. Wenn die Anklage keine weiteren Zeugen hat, dann soll die Verteidigung die ihren aufrufen. Herr Rienzi?«

»Mit Erlaubnis des Gerichts möchte ich zuerst Luigi Albertini noch einmal in den Zeugenstand bitten.«

Bei der Erwähnung dieses Namens schien die Angeklagte aufzuwachen. Ihre Hände umklammerten die Messingstange vor der Anklagebank, und sie starrte mit weitaufgerissenen Augen auf den schwächlichen verwirrten jungen Mann, der den Zeugenstand betrat. Rienzi ließ ihn eine Weile dastehen, bevor er sehr kühl und distanziert das Kreuzverhör begann:

»Herr Albertini, wie lange sind Sie verheiratet?«

Der junge Mann sah unsicher und gereizt auf.

»Das habe ich vorhin schon gesagt: vier Jahre.«

»War Ihre Ehe immer glücklich?«

Luigi warf ein verschämten Blick auf seine Frau und murmelte nach einer Weile finster:

»Sie war überhaupt nie glücklich.«

»Warum nicht?«

»Ich – ich möchte das nicht sagen.«

»Sie müssen es sagen«, sagte Rienzi. »Ihre Frau steht hier wegen Mordes vor Gericht.«

Albertini wurde rot und stammelte unglücklich:

»Ich – ich weiß nicht, wie ich's ausdrücken soll.«

»Sagen Sie es so, wie Sie es wissen, einfach und geradeheraus. Warum war Ihre Ehe nicht glücklich?«

»Wir haben – wir haben nie zusammen geschlafen, wie Eheleute das tun sollten.«

»Warum nicht?«

»Weil . . . Immer wenn ich Anna in die Arme genommen habe, hat sie geschrien: ›Sie bringen sie um, sie bringen meine Mutter um!‹«

»Wissen Sie, warum Anna das tat?«

»Freilich weiß ich's. Anna weiß es auch.« Er schien plötzlich wütend, beruhigte sich jedoch gleich wieder. »Aber das hat uns auch nicht geholfen. Vier Jahre ist das so gegangen.«

»Während dieser vier Jahre – schwerer Jahre, gebe ich zu –, haben Sie da jemals ärztlichen Rat eingeholt?«

»Oft. Und bei vielen Ärzten. Sie haben alle immer dasselbe gesagt.«

»Was haben sie gesagt?«

»Ich solle Geduld haben und ihr Zeit lassen, dann würde es vielleicht besser werden.« Er platzte voll Bitterkeit heraus: »Aber es ist nicht besser geworden. Soll das vielleicht ein Leben sein?«

»Und jetzt, Herr Albertini?«

Luigi sah verwirrt aus.

»Ich weiß nicht, was Sie meinen.«

Kalt versetzte Rienzi ihm den Gnadenstoß:

»Ich denke doch! Trifft es denn nicht zu, daß Sie zehn Tage nach der Verhaftung Ihrer Frau zunächst beim Erzbischof von Florenz und dann bei den Zivilbehörden die Annullierung Ihrer Ehe mit der Begründung beantragt haben, sie sei nicht vollzogen?«

Einen Augenblick herrschte Totenstille, dann kam ein Entsetzensschrei von Anna Albertinis Lippen:

»Nein, Luigi, nein!« Sie rang verzweifelt mit ihren Wärtern und schrie: »Tu es nicht, Luigi! Verlaß mich nicht. Nicht! Nicht!«

Die Stimme des Präsidenten erhob sich über den Tumult:

»Führen Sie die Angeklagte hinaus.«

Im Saal sprang Professor Galuzzi auf.

»Wenn Sie gestatten, Herr Präsident – ich denke, die Angeklagte bedarf sofortiger ärztlicher Fürsorge.«

»Danke, Herr Professor. Das Gericht wäre Ihnen dankbar,

wenn Sie sich der Angeklagten annehmen und dem Gericht mitteilen würden, wann sie wieder vernehmungsfähig ist.«

Während Anna völlig gebrochen abgeführt wurde, stand ihr Mann mit niedergeschlagenen Augen im Zeugenstand, und Carlo Rienzi wandte sich blaß, aber ruhig an das Gericht:

»Ich habe keine weiteren Fragen an den Zeugen, Herr Präsident. Ich bedaure die Störung. Aber ich hatte keine andere Wahl.«

Zum erstenmal huschte so etwas wie ein düster-anerkennendes Lächeln über das Gesicht des Präsidenten.

»Sie sind vor diesem Gericht ein Neuling, Herr Rienzi. Ich hoffe, wir sehen Sie öfter hier.« Er hob seinen Hammer auf. »Das Gericht vertagt sich auf eine halbe Stunde oder bis zur Wiederherstellung der Verhandlungsfähigkeit der Angeklagten.«

In dem Gedränge, das nun folgte, saßen Ninette und Landon schweigend neben Doktor Ascolini, bis die Menge sich verlaufen hatte. Carlo nahm seine Akten unter den Arm und ging zu den Zellen.

Ascolini war aufgeregt wie ein Schuljunge.

»Sehen Sie jetzt, Kind«, sagte er zu Ninette. »Die Methode, der Sinn für das Dramatische. Das ist große Anwaltskunst! Sie haben gesehen, wie er es gemacht hat: Carlo weiß so gut wie wir, daß jedermann irgendwo einen empfindlichen Punkt besitzt. Also inszeniert er ein großes Drama: Tränen, Geschrei, Sensation, um zu zeigen, wie dieser Punkt Schaden nehmen kann. Ein hübsches Mädchen, das im Bett nicht glücklich sein kann, das bringt Sympathie. Und alle fragen sich: ›Wie kann das einem hübschen Mädchen passieren, mit dem alle gern schlafen würden?‹ Und schon hat man vergessen, daß sie einen Mann umgebracht hat. – Ich bin stolz auf ihn.«

»Dann gehen Sie hin und sagen Sie es ihm, *dottore*«, sagte Ninette mit Nachdruck. »Ein paar Schritte, einige Sätze, und es ist geschehen. Gehen Sie jetzt gleich!«

»Es ist noch nicht Zeit dafür.«

»Es wird nie einen besseren Zeitpunkt geben, *dottore*. Überwinden Sie Ihren Stolz.«

Einen Augenblick zögerte er, dann stand er auf und ging zu der

Tür, die zu den Zellen führte. Landon äußerte Zweifel, aber Ninette war begeistert von dem Erfolg ihres Manövers.

»Es ist wichtig, siehst du das nicht, Peter? Für Carlo, wenn er sich für die weitere Verhandlung auf Ascolinis Rat stützen kann. Und auch für Ascolini, der seine eigene Krise erlebt. Das Beste, was wir tun, tun wir unmittelbar und von Herzen.«

»Wir wissen, was in unseren eigenen Herzen vorgeht, Liebling. Ich bin nicht sicher, ob wir über andere Bescheid wissen.«

»Du siehst Geheimnisse, wo es keine gibt, Peter. Diese beiden sind zur Versöhnung bereit. Sie respektieren jetzt einander. Laß eine günstige Gelegenheit vorübergehen – und womöglich kommt nie wieder eine, oder jedenfalls lange Zeit nicht.«

Er war zu einer Antwort nicht aufgelegt, gab daher lächelnd und mit einem Schulterzucken auf und ging Hand in Hand mit ihr hinaus in den Vorraum. Der Lärm des allgemeinen Geredes war ohrenbetäubend. Worte, Sätze und Gesprächsfetzen wirbelten durcheinander. Frauen kicherten, Männer gaben verständnisvolle Kommentare ab; Geheimnisse wurden offen ausgeplaudert.

Alles das wies nur allzu deutlich auf das Bedürfnis der menschlichen Natur hin, Schicksalsschläge zum Gegenstand leichtfertigen Klatsches zu machen. Bedauern ist eine nur allzu bequeme Befriedigung, die sich rasch in Verachtung wandeln kann, aber Mitleid ist eine seltene Tugend, die auf dem Eingeständnis beruht, daß jeder potentiell zu genau der gleichen Schwäche fähig ist, die er an seinem Nächsten verdammt, und daß das Leid oder unerfüllte Sehnsucht diese Schwächen noch verstärken können. Die Grausamkeit einer Menge ist weniger erschreckend als die Furcht, die sich dahinter verbirgt.

»Peter, sieh doch!«

Ninettes Fingerspitzen gruben sich in seine Handfläche, und er entdeckte Valeria Rienzi, die sich durch die Menge auf sie zudrängte. Ihr Gesicht war weiß und angespannt, und sie schien außerordentlich erregt.

»Ich muß mit euch sprechen. Kommt und laßt uns eine Tasse Kaffee trinken.«

Ohne auf eine Antwort zu warten, hakte sie die beiden unter, zog sie auf die Straße und weiter zu einer kleinen Bar, etwa hundert Meter die Straße hinunter. Sie hatten sich kaum hingesetzt, als sie schon herausplatzte:

»Ich habe gedacht, ihr würdet es beide gern wissen. Basilio hat mich verlassen. Er hat es mir eben beim Essen gesagt. Einfach so – die Komödie ist zu Ende!« Sie lachte hysterisch auf. »Oh – ich weiß schon, was ihr denkt. Früher oder später war das sowieso fällig. Genauso hat er es ja mit Ninette gemacht. Aber es war nicht dasselbe – es war überhaupt nicht dasselbe. Wißt ihr, wer es organisiert hat? Mein weiser, liebevoller Vater. Er legt Wert auf Familie, müßt ihr wissen! Nur die besten Hengste dürfen an die Ascolini-Stute 'ran. Und also hat er Basilio angerufen und gedroht, ihm geschäftliche Schwierigkeiten zu machen, wenn er nicht sofort aufhören würde, mich zu treffen. Gerissen, was? Jetzt hat jeder jemanden – ausgenommen mein Vater und ich. Carlo hat seine kleine Jungfrau, ihr beide habt euch. Bleiben nur Vater und ich übrig. Was soll ich jetzt tun, Peter? Wohin soll ich mich wenden?« Sie sprach immer lauter, und die Leute drehten sich nach ihr um. »Du weißt, wie ich im Bett bin. Was für ein Rezept verschreibst du mir?«

Unter den verblüfften Blicken der Menschen an der Bar beugte Landon sich über den Tisch und schlug ihr rechts und links ins Gesicht, worauf ihr hysterischer Anfall sich in Schluchzen auflöste. Ninette saß schweigend und schamrot da, während Landon ein Taschentuch über den Tisch zu Valeria warf. Er sagte ruhig:

»Trockne dir die Augen ab. Du machst dich hier lächerlich.«

Sein Ton ließ sie zu sich kommen, und sie tupfte sich die Tränen vom Gesicht, während Ninette und Landon einander in die Augen sahen. Landon sprach als erster:

»Ich denke, du hattest es sowieso schon erraten, Ninette. Es tut mir leid, daß du es auf diese Art hören mußtest.«

Sie schüttelte den Kopf und wagte nicht zu sprechen. Aber sie streckte impulsiv die Hand aus und legte sie auf seine.

Mit derselben ruhigen Stimme wandte sich Landon an Valeria:

»Warum redest du nicht weiter? Du willst dich rächen. Und du weißt, wie man das macht. Erzähl deinem Vater die Geschichte. Erzähl sie Carlo. Das ist doch der günstigste Augenblick, nicht wahr? Mitten in seinem Fall.«

»Ich möchte es«, flüsterte sie. »Du weißt nicht, wie sehr ich es möchte.«

»Aber du wirst es nicht tun!« sagte Ninette mit Schärfe.

»Warum nicht?«

Sie musterten einander wie Duellanten, und Landon fühlte sich plötzlich völlig ausgeschlossen. Ninette Lachaise sagte leise:

»Du wirst es nicht tun, Valeria, weil Carlo, ob du es nun weißt oder nicht, deine letzte Hoffnung ist. Ich weiß es, weil ich selber ein Stück deines Weges gegangen bin. Viele Männer vom Schlage Lazzaros kannst du einfach nicht überleben. Und nach einer Weile bekommen wir keine anderen mehr. Wir alle nicht. Es kommt wirklich gar nicht darauf an, ob Carlo nun gewinnt oder verliert, aber wenn du ihn kaputtmachst, bevor er seine Chance hat wahrnehmen können, dann machst du dich selber kaputt.« Im gleichen Atem wandte sie sich an Landon und sagte mit einem verlegenen kleinen Lächeln: »Geh du zum Gericht zurück, Peter. Das hier ist von jetzt an eine Frauenangelegenheit.«

Als er in die Glut der Mittagssonne hinaustrat, kam er sich vor wie dem Henker noch einmal entronnen. Fünf Minuten später war er wieder im Gericht und wartete an Ascolinis Seite darauf, daß die Angeklagte hereingeführt würde. Der alte Herr war bedrückt. Als Landon sich nach seiner Unterredung mit Carlo erkundigte, antwortete er geistesabwesend:

»Wir haben uns eine Weile unterhalten. Er war sehr nett. Ich habe ihm ein paar Tips gegeben. Er schien dankbar dafür.«

»Aber es war doch ein Fortschritt?«

»O ja. Das glaube ich schon.« Nach kurzem Schweigen fügte er hinzu: »Carlo hat mich mit in die Zelle genommen. Ich habe mich mit dem Mädchen und Galuzzi unterhalten.«

»Was für einen Eindruck hat sie auf Sie gemacht?«

»Ein rührendes Kind – eine bemitleidenswerte Frau. Was soll man da sagen?«

Landon hatte das Gefühl, Ascolini bedachte Dinge, über die er nicht zu sprechen wünschte. Sie saßen eine Weile schweigend nebeneinander, dann wurde Anna Albertini hereingeführt, und gleich darauf kamen die Richter.

Das Mädchen bot einen erschütternden Anblick. Sie saß stocksteif auf der Anklagebank, die Hände umklammerten die Messingstange. Ihr Gesicht war schmal und lang, tiefe Schatten lagen unter ihren Augen, ihr Haar klebte feucht an Stirn und Schläfen. Doch als der Präsident sie fragte, ob sie in der Lage sei, der Verhandlung zu folgen, antwortete sie mit fester Stimme:

»Ja, gewiß.«

Rienzi rief den ersten Zeugen der Verteidigung auf: eine Bauersfrau Ende Dreißig, mit einem verblichenen Charme, der in merkwürdigem Gegensatz zu ihrer ländlichen Kleidung stand. Sie betrat den Zeugenstand ruhig und lächelte selbstbewußt, während ihr die Eidesformel vorgesprochen wurde. Der Präsident ging energisch und geschäftsmäßig an die Vernehmung:

»Sagen Sie dem Gericht Ihren Namen, bitte.«

»Maddalena Barone.«

»Wo wohnen Sie?«

»In Pietradura. Zehn Kilometer nördlich von San Stefano.«

»Sind Sie verheiratet?«

»Nein.«

»Haben Sie Kinder?«

»Ja. Einen Sohn.«

»In welchem Alter?«

»Sechzehn.«

»Wer ist sein Vater?«

»Gianbattista Belloni.«

Ein Aufschrei kam von Maria Bellonis Lippen:

»Das ist eine Lüge – eine ganz schmutzige Lüge ist das!«

Der Präsident schlug mit seinem Hammer auf den Tisch.

»Bei der nächsten Störung werde ich Sie aus dem Saal entfernen lassen!«

Der Staatsanwalt sprang auf:

»Herr Präsident – ich erhebe Einspruch. Ein Mann ist ermordet worden! Seine alten Sünden haben nichts mit diesem Fall zu tun!«

Der Präsident schüttelte den Kopf.

»Der Einspruch wird zurückgewiesen. Der Herr Ankläger hat sich bemüht, auf alle nur denkbaren positiven Umstände aus der Vergangenheit des Toten hinzuweisen. Die Verteidigung muß sinngemäß die gleiche Freiheit haben.« Er fuhr fort, die Zeugin zu befragen. »Hat der Vater Ihres Kindes jemals Unterhaltszahlungen geleistet?«

»Ja. Jeden Monat. Es war nicht viel, aber es hat geholfen.«

»Wie wurde Ihnen dieses Geld ausgezahlt?«

»Durch Sergeant Fiorello.«

»Hat er es persönlich überbracht?«

»Nein. Es kam mit der Post.«

»Woher wissen Sie, daß es von Sergeant Fiorello kam?«

»Nachdem mein Sohn geboren war, habe ich seinem Vater geschrieben, er solle mir helfen. Er hat nicht geantwortet, aber dann ist Sergeant Fiorello zu mir gekommen.«

»Was hat er gesagt?«

»Er hat gesagt, ich würde monatlich Geld bekommen. Er würde es mir jeden Monat mit der Post schicken. Aber nur, solange ich den Mund hielte, wer der Vater ist.«

»Und warum sind Sie jetzt bereit, diese Tatsache dem Gericht zu offenbaren?«

»Fra Bonifazio ist zu mir gekommen und hat gesagt, es wäre meine Pflicht, die Wahrheit zu sagen.«

»Danke, Sie können gehen.«

In der kurzen Pause war nur Maria Bellonis unterdrücktes Schluchzen zu hören. Der Staatsanwalt erhob sich und erklärte:

»Herr Präsident – gestatten Sie mir zu bemerken, daß Unterhaltszahlung durch eine offizielle, vertrauenswürdige Persönlichkeit das Andenken des Toten ehrt und nicht etwa entehrt.«

Der Präsident entgegnete liebenswürdig:

»Das Gericht wird das ohne Zweifel zu gegebener Zeit berücksichtigen – Herr Rienzi?«

»Mit Genehmigung des Gerichts würde ich jetzt gern Sergeant Fiorello noch einmal in den Zeugenstand rufen lassen.«

»Bitte.«

Der stämmige Sergeant betrat den Zeugenstand. Er blinzelte ein bißchen, als Carlo um die Erlaubnis bat, die Vernehmung selbst durchführen zu dürfen, zeigte jedoch im übrigen keinerlei Anzeichen von Bewegung.

»Sergeant Fiorello, ich möchte Ihnen gern ein paar Einzelheiten aus Ihrer Dienstzeit in Erinnerung bringen. Sie kamen vor zwanzig Jahren unter den Faschisten zur Polizei und wurden nach Ihrer Ausbildung dem Polizeiposten in San Stefano zugeteilt. Dort blieben Sie den ganzen Krieg über. Nach dem Krieg wurden Sie zum Sergeanten befördert und zum Chef des Postens gemacht. Ist das richtig?«

»Ja.«

»Nach dem Krieg wurden viele Ihrer Kameraden wegen faschistischer Sympathien, Unterdrückungsmaßnahmen oder Grausamkeit aus dem Polizeidienst entlassen.«

»Ja.«

»Und während des Krieges wurde eine Anzahl aus den gleichen Gründen von den Partisanen erschossen?«

»Ja.«

»Wieso wurden Sie nun statt dessen befördert?«

»Die offizielle Untersuchung ergab, daß ich aktiv in der Untergrundbewegung mitgearbeitet und heimlich mit örtlichen Partisanen zusammen gearbeitet hatte.«

»Besonders mit Gianbattista Belloni?«

»Ja.«

»Und die Untersuchungsakten enthalten ein Empfehlungsschreiben von Belloni?«

»Ja.«

»Was war Ihre Meinung über ihn?«

»Er war ein Patriot und ein tapferer Mann.«

»Sie haben später nie Ursache gehabt, diese Meinung zu ändern?«

»Nein.«

»Ich bitte Sie, Sergeant – und ich bitte auch das Gericht –, die Aufmerksamkeit auf den Gegenstand Nummer fünfundsiebzig in der Aufstellung der Beweismittel, die dem Gericht vorliegt, zu richten.« Er wartete einen Augenblick, während die Richter in ihren Papieren blätterten, und fuhr dann fort: »Es handelt sich um die Fotokopie eines Verfahrensberichts aus den Akten des Polizeipostens von San Stefano. Und zwar um den Bericht über Verhandlung, Urteil und Exekution von Agnese Moschetti, Mutter der Anna Moschetti, im November neunzehnhundertvierundvierzig. Der Bericht ist unterschrieben und beglaubigt von Gianbattista Belloni und fünf anderen Mitgliedern des Standgerichts. Sie werden bemerken, daß der Bericht vom sechzehnten November neunzehnhundertvierundvierzig datiert ist – drei Tage nach dem Tode der Anna Moschetti. Doch wurde er erst am fünfundzwanzigsten Oktober neunzehnhundertsechsundvierzig zu den Polizeiakten genommen – lange nach dem Waffenstillstand, einen Monat nach Sergeant Fiorellos Ernennung zum Postenführer. Können Sie dem Gericht erklären, warum, Sergeant?«

»Das kann ich. Der Bericht wurde verfaßt und beglaubigt, während die Faschisten noch an der Macht waren und die Deutschen das Land besetzt hielten. Er war daher selbstverständlich gefährlich. Belloni hielt ihn bis nach dem Krieg versteckt und gab ihn mir dann zu den Akten.«

»Würden Sie den Bericht für ein ungewöhnliches Dokument halten?«

»In welcher Hinsicht?«

»Unter den damals herrschenden Begriffen und Zuständen war die Verurteilung und Hinrichtung der Agnese Moschetti eine Kriegshandlung. Wieso hielt Belloni es für nötig, einen Bericht darüber anzufertigen? Können Sie mir irgendeinen anderen Vorfall nennen, über den die Partisanen einen ähnlichen Bericht verfaßt haben?«

»Nein.«

»Warum hat Belloni dann diesen ungewöhnlichen Schritt getan?«

»Wie er mir erklärt hat, war die Exekution einer Frau ein bitteres Geschäft – das waren seine Worte, ›ein bitteres Geschäft‹ –, und er legte Wert darauf, daß die Umstände festgehalten und bekanntgemacht würden.«

»Das war der einzige Grund?«

»Ich wüßte keinen anderen.«

»Es ist, beispielsweise, keine Forderung nach öffentlicher Untersuchung erhoben worden?«

»Nicht, daß ich wüßte.«

»Keine Gerüchte, keine Zweifel oder Fragen über die wahren Hintergründe der Moschetti-Affäre?«

»Nein.«

»Nur interessehalber, Sergeant, wo hat das Standgericht getagt?«

»Das steht in dem Bericht. In Anna Moschettis Haus in San Stefano.«

»Direkt im Dorf? Wo war denn die Polizei zu diesem Zeitpunkt – und besonders Sie selber?«

»Auf Patrouille. Kilometerweit weg. Belloni hatte mit verstellter Stimme angerufen und erklärt, die Partisanen planten in dieser Nacht, die Eisenbahn zu sprengen.«

»Wußten Sie, was geplant war?«

»Nein.«

»Aber ich dachte, Sie hätten sein Vertrauen genossen und mit ihm zusammengearbeitet?«

»Es war ein Prinzip, daß niemand mehr wußte, als er unbedingt wissen mußte. So war es sicherer. Ich habe getan, was mir gesagt wurde, und keinerlei Fragen gestellt.«

»Sergeant, Sie sind sich im klaren, daß Sie hier unter Eid aussagen?«

»Ja.«

»Dann lassen Sie mich bitte eine frühere Frage wiederholen: Hat Sie nach Ihrer Ernennung zum Führer des Polizeipostens von San Stefano irgend jemand irgendwann einmal gebeten, eine Untersuchung über die Umstände bei Anna Moschettis Tod einzuleiten?«

»Nein!«

Rienzis Zeigefinger fuhr wie ein Degen gegen ihn:
»Sie lügen, Sergeant! Sie lügen unter Eid – und ich werde es dem Gericht beweisen!« Er wandte sich um und machte eine kleine entschuldigende Verbeugung vor den Richtern.
»Ich habe keine weiteren Fragen an diesen Zeugen, Herr Präsident.«
»Aber das Gericht!« sagte der Präsident und musterte kalt den stämmigen, sturen Burschen im Zeugenstand. »Sie haben noch Zeit, Ihre Aussage zu ergänzen, Sergeant. Falls spätere Aussagen Sie des Meineids überführen sollten, sehen Sie einer schweren Strafe entgegen.«
Einen Augenblick glaubte Landon, er wollte auftrumpfen, aber dann wurde er unsicher und stammelte:
»Ich – ich habe die Frage beantwortet, wie sie mir gestellt wurde. Es wurde keine Untersuchung gefordert: aber – aber es hat Gerede gegeben, daß vielleicht eine Untersuchung kommen könnte. Aber es ist nichts draus geworden.«
Carlo sprang auf:
»Herr Präsident, ich möchte bitten, daß der Schriftführer meine frühere Frage aus dem Protokoll verliest, in der ich ausdrücklich von ›Gerüchten, Zweifeln oder Fragen‹ gesprochen habe.«
»Auf eine Verlesung des Protokolls können wir verzichten«, sagte der Präsident nachdrücklich. »Die Frage ist uns noch deutlich in Erinnerung. Der Kanzler und der Staatsanwalt werden ein Auge darauf haben, daß gegen diesen Zeugen gegebenenfalls Anklage wegen Meineids und Rechtsbehinderung erhoben wird.«
Als Fiorello zu seinem Platz zurückging, schien er kleiner geworden zu sein. Rienzis Ansehen dagegen war spürbar gestiegen. Trotz seines vor Überanstrengung schlechten Aussehens strahlte er Autorität und Zuversicht aus. Nach einer kurzen Besprechung mit seinen Richterkollegen bat der Präsident das Publikum um Ruhe und sagte zu Rienzi:
»Meine Kollegen weisen mich nicht ohne Berechtigung darauf hin, daß die Verteidigung beträchtliches Gewicht auf den Charakter des Verstorbenen sowie auf ein Ereignis zu legen

scheint, das sechzehn Jahre zurückliegt – nämlich die Exekution der Agnese Moschetti. Sie meinen, ebenso wie ich, die Verteidigung sollte dem Gericht die Erheblichkeit dieser Aussagen erklären.«

»Herr Präsident, diese Aussagen sind erheblich für die Beurteilung aller Einzelheiten dieses Falles: Natur der Tat, Motiv, Provokation, Vorsatz. Sie sind erheblich für die Beurteilung der moralischen und rechtlichen Verantwortlichkeit der Angeklagten und für die Beantwortung der entscheidenden Frage: wie innerhalb der Grenzen des Gesetzes Gerechtigkeit geschehen kann.«

Ein leises anerkennendes Lächeln spielte um die schmalen Lippen des alten Juristen.

»Wenn die Beweisführung der Verteidigung ihrer Beredsamkeit gleichkommt, wird das Gericht das zu würdigen wissen. Ihr nächster Zeuge, bitte.«

»Ich bitte Fra Bonifazio, Priester der Gemeinde San Stefano, in den Zeugenstand.«

Es war eindrucksvoll und ergreifend, den ergrauten Priester gebeugt im Zeugenstand stehen zu sehen.

»Schwören Sie bei Gott, die ganze Wahrheit und nichts als die Wahrheit zu sagen, ohne etwas zu verschweigen oder hinzuzufügen?«

Der Priester zögerte einen Augenblick, dann wandte er sich an das Gericht.

»Darf ich etwas sagen, Herr Präsident?«

»Ja, Pater – worum geht es?«

»Ich kann nicht schwören, daß ich die ganze Wahrheit sagen werde – ich kann nur sagen, was außerhalb des Beichtgeheimnisses liegt und mir also als Privatmann zu Ohren gekommen ist.«

»Wir werden Ihren Eid so verstehen.«

»Dann schwöre ich.«

»Der Herr Verteidiger kann mit seiner Befragung beginnen.«

Rienzis Haltung dem alten Priester gegenüber war ehrerbietig, beinah unterwürfig. Wieder war Landon beeindruckt von seiner chamäleonhaften Fähigkeit, sich jeder Situation anzupassen. Er fragte mit ruhiger Stimme: »Wie lange leben Sie schon in San Stefano?«

»Zweiunddreißig Jahre.«

»Sie kennen jeden Einwohner des Ortes?«

»Jeden.«

»Sie haben auch die Mutter der Angeklagten gekannt, Agnese Moschetti?«

»Ja.«

»Und Sie kannten die Angeklagte als Kind?«

»Ja.«

»Nach dem Tod ihrer Mutter haben Sie sich ihrer angenommen und sie später zu ihren Verwandten nach Florenz geschickt?«

»Das stimmt.«

»Während des Krieges waren Sie Mitglied einer Partisanenabteilung, die gegen Deutsche und Faschisten kämpfte?«

»Das stimmt nicht ganz. Meine oberste Pflicht war stets die eines Priesters, der für das Seelenheil seiner Herde verantwortlich ist. Ich habe jedoch bei vielen Gelegenheiten mit örtlichen Partisanen zusammengearbeitet.«

»Insbesondere auch mit Gianbattista Belloni?«

»Ja.«

»Welcher Natur war diese Zusammenarbeit?«

»Ich habe Nachrichten überbracht – Flüchtlinge versteckt – Verwundete versorgt – manchmal auch Waffen, Munition und Lebensmittel befördert.«

»All das taten Sie bis zum Waffenstillstand?«

»Nein.«

»Können Sie das bitte dem Gericht erklären?«

»Gegen Ende des Krieges und unmittelbar danach zwang mich mein Gewissen, nicht mehr mit Belloni zusammenzuarbeiten und ihn sogar öffentlich zu tadeln.«

»Warum?«

»Ich glaube, viele seiner Handlungen waren damals nicht mehr von kriegerischer Notwendigkeit, sondern von privatem Rachegelüst oder Gewinnsucht diktiert.«

»Können Sie dem Gericht Beispiele dafür nennen?«

»Belloni und seine Leute erschossen unseren Arzt, nur weil er einem Deutschen ärztliche Hilfe geleistet hatte. Er ordnete die Exekution eines Bauern und dessen Frau an, deren Land an seines grenzte. Später kaufte er dann dieses Land für einen Spottpreis. Unmittelbar nach dem Waffenstillstand leitete er ein Standgerichtsverfahren und die Exekution von sieben Bürgern. Mir kamen dauernd Klagen von Frauen und Mädchen zu Ohren, die von ihm oder seinen Männern belästigt worden waren.«

Erregtes Gemurmel flackerte im Publikum auf, der Staatsanwalt erhob sich rasch.

»Herr Präsident! Ich muß mit allergrößtem Nachdruck gegen die Art und Weise dieser Vernehmung protestieren. Belloni ist tot und der Jurisdiktion dieses Gerichts nicht unterworfen. Wir befassen uns hier lediglich mit der Mordanklage gegen Anna Albertini – und die haben wir fraglos bewiesen. Belloni kann hier nicht für sich selber sprechen. Auch ist nicht er hier angeklagt, sondern Anna Albertini.«

Zum erstenmal entgegnete Rienzi selber mit Nachdruck:

»Herr Präsident, meine Herren Richter! Uns geht es hier um Gerechtigkeit! Unsere Rechtsprechung definiert und klassifiziert das Verbrechen des Mordes nicht einfach mit Begriffen wie Vorsatz und Provokation, sondern auch mit Begriffen wie Motiv und mildernde Umstände. Ich möchte mit Nachdruck betonen, daß Sie zu keinem gerechten Spruch gelangen können, wenn Sie nicht alle Umstände und alle Charaktere genau kennen – eingeschlossen den Charakter des Ermordeten.«

»Der Verteidiger soll fortfahren.«

»Danke, Herr Präsident.« Er wandte sich wieder an den Zeugen. »Und jetzt, Pater, würde das Gericht gern hören, was Sie über die Umstände beim Tod der Agnese Moschetti, der Mutter der Angeklagten, wissen.«

»Ich bedaure«, der alte Mann richtete sich auf und antwortete fest, »ich kann diese Frage nicht beantworten. Ich war nicht Augenzeuge. Viel von dem, was ich darüber weiß, habe ich zuerst unter dem Beichtgeheimnis erfahren. Ich fühle mich daher außerstande, über diesen Punkt irgendeine Auskunft zu geben.«

»Darf man sagen, Pater, daß die Leute Ihnen diese Informationen in der Beichte anvertrauten, weil sie nicht wagten, sie öffentlich auszusprechen?«

»Auch diese Frage kann ich nicht beantworten.«

Der Präsident nickte zustimmend.

Rienzi nahm die Ablehnung respektvoll auf. Er wartete einen Augenblick und versuchte es dann auf einem anderen Weg.

»Lassen Sie mich Ihnen eine persönliche Frage stellen, Fra Bonifazio. Haben Sie selber in irgendeiner Form öffentlich gegen die Hinrichtung der Agnese protestiert?«

»Jawohl. Ich habe sie mit den stärksten Ausdrücken von der Kanzel herab verdammt. Ich habe dabei auch andere Gewaltakte verurteilt – nicht nur solche, die die Partisanen begangen hatten, sondern auch Gewaltakte der damaligen Machthaber.«

»Und außerdem?«

»Ich habe bei dem früheren Polizeichef, Sergeant Lopinto, die Einleitung eines Strafverfahrens zu erwirken versucht.«

»Aber nach dem Waffenstillstand – als Sergeant Lopinto tot und Sergeant Fiorello auf seinem Posten und Belloni Bürgermeister von San Stefano war – haben Sie da noch etwas unternommen?«

»Ja. Ich habe Sergeant Fiorello aufgefordert, die Sache wieder aufzugreifen und eine öffentliche Untersuchung herbeizuführen. Er hat sich geweigert.«

»Hat er einen Grund für diese Weigerung angegeben?«

»Ja. Er sagte, im Kriege seien viele Dinge geschehen, die endlich vergessen werden müßten. Die Leute müßten anfangen, wieder ein normales Leben zu führen. Es habe keinen Sinn, alten Haß wieder anzufachen.«

»Und Sie waren damit einverstanden?« fragte Rienzi leise.

Zum erstenmal zögerte der alte Mann. Sein Gesicht umwölkte sich, seine Lippen zitterten, und die Last der Erinnerung schien ihn niederzudrücken.

»Ich – ich war meiner Sache nicht sicher. Manches sprach für diese Auffassung. Es ist die Tragödie des Krieges, daß gute Menschen durch ihn zu Bösem verführt werden, das angeblich im Dienst der guten Sache geschieht. Außerdem mußten wir unser Leben neu aufbauen, und wir konnten es nicht auf Haß gründen.«

»Sie haben also nichts weiter in dieser Sache unternommen?«

»Bis zum Tod von Gianbattista Belloni – nein.«

»Also, Pater«, sagte Rienzi hart, »haben auch Sie sich für diese Verschwörung des Schweigens hergegeben?«

»Ein Mann kann nur den Pfad einschlagen, den er vor seinen Füßen sieht. Jetzt scheint es, daß ich den falschen Pfad gewählt habe. Es tut mir von ganzem Herzen leid.«

Niemand im Gericht konnte dem alten Mann sein Mitgefühl versagen. Aber Rienzi war noch nicht fertig mit ihm. Er ging zu seinem Tisch und wickelte umständlich ein kleines braunes Päckchen aus. Dann kehrte er zum Zeugenstand mit einem Gegenstand zurück, der wie ein Steinsplitter aussah. Er hielt ihn dem Pater vor die Augen.

»Erkennen Sie das?«

»Ja. Es ist ein Stück aus der Kirchhofsmauer von San Stefano.«

»Es ist etwas darauf geschrieben. Ich bitte sie, nicht die Worte vorzulesen, sondern zu sagen, wer sie geschrieben hat.«

»Anna Albertini, die Angeklagte.«

»Wissen Sie, wann sie geschrieben wurden?«

»Am Tag nach dem Tod ihrer Mutter.«

»Haben Sie gesehen, wie sie geschrieben wurden?«

»Ja. Ich kam dazu, als sie sie mit einem Stück Blech in die Mauer kratzte.«

»Danke, Pater. Das ist alles.«

Während der Pater gebeugt und mitgenommen aus dem Zeugenstand trat, wandte sich nun Rienzi an die Richter:

»Mit Genehmigung des Gerichts möchte ich später noch einmal auf dieses Beweisstück zurückkommen und es dem Gericht dann noch genauer beschreiben. Im Augenblick möchte ich die Aufmerksamkeit des Gerichtes auf den Zustand meiner Mandantin lenken. Wie Sie sehen, ist sie außerordentlich

erschöpft und bedarf dringend der Ruhe und ärztlicher Fürsorge. Ich bitte das Gericht, nach Möglichkeit die Verhandlung bis morgen zu vertagen.«

Der Präsident sah ihn streng an.

»Das Gericht hat der Verteidigung im Verfolg ihres Falles
bereits außerordentliche Bewegungsfreiheit gelassen. Ich muß
den Herrn Verteidiger warnen, sich allzusehr auf taktische
Winkelzüge zu verlassen.«

»Das ist kein Winkelzug, Herr Präsident«, sagte Rienzi hitzig,
»sondern ein Ersuchen, das ich aus Rücksicht auf meine Mandantin, die unter der denkbar schwersten Anklage steht, an Sie
richten muß. Wir fügen uns selbstverständlich der Entscheidung des Gerichtes, aber wir möchten darauf hinweisen, daß
unseres Erachtens ärztlicher Rat notwendig scheint.«

Der Präsident konferierte flüsternd mit seinen Kollegen und
den Schöffen. Dann sagte er:

»Würde jetzt Professor Galuzzi bitte zu uns vorkommen?«

Ein Raunen erhob sich, während Galuzzi mit dem Präsidenten
und den anderen Mitgliedern des Gerichts verhandelte.
Schließlich verkündete der Präsident:

»In Übereinstimmung mit dem Ersuchen der Verteidigung vertagt sich das Gericht bis morgen früh zehn Uhr.«

»Danke, Herr Präsident«, sagte Carlo Rienzi und ging zu seinem Tisch, wie ein Mann, der soeben die Ersparnisse eines
ganzen Lebens auf eine Karte gesetzt hat.

»Ich hoffe«, murmelte Ascolini, »ich hoffe nur, er hat gute
Karten für morgen. Wenn nicht, werden sie ihn kreuzigen.«
Dann fügte er abrupt hinzu: »Carlo ißt heute bei Ihnen zu
Abend. Ich möchte vorher noch mit Ihnen sprechen.«

Landon blickte ihn unentschlossen an.

»Ich weiß nicht, ob ich Zeit dafür habe. Ninette ist nicht hier,
und ich habe versprochen, nach der Sitzung auf Carlo zu warten.«

»Dann schicken Sie ihm eine Nachricht.« Ascolinis Ton war
bestimmt. »Sagen Sie ihm, er soll in einer Stunde direkt in Ihre
Wohnung kommen.«

»Aber warum, Doktor?« fragte Landon gereizt.

Seine Geduld mit diesen Leuten ging allmählich zu Ende. Ascolini war klug genug, das zu bemerken. Er breitete beschwichtigend die Hände aus.

»Ich weiß! Ich weiß! Wir verlangen zuviel und geben zuwenig. Wir ziehen Sie in unsere Intrigen, tun Ihnen weh, und Sie fühlen sich doch als unser Freund. Es tut mir leid. Ich verspreche Ihnen, das wird das letzte Mal sein.«

Er zog einen Notizblock mit einem kleinen silbernen Bleistift aus der Tasche.

»Bitte, tun Sie mir den Gefallen! Schreiben Sie einen Zettel für Carlo und schicken Sie ihn zu ihm.«

Landon kritzelte zögernd die Nachricht, und der alte Herr gab sie einem Gerichtsdiener mit dem Auftrag, sie Rienzi zustellen zu lassen. Dann zog er Landon aus dem Gerichtssaal, durch den Lärm der sich verlaufenden Zuhörer, hinaus in das blasse Nachmittagssonnenlicht der Stadt.

Durch winklige Gäßchen gelangten sie zu einer Piazza mit einem altersgrauen Springbrunnen und einem kleinen Café, in dem es Eistee und Kuchen gab. Der kleine Platz war noch heiß wie ein Gewächshaus, doch drinnen in dem Café war es angenehm dunkel und kühl. Sie wurden rasch bedient, und Ascolini begann ohne Umschweife, seine Gedanken zu entwickkeln.

»Carlo hat sich viel, viel besser geschlagen, als ich erwartet habe. Selbstverständlich kann er nicht gewinnen. Der morgige Tag wird gefährlich für ihn. Aber wenn er ihn überlebt, wird er einen beruflichen Triumph errungen haben. Noch vor Ende der Woche werden zwanzig Fälle auf seinem Schreibtisch liegen. Und das wird nur ein kleiner Vorgeschmack dessen sein, was ihn erwartet. Er wird seine erste Schlacht gewonnen und sich als guter Anwalt und unabhängiger Geist bewiesen haben. Aber eine Schlacht ist noch kein Feldzug, und Schwereres steht ihm noch bevor. Auf seine jetzige Aufgabe war er durch Erziehung und Übung vorbereitet. Für weitere, fürchte ich, ist er in keiner Weise gewappnet.«

»Ich habe ihm schon vor Wochen geraten«, sagte Landon ganz

offen, »gewinnen kann er nur, wenn er von hier fortgeht. Valeria ist nicht gut zu ihm. Sie wird ihm alles nehmen und nichts geben. Er wird den Rest seines Lebens mit dem Versuch verbringen, sie zu zähmen, und als Greis mit einer Xanthippe enden.«

Dann fügte er bedauernd hinzu:

»Es tut mir leid. Ich habe große Achtung vor Ihnen, und sie ist Ihre Tochter. Aber ich kann einfach nicht mehr höflich sein.«

»Sie müssen auch nicht höflich sein«, sagte Ascolini ruhig, »ich weiß, sie ist eifersüchtig auf Sie und Ninette. Und sie will zwischen Ihnen beiden Zwietracht stiften. Aber das haben Sie zum Teil selber verschuldet, weil Sie mit ihr geschlafen haben.«

Schockiert starrte Landon ihn mit offenem Munde an. »Woher wissen Sie das?«

»Sie hat es mir bereits einen Tag nach Ihrer kleinen Eskapade erzählt.« Er lächelte. »Oh, ich kann mir vorstellen, daß sie Diskretion und Geheimhaltung versprochen hat. Aber Sie hätten auf so was nicht hereinfallen sollen.«

»Ich hätte nicht«, sagte Landon. »Aber ich bin. Warum hat sie es Ihnen erzählt?«

»Es war eine Drohung«, sagte Ascolini leise. »Falls ich mich weiter in ihr Verhältnis mit Lazzaro einmischen sollte, wollte sie es Carlo und Ninette erzählen.«

»Ninette hat sie es heute beim Mittagessen gesagt.«

Ascolini nickte.

»Ich habe so etwas erwartet. Wie hat es Ninette aufgenommen?«

»Besser, als ich's verdient habe«, sagte Landon. »Wie es weitergehen soll, weiß ich allerdings nicht. Wenn Sie es wußten, Doktor, warum sind Sie nicht zu mir gekommen?«

Ascolini zuckte vielsagend die Schultern.

»Ich hielt es für besser, es Ihnen nicht zu sagen. Ich habe, wohl zu Recht, angenommen, Sie würden sich Carlo verpflichtet fühlen und hierbleiben, um ihm zu helfen. Im übrigen«, er lachte spöttisch vor sich hin, »konnte ich es verstehen. Ich habe es selber mit den Töchtern und Frauen anderer Männer so gemacht. Und es machte mir Spaß, einen Mann wie Sie sich ein bißchen winden zu sehen. Ich weiß, Landon, ich schockiere Sie, aber ich habe Ihnen schon vor langer Zeit gesagt, so sind wir nun einmal. Zu meinen Gunsten kann ich nur sagen, daß ich ehrlich genug bin, es zuzugeben. Ich bin kein edler Vater, der seine jungfräuliche Tochter dem Henker ausliefert. Ich habe mit zu vielen Torheiten Nachsicht gehabt, um nicht auch diese kleine hinzunehmen.«

Landon platzte heraus:

»Warum zum Teufel haben Sie dann ein derartiges Theater wegen Basilio Lazzaro gemacht?«

Ascolini antwortete gelassen:

»Selbst in einer alten, aufgeklärten und oft korrupten Gesellschaft wie der unseren gibt es Grenzen, die eine Frau nicht überschreiten darf, ohne ihre gesellschaftliche Stellung aufs Spiel zu setzen. Wir amüsieren uns über gewisse Seitensprünge Verheirateter, aber wir haben etwas gegen vulgäre Burschen wie Lazzaro. Diese Affäre mußte aufhören, oder Valeria hätte sich um ihre letzte Rückzugsmöglichkeit gebracht.«

»Glauben Sie, sie hat jetzt noch etwas, worauf sie sich zurückziehen kann?«

»Einen einzigen Menschen – Carlo.«

»Ninette hat dasselbe gesagt. Ich bin nicht sicher, ob das stimmt. Der Weg wird wohl schon versperrt sein.«

»Denken Sie, ich weiß das nicht?« Zum erstenmal lag ein Anflug von Zorn in der Stimme des alten Advokaten. »Warum sonst bringe ich Ihnen wohl soviel Vertrauen entgegen? Ich will mich Ihrer bedienen, Landon. Passen Sie auf. Ich habe Carlo vorhin getroffen und mit ihm und Galuzzi gesprochen. Ich bin alt genug, um zu merken, was zwischen ihm und seiner Mandantin los ist. Sie wissen es genausogut. Carlo hat eine ausgesprochene Zuneigung für dieses Mädchen. Ich verstehe mich auf so etwas. Auch ich habe mich gelegentlich zu Mandantinnen hingezogen gefühlt; unter weit ungünstigeren Umständen. Ich war zynisch genug, die Gelegenheiten wahrzunehmen – aber Carlo ist kein Zyniker, und er hungert schon zu lange nach Liebe.«

Landon schüttelte den Kopf und lehnte sich verdrossen zurück.

»Tut mir leid, Doktor. Ich kann Carlo eine Medizin verschreiben – und das habe ich längst getan –, aber ich kann ihn nicht zwingen, sie zu schlucken. Außerdem glaube ich nicht, daß es allzu weit führen kann – das Mädchen ist nicht ganz richtig im Kopf.«

»Und wissen Sie nicht, mein lieber Landon, daß für manche Menschen gerade so etwas gut sein kann?«

»Manchmal«, Landons Ungeduld wuchs. »Aber was zum Teufel erwarten Sie von mir? Soll ich ihm eine Vorlesung halten und ihn zu seiner liebenden Gattin Valeria zurückschicken?«

»Es tut mir leid, Landon«, sagte Ascolini würdevoll. »Wir haben Netze für Sie gelegt, und jetzt haben Sie sich genauso darin verfangen wie wir. Eines Tages werden wir das vielleicht wiedergutmachen können, hoffe ich. Aber jetzt haben Sie mir eine Frage gestellt, und hier ist meine Antwort.« Er machte eine kurze Pause und sagte dann mit beinah rührender Schlichtheit: »Sagen Sie Carlo von jemandem, der es wirklich weiß, daß es manchmal klüger ist, sich mit einem kleinen sauren Apfel zu begnügen, als in einem fremden Land hinter einer unbekannten Frucht her zu sein.«

Als Landon ankam, bereitete Ninette gerade das Abendessen vor. Sie begrüßten einander etwas verlegen, dann sagte Ninette:

»Ich habe noch lange mit Valeria gesprochen. Ich verstehe sie, Peter, und sie tut mir leid. Mit einemmal sieht sie sich all ihrer Stützen beraubt – und Ascolini ist schuld. Du weißt, ich habe ihn gern, aber hierbei ist er von einer geradezu brutalen Selbstsucht gewesen – wie übrigens bei vielen anderen Gelegenheiten. Sein ganzes Leben lang hat er versucht, Valerias Zuneigung ganz auf sich zu ziehen. Und jetzt wendet er sich plötzlich von ihr ab. – Weil er Enkelkinder will und weil Carlo anfängt, langsam dem Sohn ähnlich zu werden, den er immer haben wollte. Sie ist ganz verloren, Peter. Verloren, bitter und eifersüchtig. Und daher schlägt sie blindlings um sich – ohne Rücksicht darauf, wen sie trifft.«

»Bevor sie auch noch Carlo trifft, sollte ich es ihm lieber selber sagen, denke ich«, sagte er bedrückt.

»Nein, Peter«, sagte Ninette bestimmt. »Solange auch nur die geringste Chance besteht, daß er es nicht erfährt, sollten wir uns ruhig verhalten. Und nach meiner Unterhaltung mit Valeria rechne ich mit dieser Chance. Wenigstens weiß sie jetzt, daß ich ihr nichts nachtrage – und du ihr auch nicht gram bist.«

»Ich glaube, ich würde mich besser fühlen, wenn ich es Carlo sagen würde.«

»Und er, Peter?«

»Ich weiß nicht.«

Dann stellte sie die Frage, die er schon lange gefürchtet hatte:

»Und wie fühlst du dich jetzt, Peter – was uns beide betrifft?«

»Ich schäme mich – wenn das hilft.«

»Warum schämst du dich, Peter – weil du nicht der Mann bist, für den du dich gehalten hast?«

»Teils. Wir haben alle unseren kleinen Stolz, nicht wahr. Und teils, weil du etwas Besseres verdient hättest.«

»Meinst du das wirklich, Peter? Obwohl du doch über Lazzaro und mich Bescheid weißt?«

»Lazzaro ist vorbei und abgetan. Bei mir war das etwas anderes. Es gibt keine Entschuldigung dafür.«

»Es gibt immer eine Entschuldigung, Peter. Das eben macht mir solche Sorgen. Ich bin nicht vollkommen, weiß Gott. Wenn wir verheiratet wären, würde ich dir wahrscheinlich monatlich zwanzig Entschuldigungen liefern. Aber wenn du Gebrauch davon machen würdest, würde ich dich hassen. So eine Ehe will ich nicht, Peter. Ich will keine Verbindung, die sich unweigerlich zu so etwas Grausamem entwickelt wie dem, das wir in diesen letzten Wochen miterleben mußten. Ich würde dabei sehr rasch zugrunde gehen. Ich bin einfach nicht dafür geschaffen. Ich liebe dich, *chéri,* aber ich möchte dich glücklich und zufrieden sehen – ich liebe dich so sehr, daß ich dich lieber glücklich gehen als unglücklich bei mir bleiben sehe.«

»Ich liebe dich auch, Ninette – verzweifelter, als ich es je für möglich gehalten hätte.« Er ging auf sie zu, aber sie wich zurück. Langsam und stockend fuhr er fort: »Mein ganzes Leben lang habe ich – aus vielen Gründen – versucht, selbständig und unabhängig zu sein, unempfindlich gegen und unverletzlich durch äußere Einflüsse. So kennen mich meine Kollegen – als den ehrgeizigen, zielstrebigen Burschen, dem sie gern ein Bein stellen würden, aber der nicht darüber stolpert, weil er zuviel weiß und zuwenig fühlt. Ich könnte vielleicht wieder so werden – aber nicht mehr damit zufrieden sein. Ich weiß jetzt, was ich brauche. Ich weiß, ich brauche dich. Ich möchte dir etwas sagen, Liebling. Ich habe das noch nie in meinem ganzen Leben zu einem anderen Menschen gesagt. In diesem Augenblick bin ich fast wie Carlo Rienzi: Du kannst jeden Preis für dich verlangen. Ich denke, ich würde ihn zahlen.«

Sie stand lange zusammengesunken und unentschlossen da. Dann schüttelte sie den Kopf und flüsterte:

»Es gibt keinen Preis, Peter. Liebe mich einfach. Um Gottes willen, liebe mich einfach.«

Dann lief sie zu ihm, klammerte sich an ihn; sie küßten sich und waren glücklich, und es schien beinah, als sei mit allen Illusionen ihre Jugend zurückgekehrt.

Als Carlo kam, fand er sie glücklich und zufrieden vor. Sie führten ihn lebhaft ins Atelier, machten es ihm gemütlich und waren mit aller Herzlichkeit bestrebt, sich einen schönen und harmonischen Abend zu machen. Chianti, Barolo und toskanischer Weinbrand sind kräftige Mittel gegen Schwermut, und an diesem Abend halfen sie. Sie tranken und lachten unaufhörlich, genossen Ninettes Essen und verfielen dann in einen Zustand wohliger Zufriedenheit, während Carlo sich an den Flügel setzte und Scarlatti, Brahms und alte Volksmusik aus den Bergen spielte.

Es waren geruhsame Stunden der Entspannung, der Erinnerung und der Hoffnung, die sie von der Außenwelt absonderten. Die Musik linderte alte und neue Wunden, und danach saßen sie in ein ruhiges Gespräch vertieft im Halbdunkel. Carlo sagte leise:

»Ich bin euch so dankbar für diesen Abend – dankbarer, als ich sagen kann. Morgen ist für mich ein kritischer Tag. Und ihr habt mir geholfen, es mit ihm aufnehmen zu können.«

»Wie wird es ausgehen, Carlo?« fragte Ninette.

»Wer weiß? Wir müssen uns der blinden Göttin anvertrauen. Ich wage nicht, zuviel zu hoffen.«

»Bist du bis jetzt zufrieden?«

»Für mich selber, ja. Ich glaube, wir haben besser abgeschnitten, als irgend jemand für möglich gehalten hätte. Ich kann mich prüfen und weiß, daß ich erreicht habe, was ich wollte. Anfangs dachte ich, ich könne mich damit zufriedengeben. Jetzt empfinde ich es als viel zuwenig.« Er brach ab, und der Schein des Streichholzes, mit dem er seine Zigarette anzündete, beleuchtete sein spitzes, blasses Gesicht, aus dem ein neues Selbstbewußtsein zu sprechen schien. »Jetzt macht mir Anna Sorgen. Sie verläßt sich völlig auf mich und hat sowenig Furcht und sowenig Verständnis dafür, was mein Mißerfolg für sie bedeuten könnte. Das ist ein richtiger Alptraum für mich.«

»Für sie ist es vielleicht eine Gnade«, sagte Ninette.

»O nein!« entgegnete er rasch. »Du verstehst das nicht. Anfangs war es eine Gnade – aber jetzt nicht mehr. Wie soll ich es nur erklären? Als ich sie zum erstenmal sah, war sie wie ein Kind. Nein – wie eine Frau, die eine für sie völlig neue Welt betritt. Eine seltsame, aber doch viel schönere Welt, in der es nichts zu hassen, nichts zu fürchten und nichts zu begehren gibt. Selbst das Gefängnis kam ihr wie ein angenehmer Aufenthalt vor. Ich dachte zuerst, sie verstünde ihre Lage nicht. Aber sie verstand sie sehr gut und konnte nur so einer zwanzigjährigen Haft ohne Schrecken ins Auge sehen. In ihrer ganzen Verteidigung schien es ihr nur darauf anzukommen, mir keine Schande zu machen. Ich habe schon mit dir darüber gesprochen, Peter, und du hast es als eine Schock-Euphorie erklärt – als das Wohlbefinden von Menschen, die einen schweren Schlag auf Geist oder Körper überstanden haben. Dann, allmählich, wurde sie sich über ihre Lage immer klarer. Sie begann, von ihrem Mann zu sprechen, von dem Fehlschlag ihres gemeinsamen Lebens und von ihrer Hoffnung, ihm jetzt Kinder schenken zu können. Es war brutal von mir, ihn in den Zeugenstand zu rufen, aber es war notwendig. Und es hat eine seltsame Wirkung gezeitigt. Zum erstenmal war sie sich nicht nur ihrer Tragödie bewußt, sondern auch einer Hoffnung. Wenn die ihr jetzt genommen wird – Gott weiß, was mit ihr geschieht.«

Er verstummte, und sie saßen rauchend und schweigend in der wachsenden Dunkelheit. Nach einer Weile sagte Ninette:

»Wie siehst du sie, Peter? Was für ein Mensch ist sie?«

Landon dachte kurz nach und sagte:

»Ich denke, daß sie überhaupt noch kein fertiger Mensch ist. Sie ist vierundzwanzig und mit dem normalen Alltag so vertraut wie jeder von uns – aber sie ist noch ein Kind, mit der Unschuld, der Ahnungslosigkeit und der Abhängigkeit eines Kindes.«

»Genau das ist es!« sagte Carlo eifrig. »Valeria und ihr Vater glauben, ich liebte sie. Vielleicht stimmt das, aber nicht, wie sie das auslegen. Ich habe zwar kein Kind, aber ich denke, ich habe für Anna die gleichen Gefühle, die auch ich für eine Tochter haben würde: Fürsorge, Zärtlichkeit und Verantwortungsgefühl.«

»Wird sie jemals erwachsen werden?« fragte Ninette, und Landon antwortete:

»Es ist möglich, aber es wird lange dauern. Carlo hat schon ein paar Anzeichen bemerkt. Und auch der Mord war letztlich ein Versuch, sich der Last ihrer Vergangenheit gewaltsam zu entledigen. Den nächsten Schritt erleben wir jetzt mit: ihre tastenden Versuche, die eigene Persönlichkeit zu erproben –«

»Wie diesen Nachmittag«, fiel Carlo ein. »Zum erstenmal war sie böse mit mir, weil ich ihr gesagt hatte, sie müsse selber Angst empfinden lernen, anstatt mir das zu überlassen.« Einen Augenblick schwiegen sie, dann fragte Landon leise aus der Dunkelheit:

»Was hat sie dazu gesagt, Carlo?«

»Daß ich zu ungeduldig mit ihr wäre. Daß ich zu rasch zuviel verlange. Daß sie eine Frau werden wolle, aber Hilfe brauche.«

»Armes Kind«, sagte Ninette leise, »armes, verlorenes Kind.«

»Aber seht ihr es denn nicht«, Rienzis Stimme wurde immer drängender, »sie sucht sich selber. Sie sucht jetzt einen neuen Weg. Wenn wir verlieren und sie für zwanzig Jahre ins Gefängnis muß, wird sie in völlige Verzweiflung fallen. Sie wird eine jener armen Kreaturen werden, die ihr ganzes Leben lang in einer Ecke sitzen, nichts sehen, nichts hören, nichts sagen und nicht einmal aus dem Gedanken an den Tod Trost ziehen können. Aber wenn wir gewinnen und sie die Hoffnung hat, in absehbarer Zeit entlassen zu werden, dann hat es für sie Sinn, weiter zu suchen, und mit ein bißchen Liebe kann sie auch ihr Ziel erreichen. Sogar die Sorge, die sie bei mir spürt, hat viel vermocht. Ein bißchen mehr – und wer weiß . . .«

Landon konnte nicht umhin zu fragen:

»Fühlst du dich dazu imstande und hast du das Recht?«

Rienzi antwortete bestimmt:

»Das denke ich wohl. Ich habe soviel für nichts hingegeben – warum sollte ich nicht ein bißchen für diese Verlorene tun können?«

»Es könnte der Tag kommen«, sagte Landon langsam, »an dem ein Kind eine Frau geworden ist und mehr verlangt, als du zu geben vermagst.«

»Ich kann daran nicht denken«, sagte Carlo Rienzi. »Ich kann nur an morgen denken.«

7

Am folgenden Morgen trafen Landon und Ninette bereits eine Dreiviertelstunde vor Eröffnung der Verhandlung im Gericht ein, aber der Vorraum und sogar der Platz vor dem Eingang waren schon voller Neugieriger. Es kostete sie zwanzig Minuten Streit mit einem Beamten, der am Ende seiner Nervenkraft war, bevor sie endlich in den Gerichtssaal gelassen wurden, in dem schon einige Privilegierte Platz genommen hatten.

Ascolini und Valeria gehörten zu ihnen. Sie war einfacher gekleidet als gewöhnlich. Ihr Gesicht war blaß, ihr Blick verloren und ihre Haltung seltsam abwesend. Landon und Ascolini saßen zwischen den beiden Frauen. Auch der Advokat machte einen abgespannten und gedankenverlorenen Eindruck. Er beantwortete Landons Fragen zerstreut und beurteilte die Aussichten der bevorstehenden Verhandlung in einem kurzen und gereizten Ton.

»Bis jetzt war alles eine Sache der Taktik. Carlo hat Boden gewonnen. Die Hauptlinien seiner Verteidigung sind klargeworden. Von jetzt an kommt es nur noch auf die Aussagen an, die er zu bieten hat, und auf den Gebrauch, den er in seinem Plädoyer von ihnen macht. Ich hätte mich gern mit ihm darüber unterhalten, aber auch er hat einen dicken Schädel. Ich fühle mich alt heute morgen, es wird langsam Zeit, daß ich mich zurückziehe.«

Die Türen zu beiden Seiten des Gerichtssaales wurden geöffnet, und die Akteure des letzten Aktes betraten die Bühne. Der Kanzler und seine Schreiber setzten sich an ihren Tisch, der Staatsanwalt unterhielt sich leise mit seinen Assistenten. Carlo Rienzi kam, wieder begleitet von seinen beiden dürftigen Kollegen. Er setzte sich gleichfalls und begann, in seinen Akten zu blättern und sich Notizen zu machen.

Erregtes Gerede flackerte auf, als Anna Albertini von zwei Gerichtsdienern auf die Anklagebank geführt wurde. Gleich darauf, als wollten sie jede Erregung im Keim ersticken, betraten der Präsident und die übrigen Mitglieder des Gerichtes den Saal und nahmen ihre Plätze ein. Unter Flüstern und Scharren setzten sich die Zuschauer, und dann senkte sich auf den Schlag des Hammers hin tödliche Stille über den Raum.

Carlo Rienzi erhob sich. Seine Stimme war kühl, klar und unpersönlich:

»Herr Präsident, hohes Gericht! Die Verteidigung möchte noch zwei Zeugen nominieren. Mit Genehmigung des Gerichtes möchte ich jetzt Ignazio Carrese verhören.«

»Bitte.«

Ein kleiner stämmiger Bauer, an die fünfzig Jahre, mit verarbeiteten Händen und einem dunklen, sonnenverbrannten Gesicht, betrat in gebeugter Haltung den Zeugenstand. Nachdem der Eid verlesen war, murmelte er ein »Ja« und stand mit hängenden Schultern und niedergeschlagenen Augen da.

Rienzi ließ ihn eine Weile so stehen. Dann stellte er sich direkt vor ihn hin und wartete, bis der Bauer den Kopf hob und ihn ängstlich ansah.

»Sagen Sie bitte dem Gericht Ihren Namen.«

»Ignazio Carrese.«

»Wie verdienen Sie Ihren Lebensunterhalt?«

»Ich bin Bauer in San Stefano.«

»Gehört Ihr Land Ihnen?«

»Ja.«

»Hat es Ihnen schon immer gehört?«

»Nein. Ich habe es nach dem Krieg gekauft.«

»Woher hatten Sie das Geld dafür?«

»Belloni hat es mir geliehen.«

»Was für Zinsen hat er dafür verlangt?«

»Gar keine.«

»War er immer so großzügig?«

Carrese schlug die Augen nieder, zögerte und murmelte schließlich:

»Ich – ich weiß nicht. Zu mir war er es. Ich – ich war bei den Partisanen sein Stellvertreter.«

»Wissen Sie, daß Ihre Antwort auf einige meiner Fragen Sie selbst belasten kann?«

Der Zeuge richtete sich auf, als sei er nun entschlossen, einem Schicksal ins Auge zu sehen, dem er lange aus dem Wege gegangen war. Seine Stimme klang fester.

»Ich weiß.«

»Warum haben Sie sich bereit erklärt, hier auszusagen?«

»Ich habe mit Pater Bonifazio gesprochen. Er hat's mir gesagt.« Sein Mund zitterte, und es sah einen Augenblick aus, als müsse er sich setzen.

Rienzi fragte scharf:

»Was hat er Ihnen gesagt?«

»Daß es nicht genügt, wenn es mir leid tut. Daß ich es wiedergutmachen müßte.«

»Eine späte Weisheit«, bemerkte Rienzi, »die Sie, wie ich hoffe, dem Gericht empfehlen wird.« Er schwieg einen Augenblick herausfordernd, dann fuhr er fort: »Ignazio Carrese, ich möchte, daß Sie sich zurückerinnern an einen Tag im Jahre neunzehnhundertvierundvierzig. Es war ein Samstag, glaube ich.«

Als könne er sich nun gar nicht schnell genug läutern, stammelte der Zeuge, gelegentlich in seinen Dorfdialekt verfallend, hastig los:

»Das stimmt. Es war ein Samstagabend. Wir waren alle in unserem Versteck in den Bergen. Ich und die anderen. Wir haben auf Belloni gewartet. Wie er ankam, haben wir gleich gesehen, er war ganz verrückt. Er hat so ausgesehen, wie er immer ausgesehen hat, wenn einer ihm was getan hat. Er hat gesagt: ›Jetzt langt's! Niemand haut Belloni ungestraft eine runter! Morgen gibt's was zu tun, was Richtiges!‹«

»Hat er Ihnen gesagt, worum es ging?«

»Ja.«

»Was hat er gesagt?«

»Er hat gesagt – er hat gesagt...« Auf der gefurchten Stirn brach Schweiß aus, und er wischte ihn mit einem groben Taschentuch ab.

Rienzi ließ ihm keine Zeit:

»Was hat er gesagt?«

»Er hat gesagt: ›Es geht um dieses Luder, die Moschetti. Ihr Mann ist ein verdammter Faschist, und sie ist nicht besser. Sie muß weg.‹«

Ein Stöhnen kam von der Anklagebank, und alle Blicke richteten sich auf Anna Albertini, die mit geschlossenen Augen und schneeweißem Gesicht auf ihrem Stuhl schwankte.

Rienzis nächste Worte drangen schneidend durch den Saal.

»Nehmen Sie sich zusammen, Anna.«

Ein überraschtes Gemurmel erhob sich, der Präsident sah verblüfft und sichtlich unangenehm berührt auf. Aber die Wirkung der Worte auf Anna Albertini trat augenblicklich ein. Sie öffnete die Augen, setzte sich kerzengerade auf und sagte mit leiser Stimme:

»Es tut mir leid. Es ist schon vorbei.«

Rienzi wandte sich wieder an den Zeugen.

»Belloni sagte: ›Ihr Mann ist ein verdammter Faschist, und sie ist nicht besser.‹ Wußten Sie, was er meinte?«

Der alte Bauer schien wieder zusammenzusinken; er flüsterte nur noch.

»Freilich. Jeder wußte das. Er hatte schon wochenlang versucht, sie ins Bett zu kriegen. Aber sie hat nicht gewollt.«

»Und er war bereit, sie dafür umzubringen?«

»Ja.«

»Hat keiner von Ihnen dagegen protestiert?«

»Freilich! Freilich!« Er machte einen schwachen Versuch, sich zu rechtfertigen. »Ich habe es versucht und ein paar andere auch. Aber Belloni hat's wie immer gemacht – er hat seine Pistole gezogen und gesagt: ›Ihr kennt das Gesetz. Ihr tut, was ich sage, oder ich knalle euch über den Haufen. Sucht euch aus, was ihr wollt.‹«

»Und am folgenden Tag«, sagte Rienzi leise, »haben Sie die Mutter von Anna Albertini umgebracht?«

»Wir haben sie nicht umgebracht! Belloni war es! Wir – wir sind nur mitgegangen, genau wie er's verlangt hat.«

Ein langes, erschüttertes Schweigen folgte diesen Worten. Aller Augen richteten sich auf den schäbigen, gebeugten Bauern im Zeugenstand. Und dann wandten sich alle wie auf eine geheime Verabredung hin dem Mädchen zu, das wie versteinert dasaß und ohne Ausdruck vor sich hin starrte. Mit leiser Stimme stellte Rienzi seine nächste Frage: »Würden Sie uns bitte den Hergang der Tat erzählen?«

Der alte Bauer holte tief Atem und setzte stockend seine Bekenntnisse fort.

»Es war Samstag nacht. Wir – wir sind alle mit zum Moschetti-Haus. Da war Agnese Moschetti mit dem Mädchen.«

»Mit diesem Mädchen?« Rienzis ausgestreckte Hand wies auf Anna Albertini.

»Ja. Sie war aber damals nur ein Kind, acht oder neun, denke ich. Wir – wir haben sie festgehalten, und Belloni hat ihre Mutter ins Schlafzimmer mitgenommen. Die Kleine hat geschrien und um sich getreten wie eine Wilde. Bis wir die Schüsse gehört haben. Dann – dann hat sie aufgehört. Kein Wort hat sie mehr gesagt. Nur dagestanden hat sie, und hat vor sich hin gestarrt, als ob sie tot wäre.« Seine Stimme brach, und die letzten Worte kamen tränenerstickt aus ihm hervor.

»O Gott – es tut mir leid –, aber ich konnte es nicht ändern, ich konnte nicht!« Er barg sein Gesicht in den Händen und schluchzte hemmungslos, während Anna Albertini unbeweglich dasaß, erneut gebannt von dem alten Grauen.

Rienzi ging langsam zu seinem Tisch, nahm den Steinsplitter, den er Fra Bonifazio gezeigt hatte, und hielt ihn dem alten Bauern hin, der fragend darauf starrte. »Haben Sie das schon einmal gesehen?«

Carrese nickte, unfähig zu sprechen.

»Können Sie lesen?«

»Ja.«

»Würden Sie bitte die Worte, die in diesen Stein gekritzelt sind, einmal vorlesen?«

Carrese wandte sich mit verzerrtem Gesicht ab.

»Bitte, bitte, verlangen Sie das nicht von mir!«

Rienzi zuckte die Schultern und wandte sich an den Präsidenten.

»Mit Erlaubnis des Gerichts werde ich die Worte vorlesen. Es sind einfache Worte, meine Herren, tief eingekratzt mit einem Stück Blech. Sie sind in den letzten sechzehn Jahren verwittert, doch sie sind noch immer lesbar. Sie lauten: Belloni, eines Tages werde ich dich umbringen!« Er reichte den Stein dem Präsidenten, der einen kurzen Blick darauf warf und ihn an seine Kollegen weitergab.

Rienzi stand erschöpft vor dem Richtertisch und wartete, während der Stein von Hand zu Hand ging. Dann nahm er ihn und legte ihn auf den Tisch des Staatsanwalts.

»Ich möchte, daß auch die Staatsanwaltschaft diese Worte liest, die ein Kind von acht Jahren am Tag nach dem Tod seiner Mutter schrieb!« Seine Stimme wurde scharf: »Sie beweisen die Anklage! Den Vorsatz! Den Vorsatz eines Kindes von acht Jahren, das zusehen mußte, wie seine Mutter von einem Partisanenhelden vergewaltigt und umgebracht wurde. Ich bin fertig mit diesem Zeugen, Herr Präsident.«

Durch die Grabesstille im Gerichtssaal schlurfte der Bauer zurück zu seinem Platz. Der Präsident kritzelte ein paar Worte auf einen Notizblock und reichte sie seinem Beisitzer. Dann sagte er mit tonloser Stimme:

»Bitte rufen Sie Ihren nächsten Zeugen auf, Herr Rienzi.«

»Ich bitte Herrn Peter Landon in den Zeugenstand.«

Nach Carreses dramatischer Aussage empfand Landon seinen Auftritt als ausgesprochen spannungsabschwächend. Dennoch riefen seine Erscheinung und sein englischer Name überraschtes Gemurmel hervor. Er ging zum Zeugenstand, machte seine Angaben zur Person und wurde vereidigt. Rienzi erläuterte anschließend dem Gericht seine Qualifikation und seine Bedeutung und bat dann, ihn gleich Galuzzi als Sachverständigen anzuerkennen.

Als wolle er von der Erschütterung ablenken, die die vorangegangene Aussage hinterlassen hatte, bat Rienzi den Schriftführer, das Protokoll von Professor Galuzzis Aussage zu verlesen. Der Schriftführer kramte umständlich in seinen Papieren und verlas dann die lange Aussage mit monotoner Stimme, währenddessen die Menge immer ungeduldiger und unruhiger wurde. Landon warf einen vorsichtigen Blick auf Rienzi, der jedoch völlig verschlossen vor sich hin blickte und auf den Text konzentriert schien. Als der Schriftführer endete, dankte ihm Rienzi und wandte sich an Landon:

»Stimmt Ihre Beurteilung des Falles mit der von Professor Galuzzi überein?«

»Ja.«

»Sie sind also grundsätzlich gleichfalls der Meinung, daß sich psychische Traumata oft sehr lange nach ihrer Auslösung in verschiedenen Formen geistiger Schwächen manifestieren können?«

»Grundsätzlich – ja.«

»Sie haben die Aussage des letzten Zeugen gehört. Sie haben gehört, wie diese Angeklagte im Alter von acht Jahren Zeugin der brutalen Umstände der Vergewaltigung und des Mordes an ihrer Mutter wurde. Sind diese Ereignisse nach Ihrer Ansicht imstande, der kindlichen Psyche eine sehr schwere Wunde zuzufügen?«

»Durchaus.«

»Herr Landon, wie würden Sie das Wort Zwangsvorstellung definieren?«

»Es bezeichnet eine hartnäckige oder immer wiederkehrende Idee, die im allgemeinen stark vom Gefühl bestimmt und häufig mit einem Drang verbunden ist, etwas Bestimmtes zu tun. Die geistige Konstitution ist dabei ausgesprochen pathologisch.«

»Pathologisch heißt in diesem Falle krank oder geistesschwach?«

»Das ist richtig.«

»Könnten Sie diese Definition dem Gericht noch ein wenig klarer machen?«

»Nun, manche Patienten sind in diesem Fall von einem Schuldkomplex besessen und bezichtigen sich eines Verbrechens, das sie nicht begangen haben. Andere sind von grundlosen Ängsten beherrscht und wagen sich nicht über die Straße, aus Furcht, umzukommen. Es gibt Menschen, die jeden Abend zwanzigmal um ihr Haus gehen, um sich zu vergewissern, daß auch alle Türen und Fenster verschlossen sind. Das ist gleichfalls eine Art Zwangsvorstellung.«

»Ist dieser Zustand heilbar?«

»Mitunter kann er durch eine Analyse, die dem Patienten die Wurzel seines Leidens zeigt, ganz oder teilweise beseitigt werden. Manchmal frißt sich die Idee jedoch so fest, daß eine Heilung unmöglich erscheint – ausgenommen vielleicht durch den Lobotomie genannten chirurgischen Gehirnschnitt.«

»Würden Sie aufgrund Ihrer Untersuchungen und der Zeugenaussagen vor diesem Gericht meinen, daß die Angeklagte das Opfer einer solchen Zwangsvorstellung gewesen ist?«

»Unzweifelhaft.«

»Einer Zwangsvorstellung, die mit dem psychischen Schock begann, der ihr beim Tode ihrer Mutter zugefügt wurde?«

»Ja. Ihre Unfähigkeit, die Ehe zu vollziehen, steht beispielsweise in einem direkten Zusammenhang mit der Gewalt, die ihrer Mutter angetan wurde.«

»Herr Landon, ich möchte Sie bitten, sich der entscheidenden Wichtigkeit meiner nächsten Frage bewußt zu sein. Und das möchte ich auch das Gericht bitten, damit nicht der Eindruck entsteht, der Zeuge solle vom Tatbestand abgelenkt und zur Spekulation verführt werden. Das ist, wie ich dem Herrn Präsidenten nachdrücklich versichern will, durchaus nicht meine Absicht. Doktor Galuzzis Aussage warf die entscheidende Frage von Moralempfinden und moralischer Verantwortlichkeit auf. Ich möchte auf diesen Punkt näher eingehen.« Er wandte sich an Landon und fragte akzentuiert: »Beraubt diese Zwangsvorstellung, über die wir gesprochen haben – die fixe Idee –, den Patienten der moralischen Verantwortung? Vermindert sie diese Verantwortung so sehr, daß der Patient nicht anders kann, als auszuführen, wozu die fixe Idee ihn zwingt?«

Die Frage war mit Sprengstoff geladen. Und Landon wußte es. Er überlegte kurz, bevor er seine Antwort formulierte:

»Die moderne Psychologie kennt viele Zustände, deren Opfer der Verantwortlichkeit für ihre Handlungen anscheinend oder tatsächlich beraubt sind oder deren moralische Empfindungen – und folglich auch moralische Verantwortlichkeiten – immerhin vermindert sind. Es muß jedoch gesagt werden, daß diese Zustände bislang gesetzlich nicht präzis definiert worden sind und daß daher der Patient, der unter dem Einfluß eines solchen Zustandes ein Verbrechen begeht, nach den Gesetzen, wie sie heute bestehen, straffällig werden kann.«

»Würden Sie sagen, daß der Geisteszustand der Angeklagten ihre moralische Verantwortung herabgesetzt hat?«

»Unbedingt.«

»Hat er in irgendeiner Weise den Reifeprozeß verzögern können?«

»Das ist sehr wahrscheinlich, denke ich. Die menschliche Psyche entwickelt sich – ebenso wie der Körper – durch organisches Wachstum, durch Umwelteinflüsse und Erziehung. Ihre Entwicklung kann durch körperliche Schwäche, durch ein Trauma oder falsche Erziehung selbstverständlich behindert werden.«

»Und, genau wie beim Körper, kann wohl im Bereich des Seelischen die eine Funktion behindert werden, während alle anderen sich normal entwickeln?«

»Richtig. Und ein ausgezeichneter Mathematiker kann beispielsweise die Vorstellungswelt eines Kindes haben.«

»Kann man sagen, Herr Landon, daß als Folge eines psychischen Schocks nicht nur die normale Entwicklung gestört wird, sondern der Betroffene, ich möchte sagen, in dem Augenblick in seiner Entwicklung fixiert wird, in dem er den Schock erleidet?«

»Das ist bei Zwangsvorstellungen eine durchaus nicht ungewöhnliche Erscheinungsform.«

»Eine unter solchem Einfluß begangene Handlung würde folglich moralisch so zu bewerten sein, als sei sie zur Zeit des ersten Schocks begangen worden?«

Landon hob die Augenbrauen.

»Es wäre möglich. Sie dürfen allerdings nicht verlangen, daß ich mehr sage – man könnte den Nachweis allenfalls durch langwierige und komplizierte klinische Analysen führen.«

»Aber Sie räumen jedenfalls die Möglichkeit ein?«

»Das muß jeder Psychiater.«

»Angesichts dessen, was Anna Albertini zugestoßen ist, angesichts ihrer Unfähigkeit, die Ehe zu vollziehen, und unter Berücksichtigung Ihrer eigenen Untersuchungen: Würden Sie in ihrem Fall diese Möglichkeit zugestehen?«

»Ich könnte sie nicht verneinen.«

»Lassen Sie uns in diesem Punkt ganz präzis sein, Herr Landon. Sie räumen ohne Zweifel einen schweren psychischen Schock und eine schwere psychische Schädigung ein?«

»Das tue ich.«

»Ferner eine Form der Zwangsvorstellung mit verminderter moralischer Verantwortlichkeit?«

»Ja.«

»Sie räumen auch wenigstens die Möglichkeit ein, daß der Mord an Gianbattista Belloni in der Vorstellung der Angeklagten so existiert, als wäre er unmittelbar nach dem Tode ihrer Mutter begangen worden?«

»In diesem Punkt kann ich nicht weiter gehen, als ich mit meiner Antwort von vorhin bereits gegangen bin.«

»Danke, Herr Landon.« Rienzi wandte sich ab. »Die Verteidigung ist mit ihrer Beweisführung zu Ende, Herr Präsident.«

Obwohl sie Reihenfolge und Form der Fragen miteinander festgelegt hatten, fand Landon, daß Rienzi die Befragung viel zu beiläufig durchgeführt hatte. Auch für die Zuschauer war es ein eher lahmer Abschluß. Das Ereignis, das sie sich von Rienzi versprochen hatten, war ausgeblieben. Landon verbarg seinen Eindruck nicht vor Ascolini, aber der alte Herr schüttelte seine weiße Mähne und brummte gereizt:

»Nicht Sie sind hier der Richter, sondern die Burschen da oben. Der Junge hat seine Sache gut gemacht. Er hat ihnen ihr Drama geliefert, und dazu einen Hauch kühler Vernunft. Außerdem – es geht ja weiter. Hören Sie!«

Der große hakennasige Staatsanwalt hatte sich erhoben und wandte sich in ernstem, gemessenem Ton an die Richter:

»Herr Präsident – hohes Gericht. Niemand ist tiefer bewegt von den Tatsachen, die die Verteidigung hier dargelegt hat, als ich. Niemand hat größeres Mitgefühl mit der Angeklagten, die all diese Jahre eine so schwere Bürde auf ihren Schultern hat tragen müssen. Jedoch«, er machte eine Pause und fuhr mit

Nachdruck fort, »jedoch ich muß mich – genau wie Sie, die Mitglieder des Gerichts – auf das Gesetz stützen: Das Gesetz ist eine Barriere zwischen Ordnung und Chaos. Und in einem bestimmten Sinn ist das Gesetz wichtiger als die Gerechtigkeit. Setzen Sie das Gesetz außer Kraft – wie es in diesem Land durch so viele Jahre hindurch geschehen ist –, und Sie öffnen der Gewalt Tür und Tor. Versuchen Sie, das Gesetz zu beugen, versuchen Sie es Ihren eigenen Sympathien, Ihrem eigenen Mitgefühl entsprechend zu manipulieren, und Sie präjudizieren neue, größere Verbrechen. Sie geben dann zu, daß gewaltsame Rache gesetzlich, daß politischer Mord erlaubt ist. Sie rufen damit die Vendetta wieder ins Leben: die Tradition, daß Mord Mord nach sich zieht – von Generation zu Generation. Sie können das nicht verantworten. Nach den Ihnen vorgelegten Beweisen müssen Sie diese Frau verurteilen, denn es besteht nicht der Schatten eines Zweifels, daß hier ein Verbrechen begangen wurde. Und auch der Vorsatz ist bewiesen. Sechzehn Jahre Vorsatz! Beweis: die Inschrift in der Friedhofsmauer. – Vor diesem Gericht ist viel über den zweifelhaften Charakter des Idioten gesagt worden. Wir bestreiten nichts davon. Aber wir stützen uns auf den primitivsten Grundsatz des Gesetzes: daß Mord – gleich, aus welchem Motiv heraus – eine unmoralische und gesetzwidrige Handlung ist. Sie mögen, wenn Sie es für richtig halten, für die unglückliche Angeklagte mildernde Umstände fordern. Aber Sie müssen ihr Verbrechen als das erkennen, was es ist: vorsätzlicher Mord! Ich, meine Herren, bin wie Sie ein Diener des Gesetzes. Ich brauche dem nichts mehr hinzuzufügen als: Sie können nicht weniger sein –«

Diese Worte klangen so schlicht und einfach, daß man kaum die Begabung erkannte, die dahintersteckte: Die Sympathie mochte gegen ihn stehen, aber alles andere sprach zu seinen Gunsten. Er hatte einen glasklaren Fall, und mildernde Umstände konnten ihm nicht das geringste anhaben. Er setzte sich mit selbstzufriedener Miene, während der Präsident Carlo Rienzi aufforderte, mit seinem Plädoyer zu beginnen.

Carlo erhob sich langsam, raffte seine schwarze Robe zusammen und konzentrierte sich kurz für den letzten Gang. Er warf einen schnellen Blick auf Anna Albertini und wandte sich dann mit ruhiger, eindringlicher Stimme an die Richter:

»Herr Präsident – hohes Gericht. Mein gelehrter Freund hat soeben vom Gesetz gesprochen. Wenn man ihn hört, könnte man glauben, das Gesetz sei etwas Festgefügtes, Unwandelbares, über allem Streit und aller Auslegung Stehendes. Doch dem ist nicht so. Das Gesetz besteht aus Traditionen, Übereinkünften, Präzedenzfällen. Manches davon ist gut, manches schlecht. In seiner Gesamtheit jedoch ist es gerichtet auf die Sicherheit des Menschen, die Aufrechterhaltung der öffentlichen Ordnung und die Gewährleistung der moralischen Gerechtigkeit.

Manchmal stehen diese Ziele im Einklang miteinander, manchmal widersprechen sie sich, so daß der Gerechtigkeit ein schlechter Dienst erwiesen werden kann, während gleichzeitig den Forderungen der öffentlichen Ordnung Genüge getan scheint. Manchmal ist die Vorschrift des Gesetzes zu einfach, manchmal zu detailliert, so daß stets Kommentar und Auslegung notwendig sind und oft erst aus einer Menge einander widersprechender Meinungen auf die wahre Absicht des Gesetzgebers geschlossen werden kann.

In den Zehn Geboten steht: Du sollst nicht töten. Aber ist das das Ende? Sie wissen, es ist es nicht. Man zieht einem Mann eine Uniform an, gibt ihm ein Gewehr in die Hand und sagt: ›Es ist eine heilige, eine segensreiche Sache, zu töten, wenn es um das Vaterland geht.‹ Und man heftet einen Orden auf seine Brust, wenn er es tut . . .

Lassen Sie uns doch ganz klar erkennen, meine Herren! Das Gesetz ist ein Mittel zum Zweck und kein Selbstzweck. Es ist kein vollkommenes Instrument der Gerechtigkeit – und kann es nie sein.

Doch nicht nur das Gesetz ist unvollkommen. Unvollkommen sind auch seine Diener – die Polizei und die Richter. Wenn sie versäumen, ihre Pflicht zu tun, wenn ihre Macht pervertiert ist – so wie in San Stefano während des Krieges –, so daß schlechte Menschen die Oberhand gewinnen und die Unschuldigen ihnen schutzlos ausgeliefert sind – was dann? Hätte Anna Albertini Belloni in dem Augenblick, in dem er ihre Mutter vergewaltigte, erschossen, würden Sie sie dann des Mordes angeklagt haben? Nein! Sie hätten sie als ein tapferes Kind gerühmt, das die Ehre seiner Mutter verteidigte. Vielleicht hätten Sie sogar auf ihre Brust den Orden geheftet, den eine dankbare Regierung später Gianbattista Belloni verlieh.

Ich sage das nicht, Herr Präsident, um für die Verteidigung eine Voraussetzung in Anspruch zu nehmen, die außerhalb des Gesetzes liegt. Ich sage es in Übereinstimmung mit dem Prinzip, dem sich in diesem Land und anderswo bedeutende Juristen verschrieben haben: daß es die Pflicht eines Gerichtes ist, nicht nur das Gesetz zu achten, sondern auch dafür zu sorgen, daß es in seiner Unvollkommenheit nicht der Gerechtigkeit im Wege stehe.

Ich weiß – und Sie wissen selber –, daß Sie niemals meiner Mandantin Gerechtigkeit widerfahren lassen können. Sie können ihre tote Mutter nicht ins Leben zurückrufen. Sie können ihr nicht die schreckliche Erinnerung an das Grauen der Vergewaltigung und des Mordes nehmen. Sie können ihr die Jahre nicht wiedergeben, die sie als Gefangene ihrer Zwangsvorstellung verbracht hat. Sie können ihr auch den Gatten nicht wiedergeben, der sich von ihr abgewandt hat, und nicht die Möglichkeit, eine einfache und glückliche Ehe zu führen. Alles, was Sie tun können, ist, neue Bürden auf ihre Schultern zu legen: die Bürde von Schuld, Strafe und Wiedergutmachung.

Sie sind in diesem Fall in einem Dilemma, meine Herren. Wir sind alle in einem Dilemma. Wir sind zu etwas verpflichtet, was wir nicht vollbringen können. Wir glauben etwas, das wir nicht verwirklichen können, weil das Vokabularium des Gesetzes der Worte ermangelt, es zu definieren. Wir sind – bedenken Sie das bitte – angehalten, etwas zu tun, was wir bei der Angeklagten verdammen: Vergeltung zu üben. Auge um Auge – Zahn um Zahn.

Sie werden, einfach, weil Sie müssen, Anna Albertini des Totschlages für schuldig befinden. Und doch wissen Sie, genau wie ich, daß Sie diese Handlung, wäre sie zu einer andern Zeit begangen – wenn auch unter den gleichen Voraussetzungen –, als vertretbar und gerecht gepriesen hätten. Sie wissen, daß die Handlung nie begangen worden wäre, hätte nicht vor vielen Jahren ein Hüter des Gesetzes Anna Albertini das Recht auf legale Vergeltung vorenthalten. Doch wenn Sie sich zurückziehen, um Ihre Entscheidung zu treffen, werden Sie nicht in der Lage sein, diese Tatsache ausreichend zu berücksichtigen. Sie werden den Antrag der Verteidigung auf mildernde Umstände wegen verminderter Zurechnungsfähigkeit in Betracht ziehen und sich – wie ich glaube – für ihn entscheiden. Sie werden sich nicht der Ansicht des Staatsanwalts anschließen, die Tat sei vorsätzlich und mit Vorbedacht begangen worden, da ja der Nachweis eines Traumas und einer Zwangsvorstellung diese Möglichkeit von vornherein ausschließt.

Aber das Tragische, meine Herren, das tief Tragische Ihrer Lage ist, daß Sie außerstande sind, Gerechtigkeit Gerechtigkeit werden zu lassen. Nicht aus Mangel an Kenntnis, an Erkenntnis oder an gutem Willen, sondern weil das Gesetz das Wesen moralischer Verantwortung nicht ausreichend zu definieren und zu berücksichtigen vermag, weil seine Entwicklung nicht Schritt gehalten hat mit den Entdeckungen der modernen Psychiatrie und den verwickelten Erkrankungen des menschlichen Geistes.

Was können Sie tun – wenn Sie der Wahrheit und Gerechtigkeit dienen wollen und doch wissen, daß beide nicht zu realisieren sind? Ich ersuche Sie daher, diesen Fall so milde zu beurteilen, wie es das Gesetz nur irgend erlaubt. Sie müssen eine Mindeststrafe verhängen, nicht nur von kurzer Dauer, sondern auch in der Form der Vollstreckung so milde wie möglich. Wenn Sie dieses Mädchen, das ja immer noch nur ein Kind ist, in ein Gefängnis schicken müssen, dann lassen Sie es keine gewöhnliche Strafanstalt sein, sondern eine Anstalt, in der sie liebevoller Fürsorge und der Hoffnung auf Heilung ihrer seelischen Wunden gewiß sein kann.«

Zum erstenmal brach er ab. Er stand da, mit gesenktem Kopf, und seine Schultern bebten, während er sich bemühte, seine

Fassung wiederzugewinnen. Dann richtete er sich auf und hob beschwörend die Hände zu einer letzten leidenschaftlichen Bitte:

»Was kann ich sonst noch sagen? Wie sonst kann ich Ihnen noch eine Möglichkeit weisen, die kalte Vernunftlosigkeit des Gesetzes in Einklang zu bringen mit der Wahrheit und Gerechtigkeit, die der menschliche Instinkt uns erkennen läßt? Wie Sie, meine Herren, bin auch ich ein Diener des Gesetzes – wie Sie schäme ich mich in diesem Augenblick dieser meiner Stellung. Gott helfe uns allen!«

Er wandte sich ab, ging zu seinem Tisch und setzte sich, das Gesicht in seinen Händen bergend.

Es war ein großer Augenblick. Ein Augenblick, der Einsicht vermittelte, wie er manchmal großen Predigern gelingt. Die Antinomien menschlicher Verhaltensweisen waren plötzlich bloßgelegt; das Gefühl des Unausweichlichen, der Jammer und der furchteinflößende Schrecken, der ihre Manifestationen begleitet. Eine Frau im Publikum schluchzte hemmungslos. Ninette fuhr mit dem Taschentuch über ihre Augen, und selbst Ascolini sah bewegt drein. Der weißhaarige Präsident putzte seine Brillengläser, und die anderen Richter konnten ihre offene Sympathie für den jungen Anwalt nicht verbergen. Nur Anna Albertini saß bleich und abwesend da, offenbar ohne jedes Verständnis für diesen Augenblick.

Der Präsident beugte sich in seinem Stuhl vor:

»Herr Rienzi –«

Rienzi sah auf, und man bemerkte, daß sein Gesicht tränennaß war.

»Ich – ich bitte um Entschuldigung, Herr Präsident.«

Der Präsident nickte voller Mitgefühl.

»Das Gericht ist sich bewußt, daß der Verteidiger sich in einem Zustand großer Erregung befindet. Aber es ist üblich, dem Angeklagten nach den Plädoyers Gelegenheit zu einem letzten Wort zu geben.«

Rienzi sah zu Anna Albertini hinüber und schüttelte dann den Kopf.

»Wir verzichten darauf, Herr Präsident. Unserer Verteidigung ist nichts mehr hinzuzufügen.«

»Dann zieht sich das Gericht zur Beratung zurück.«

Er hatte sich kaum erhoben, als aus dem Hintergrund des Zuschauerraumes eine hysterische Frauenstimme schrie:

»Laßt sie gehen! Hat sie nicht genug gelitten? Laßt sie frei!«

Ein paar Beamte stürzten auf die Frau los, doch da geschah schon das Überraschende – das Publikum hatte den Schrei aufgenommen und brüllte:

»Laßt sie frei! – Laßt sie frei!« Es war ein Schrei, der aus der Ohnmacht geboren war und der Mitleid und Beschämung verriet.

In dem allgemeinen Tumult, der sich entwickelte, zogen sich die Richter hastig zurück. Anna wurde schleunigst in ihre Zelle geführt, und Ascolini drängte Ninette und Landon hinter die Absperrung, wo sie zusammen mit Rienzi und seinen Kollegen standen und zusahen, wie die Polizisten die Menschen unsanft auf die Straße drängten, während das Gebrüll: »Laßt sie frei! Laßt sie frei!« immer lauter und fordernder wurde.

Die Türen schlugen zu. Einen Augenblick lang sagte niemand ein Wort, dann legte der alte Ascolini impulsiv seine Arme um Carlo und drückte ihn mit südlicher Lebhaftigkeit an sich.

»Wundervoll, mein Junge, wundervoll! Ich bin stolz auf dich! Du wirst noch Großes vollbringen, aber ein Augenblick wie dieser wird vielleicht in zwanzig Jahren nicht wiederkehren! Sieh ihn an, Valeria! Sieh den Mann an, den du geheiratet hast! Bist du nicht stolz auf ihn?«

»Sehr stolz, Vater.« Mit dem geübten Charme der Schauspielerin umarmte sie Carlo und drückte ihm einen leichten Kuß auf die Wange. Landon stand nahe genug, um zu hören, wie sie sagte: »Du hast gewonnen, Carlo! Ich werde nicht mehr kämpfen, das verspreche ich.«

Eine unendliche Müdigkeit lag in seiner geflüsterten Antwort: »Hat es dessen bedurft, Valeria? War das alles nötig?«

Dann küßte er sie flüchtig auf die Wange und trat mit einem müden Lächeln vor, um die Gratulationen entgegenzuneh-

men. Der Staatsanwalt hatte seine Unterlagen zusammenge-
packt und kam mit beiläufiger Liebenswürdigkeit herüberge-
schlendert.

»Mein Kompliment, Rienzi! Die beste Behandlung eines aus-
sichtslosen Falles, die ich seit langem erlebt habe.« Er wandte
sich lächelnd an Ascolini. »Ein Starschüler, wie, *dottore?* Wir
alten Füchse werden neue Tricks erlernen müssen, um mit dem
da fertig zu werden.«

Rienzi wurde rot und murmelte:

»Nett von Ihnen, das zu sagen.«

»Durchaus nicht, mein lieber Freund. Sie haben es verdient.
Und der Fall wird Ihnen viel nützen. Die Presse wird eine Bom-
benreklame für Sie sein. Der Präsident ist sonst auch nicht
gerade ein Mann, der mit Komplimenten um sich zu werfen
pflegt. In ein, zwei Wochen werden Sie mehr Fälle haben, als
Sie bewältigen können.«

Rienzi lächelte verlegen.

»Noch kennen wir ja das Urteil nicht.«

»Unsinn, mein Lieber.« Der Staatsanwalt klopfte ihm
lächelnd auf die Schulter. »Das Urteil ist ganz unwichtig. Auf
Ihre Leistung kommt es an. Und da haben Sie ein aufsehener-
regendes Debüt hinter sich.«

Als er gegangen war, knurrte Ascolini gereizt:

»Der Kerl ist ein Narr. Hör gar nicht hin!«

Rienzi zuckte gleichgültig die Schultern.

»Er hat es gut gemeint – sagen Sie, *dottore,* wie, glauben Sie,
geht es aus?«

Ascolini schürzte seine schmalen Lippen und sagte dann vorsichtig:

»Ich denke, du hast eine gute Chance. Die medizinischen Gutachten sprechen deutlich zu deinen Gunsten. Es war ausgezeichnet, den grundsätzlichen Zwiespalt der Rechtsprechung
so klar herauszustellen. Das aktiviert immer das Mitgefühl für
den Angeklagten. Andererseits scheut sich jedes Gericht, Prä-
zedenzfälle zu schaffen. Es darf nicht im geringsten den
Anschein erwecken, als ermutige es ein Wiederaufleben der
Vendetta. Ich möchte jedenfalls nicht in der Haut der Richter

stecken. Aber du, mein Junge – du warst wirklich großartig.«
Er lächelte ein bißchen verlegen und sagte: »Wenn du die Uhr
nicht versetzt hast, würde ich sie gern wiederhaben.«

»Sie machen mich sehr glücklich, *dottore*«, sagte Carlo dankbar. »Aber ich habe die Uhr tatsächlich schon verkauft.« Er
lachte jungenhaft: »Das war nämlich ein kostspieliges Unternehmen für mich.«

»Es wird sich hundertfach bezahlt machen«, sagte Ascolini
herzlich. »Du wirst mir eben eine andere Uhr kaufen.«

Rienzi wandte sich an Ninette und Landon:

»Ich schulde dir eine Menge, Peter – und dir auch, Ninette. Ihr
seid geduldiger gewesen, als ich – als irgend jemand von uns es
verdient hat.«

Landon sagte leise:

»Laß uns das für später aufheben, Carlo. Ich habe da auch
noch was dazu zu sagen.«

Es entstand eine verlegene kleine Pause, doch noch ehe sie
überbrückt werden mußte, kam Professor Galuzzi von den
Zellen her auf sie zu. Rienzi fragte besorgt:

»Wie geht es Anna, Professor?«

»Besser, als ich erwartet habe. Ich habe ihr ein leichtes Sedativ
und ein Nervenberuhigungsmittel gegeben. Sie wird den
Schluß ohne Schwierigkeiten durchstehen. Ich würde es
begrüßen, wenn Sie in ein paar Minuten einmal in die Zelle
kommen könnten. Sie haben übrigens ein bemerkenswertes
Plädoyer gehalten, junger Mann. Es hat mich tief bewegt.«

»Sind Sie einverstanden damit, Professor?«

»Im wesentlichen – ja. Die Definition des Begriffs der krimi-
nellen Verantwortlichkeit ist eines der großen Probleme der
Gerichtsmedizin. Ihr Verhör von Herrn Landon hat das mit
großer Deutlichkeit herausgestellt. Wenn Sie gestatten, möchte ich gern in einer meiner Arbeiten für die Fachpresse einige
Passagen auszugsweise zitieren.«

»Das ist ein großes Kompliment, Professor.«

»Durchaus nicht. Sie haben uns allen einen großen Dienst
erwiesen.«

Rienzi zögerte einen Augenblick und fragte dann:

»Sie werden natürlich gebeten werden, einen Bericht und Behandlungsvorschläge über diesen Fall zu machen. Würden Sie mir die Frage gestatten, was Sie empfehlen werden?«

»Gern«, sagte Galuzzi liebenswürdig. »Ich werde eine Einweisung in eine unserer modernen psychiatrischen Anstalten empfehlen, wo die Patienten möglichst viel Freiheit, Bequemlichkeit und die Möglichkeit konstruktiver Beschäftigung haben; und zwar für einen Zeitraum, der so kurz wie möglich ist. Darüber hinaus werde ich regelmäßige Beobachtung, Analyse und eine geeignete Therapie empfehlen.«

»Werden Sie das auch tun, wenn unser Antrag abgelehnt wird?«

»Gewiß. Selbstverständlich bleibt die Entscheidung darüber dem Gericht überlassen.«

»Das weiß ich natürlich. Ich bin überzeugt, Sie verstehen, daß ich an der Zukunft dieses Mädchens persönlichen Anteil nehme.«

»Ich werde Sie gern über ihre Fortschritte auf dem laufenden halten. Wollen Sie mich jetzt bitte entschuldigen. Ich werde wohl jeden Augenblick zur Konsultation hineingebeten werden.«

Er verabschiedete sich mit einer förmlichen kleinen Verbeugung. Rienzi sah ihm voller Besorgnis nach. Valeria beobachtete ihren Mann, sagte aber nichts. Ascolini erklärte ruhig:

»Jedem das Seine, mein Junge. Deine Mandantin ist bei ihm in guten Händen.«

»Ich weiß«, sagte Carlo düster. »Ich weiß.«

Valeria mischte sich mit leicht gereizter Stimme ein: »Wie lange wird das noch dauern? Wir können doch nicht den ganzen Vormittag hier rumstehen!«

»Die Beratungen werden eine Weile dauern, denke ich«, sagte Carlo. »Warum geht ihr nicht alle eine Tasse Kaffee trinken? Wenn ihr mir sagt, wo ihr seid, schicke ich einen Gerichtsdiener, sobald es soweit ist.«

»Warum kommst du nicht mit, Carlo?«

»Ich möchte lieber hier warten. Ich möchte mit Anna reden. Es wird nur wenig Zeit dafür sein – danach.«

»Gib uns Nachricht ins Café Angelo«, sagte Ascolini munter. »Es ist das nächste. Da gehen wir hin. Und reg dich nicht mehr auf, mein Junge. Es ist ja bald vorüber.«

Als sie gingen, sagte Valeria seltsam mitleidsvoll:

»Er wird sich einsam fühlen ohne seine kleine Jungfrau.«

»Er ist so lange einsam gewesen«, sagte Ascolini rauh, »daß er wahrscheinlich daran gewöhnt ist. Du bist töricht, Valeria. Er hat seine Krise überstanden – dir steht deine noch bevor.«

Ninette sagte taktvoll:

»Lassen Sie uns nicht nervös werden, *dottore*. Wir müssen alle Geduld miteinander haben. Warum macht ihr beiden Männer nicht einen kleinen Spaziergang und trefft uns später im Angelo?«

Landon schloß sich dem Vorschlag dankbar an.

»Lassen Sie uns das tun, *dottore*. Ich könnte gut etwas Stärkeres als Kaffee vertragen.«

Valeria und Ninette gingen, und die beiden Männer schlenderten langsam um den sonnigen Gerichtsplatz herum. Ascolini machte einen müden Eindruck. Er stützte sich schwer auf Landons Arm und sprach zögernd und nachdenklich, als hätte sein Selbstvertrauen ihn verlassen.

»Valeria fängt an, eifersüchtig zu werden – das ist gut so. Aber es ist nicht genug. Sie wird auch großzügig werden müssen. Denn wenn das alles erst einmal vorbei ist, wird Carlo erschöpft und einsam sein. Er wird Sanftmut und Rücksicht brauchen.«

»Wird Valeria ihm das geben können?«

»Ich hoffe es. Aber was sie vor allem brauchen, ist Übung – und eine gewisse Demut. Ihr fehlt das beides, genau wie mir. Ich mache mir Sorgen, Landon. Ich bin alt genug, um die Größe meiner Fehler und Irrtümer zu sehen, aber zu alt, um ihre Folgen abzuwenden. Ich habe lange ohne Glauben gelebt, und jetzt beginne ich – den Tod und das Jüngste Gericht zu fürchten.«

»Valeria fürchtet sich auch, nicht wahr?«

»Vor etwas anderem. Davor, daß sie mich verlieren könnte. Davor, daß sie gezwungen werden könnte, sich anderen

Gewohnheiten und Vorstellungen zu unterwerfen als den meinen. Davor, daß sie die leichte und selbstverständliche Vergebung missen müßte, die sie immer bei mir gefunden hat.«

»Auch davor, daß sie Carlo verlieren könnte?«

»Daß er sie zurückweisen könnte – was nicht ganz dasselbe ist.«

»Warum? Wegen einer Mätresse?«

»Nein. Das würde ihr nicht allzuviel ausmachen. Es würde nur ihre eigenen Seitensprünge rechtfertigen, und seine Schuld würde ihre Macht über ihn erhalten. Außerdem ist Carlo nicht der Mann, Glück in einer Hintertreppenaffäre zu finden. Die Gefahr für beide liegt etwas tiefer – daß Carlo sich in offenbar edlen Zielen Würde und Befriedigung sucht, während Valeria ohne Würde mit ihren alten Lustbarkeiten fortfährt –«

»Sie denken an Anna Albertini?«

»Das ist der Anfang – wenn auch nicht unbedingt das Ende. Es ist ein sinnvolles Unterfangen, nicht wahr: eine Verlorene zu retten und in einen sicheren Hafen zu geleiten. Unschuld zu schützen – eine Ungeliebte in ein normales Leben zurückzuführen. Und es wird mehr und mehr andere geben: Betrüger, Mörder, gewalttätige Ehemänner, unglückliche Frauen. Und in aller Schicksal wird er mehr oder weniger stark verstrickt werden. Ich kann es verstehen.« Er lachte böse vor sich hin. »Ich habe mich bei zu vielen Frauen als Seelentröster betätigt, und doch bin ich für ein oder zwei von ihnen der mutige, weise Ritter gewesen, der sie nach Hause zu Mama brachte anstatt ins Bett. Auf diese Weise rechtfertigen wir uns vor uns selber, Landon. Sie wissen das so gut wie ich.«

Landon wußte es nur zu gut. Aber er wußte nicht, was er dagegen tun sollte. Die Ehe war ein zu unsicherer Ausweg. Und starrsinnige Tugend konnte sie oft schneller zerstören als liebenswerte Sünde. Abhängigkeit voneinander war eine Gewohnheit. Gegenseitige Fürsorge eine seltene Gnade. Immer aber mußte zumindest ein Augenblick des Verlangens danach vorhanden gewesen sein. Und das hatten Rienzi und seine Frau nie erlebt. Er sagte es Ascolini, und der nickte Zustimmung.

»Das Bedürfnis ist da, Landon. Aber Carlo ist es müde geworden, davon zu sprechen, und Valeria hat die Worte dafür nie gelernt. Gestern abend habe ich versucht, sie ihr beizubringen, aber ich bin nicht sicher, daß sie mich verstanden hat. Vielleicht hat Ninette mehr Erfolg.«

»Ich hoffe es.«

»Der Jammer ist der Mangel an Zeit. Carlos Karriere hat heute begonnen. Und sie wird sich jetzt schnell entwickeln. Und dann wird es keine Muße mehr für die Liebe geben.« Nach diesem melancholischen Resümee begaben sie sich in eine Bar und tranken ein Glas Brandy. Dann gingen sie langsam zum Café Angelo, um die beiden Frauen zu treffen.

Zu Landons Erleichterung saßen sie in eine friedliche Unterhaltung vertieft beim Kaffee. Valeria war blaß und bedrückt, und es sah aus, als hätte sie geweint. Aber sie lächelte und sagte: »Ninette war so lieb zu mir, Peter. Ich hab' euch beide so schlecht behandelt, aber ich hoffe, von jetzt an können wir Freunde sein.«

»Laßt uns nicht mehr darüber sprechen«, sagte Ninette bestimmt. »Das ist vorbei! Und heute abend feiern wir.«

»Feiern?« Ascolini warf einen fragenden Blick auf seine Tochter. »Wo?«

»In der Villa«, sagte Valeria. »Carlos Heimkehr. Peter und Ninette werden kommen, und du, Vater, bringst Professor Galuzzi mit und jeden, von dem du glaubst, daß Carlo ihn gern dabei hat. Ich habe schon angerufen, und Sabina bereitet alles vor. Wir brauchen so etwas, Vater.«

Ascolini lachte glücklich.

»Kind, wir werden eine Party geben, die allen ›Partys‹ ein Ende setzt. Überlaß mir die Gästeliste. Bist du sicher, daß die zu Hause alles vorbereitet haben?«

»Bestimmt, Vater.«

»Gut. Und jetzt laß uns die Namen aufschreiben. Dann werde ich herumtelefonieren, und alles ist in bester Ordnung.«

Anna Albertini lag in ruhigem Schlaf in ihrer Zelle, während Carlo Rienzi neben ihr Wache hielt. Ihr Gesicht war wächsern, wirkte aber entspannt. Ihre Hände lagen ruhig auf der grauen Decke, ihre kleinen jungfräulichen Brüste hoben und senkten sich im Rhythmus des Schlafes; Leidenschaft, Schuld und Schrecken waren einem solchen Schlaf fern. Und Carlo Rienzi fühlte sich in diesem letzten Augenblick seines Kampfes wie ein ziellos auf dunklem Wasser treibender Strohhalm.

Was er tun konnte, war getan. Er hatte sein Versprechen gehalten. Die Zukunft lag im Schoß der blinden Göttin. Er fühlte sich leer und ausgetrocknet, wie ein Bach im Sommer. Und doch spürte er, als er auf das blasse unschuldige Gesicht hinabsah, eine erste dankbare Zärtlichkeit in sich erwachen. Es war wohltuend nach der Zurückhaltung, die er sich selber auferlegt hatte. Er streckte vorsichtig eine Hand aus und strich eine Haarsträhne aus des Mädchens Stirn.

Erschrocken zog er die Hand zurück, als er den Riegel der Tür gehen hörte. Die Tür öffnete sich kreischend, und Galuzzi trat ein.

Er sah ihn einen Augenblick an, dann fragte er:

»Wie geht es ihr, Rienzi?«

»Sie schläft ganz ruhig.« Rienzi stand auf und trat vom Bett zurück. Galuzzi fühlte ihren Puls und legte die schlaffe Hand behutsam auf die Decke zurück.

»Gut. Wir wollen sie ruhig schlafen lassen. Ich denke, es wird noch eine Weile dauern. Sie haben den Richtern genug zum Nachdenken gegeben, Rienzi.«

»Haben Sie schon mit ihnen gesprochen?«

»Ja, ich habe ihnen meine Meinung gesagt – das gleiche wie Ihnen.«

»Ich bin Ihnen dankbar«, sagte Carlo Rienzi.

Galuzzi sah die Müdigkeit und Überanstrengung in dem jungen hübschen Gesicht und sagte nachdenklich: »Eines Tages, Rienzi, werden Sie ein sehr großer Advokat sein, glaube ich. Sie bringen alles mit, was dazu notwendig ist: das Gespür für das Dramatische, die Intensität, die nur ihr Ziel kennt und die fast einer Besessenheit gleichkommt – alle Großen haben sie, Chirurgen, Philosophen, Erfinder, Juristen. Jedoch, wie alle Größe, verlangt sie Disziplin.«

»Was wollen Sie damit sagen?« fragte Rienzi leise. »Hat es etwas mit meiner Mandantin zu tun?«

»Eine Menge, denke ich«, sagte Galuzzi überlegt. »Sie sind nicht zufrieden mit dem, was Sie im Gerichtssaal getan haben – wobei ich bezweifle, ob irgendein anderer Advokat nur halb soviel hätte tun können –, Sie wollen mehr. Sie wollen Annas Leben nach der Verhandlung neu gestalten.«

Rienzi war gereizt. Er sagte scharf:

»Irgend jemand wird es ja wohl tun müssen.«

»Warum gerade Sie?«

Rienzi hob verwirrt die Schultern.

»Wenn Sie so fragen, weiß ich kaum eine Antwort. Aber, verstehen Sie nicht – vom Zeitpunkt der Tat bis heute habe ich das Leben dieses Mädchens bestimmt. Sie war vollständig abhängig von mir. Und sie hat sich vollständig auf mich verlassen. Ich kann sie jetzt nicht einfach fallenlassen und vergessen. Das sehen Sie doch ein?«

Galuzzi ging nicht darauf ein:

»Das ist Ihr erster großer Fall, nicht wahr?«

»Ja.«

Galuzzi trat schweigend an das Bett und sah auf das schlafende Mädchen hinunter. Dann sagte er leise:

»Es werden noch so viele andere kommen, Herr Rienzi – können Sie allen soviel geben, wie Sie Anna Albertini geben wollen?«

»Nein. Ich glaube nicht.«

»Nehmen Sie einen Chirurgen – ich habe lange als Chirurg praktiziert. Wie oft hält er ein menschliches Leben buchstäblich in seinen beiden Händen! Manchmal entgleitet es ihm – manchmal kann er es halten. Aber muß er denn trauern, wenn es ihm entglitten ist? Oder den Rest seines Lebens sich immer vor Augen halten, was er retten konnte?« Er fuhr herum und überrumpelte Rienzi mit der Frage:

»Lieben Sie dieses Mädchen, Herr Rienzi?«

»Ich – ich glaube nicht.«

»Aber Sie sind nicht sicher?«

Rienzi schwieg lange, dann gestand er zögernd:

»Nein, ich bin nicht sicher.«

Galuzzi wandte sich ab und ging zum Fenster. Nach einer Weile kam er zurück und stellte sich Rienzi gegenüber. Seine Augen waren voller Mitleid, seine Stimme war sanft: »Ich hätte es erraten sollen. Niemand kann ein solches Plädoyer halten ohne eine Spur von Leidenschaft dahinter.«

»Ich habe Ihnen gesagt, ich bin nicht sicher.« Rienzis Stimme klang gereizt.

»Ich weiß. Aber *sie* ist sicher.«

Rienzi starrte ihn verblüfft an.

»Sie meinen, sie liebt mich?«

»Das habe ich nicht gesagt. Ich glaube nicht, daß sie weiß, was Liebe ist. Aber die einzigen Menschen, für die sie in ihrem bisherigen Leben eine Leidenschaft empfand – ihre Mutter, ihr Mann und Belloni –, sind aus ihrem Leben verschwunden. Sie konzentriert sich nun ganz auf Sie.«

Rienzi holte tief Atem.

»Das habe ich gefürchtet.«

Galuzzi sah ihn mit einem kleinen Lächeln an.

»Aber es hat Ihnen auch geschmeichelt, wie?« Er lachte trokken vor sich hin. »Wenn ich in zwanzigjähriger psychiatrischer Praxis eines gelernt habe, dann ist es das: Der menschliche Geist arbeitet niemals einfach. Wenn es so scheint, dann ist es stets besonders kompliziert. Es ist wie mit diesen Elfenbeinkugeln, die die Chinesen so geschickt zu schnitzen verstehen – eine liegt in der anderen. Wie tief man auch eindringt, immer erwartet einen eine neue Überraschung.«

Zu Galuzzis Überraschung lächelte Rienzi und zitierte leichthin:

»›Ich ging zu meinem Onkel, dem Mandarin, um ihn über Liebe zu fragen. Er sagte mir: Frage dein eigensinniges Herz.‹ Machen Sie sich keine Sorgen, Professor – vielleicht passiert es gar nicht.«

»Aber wenn es passiert«, sagte Galuzzi ernsthaft, »wenn Sie sich mit ihr einlassen, mögen die Folgen für sie beide viel schlimmer sein, als Sie sich vorstellen können.« Er drehte sich abrupt um und ging. Als sich die Tür hinter ihm schloß, setzte sich Carlo Rienzi vorsichtig neben das Bett und nahm die Hand des schlafenden Mädchens in die seine.

Die Polizei war gerüstet, jede etwaige öffentliche Unruhe bei der Urteilsverkündung im Keime zu ersticken. Die Zufahrtstraßen zum Gericht wimmelten von motorisierten Streifen, und stämmige, mit Gummiknüppeln und Pistolen ausgerüstete Posten hielten alle Eingänge besetzt.

Der Gerichtssaal war erfüllt vom Geflüster der Menge. Rienzi stand neben der Anklagebank und sprach leise mit Anna Albertini. Als die Richter eintraten, lächelte er sie ermutigend an, berührte leicht ihre Hand und ging zu seinem Tisch. Gespannte Stille senkte sich über den Raum, während der Präsident sich setzte und mit aufreizender Umständlichkeit in seinen Akten blätterte. Dann begann er zu sprechen:

»Ich habe bei vielen Verhandlungen dieses Gerichts den Vorsitz geführt, doch ich gestehe, noch keine hat eine so schwere Last auf meine und meiner Kollegen Schultern geladen. Wir sind keine Unmenschen. Wir sind Menschen mit normalem Verstand und ausgeprägtem Mitgefühl. Jedoch – wie der Vertreter der Anklage sehr richtig bemerkt hat –, wir sind auch Diener des Gesetzes – seine Hüter, seine Repräsentanten. Auf unsere Entscheidung werden sich spätere Entscheidungen stützen und berufen. Der Präzedenzfall, den wir schaffen, wird noch lange nach unserem Tode die Rechtsprechung dieses Landes mitbestimmen. Sollten wir falsch oder unverständig urteilen, kann dadurch in vielen anderen Fällen Unrecht geschehen –«

Er brach ab und sah sich im Saal um. Seine Worte schienen Vertrauen zu stiften.

»Es hat eine Zeit gegeben, zu der das Gesetz in diesem Lande außer Kraft war. Es gab eine Zeit, in der die Menschen verwirrt waren durch die sogenannten ›Erfordernisse der Kriegführung‹ – als das einzige Gericht das Standgericht war und diejenigen, die Recht zu sprechen behaupteten, ihre zufällige Macht tatsächlich für Racheakte und Selbstbereicherung mißbrauchten. Das Gesetz war durch Politik, Machthunger und

Willkür pervertiert. Und das Verbrechen, dessentwegen Anna Albertini vor Gericht steht, hat in dieser Zeit der Rechtlosigkeit seine Wurzel.« Er wartete einen Augenblick und fuhr dann mit erhobener Stimme fort: »Aber es wurde in einer Zeit begangen, in der Recht und Gesetz wieder in Kraft waren. Und daher muß Anna Albertinis Tat im Lichte des Gesetzes beurteilt werden.«

Niemand sprach ein Wort, aber man spürte, wie die Anteilnahme der Zuhörer an seinen Worten zunahm. Der Präsident blickte in seine Notizen und fuhr fort:

»Das Gesetz beurteilt jedoch, wie die Verteidigung in ihrem ungemein beredten Plädoyer ganz richtig ausgeführt hat, nicht nur die Tat an sich, sondern auch die Umstände, die zu ihr führten, wie Absicht und Provokation, und es betrachtet in diesem Licht die Verantwortlichkeit des Täters. All diesen Faktoren haben meine Kollegen und ich die denkbar größte Aufmerksamkeit gewidmet. Die Absicht war in diesem Fall ganz klar: Mord aus Rache. Die Provokation war groß – größer, als irgendeiner von uns es vielleicht ertragen kann. Jedoch zu behaupten, daß Provokation eine Tat entschuldigt, heißt jeder Art von Gewalt Tür und Tor öffnen. Es würde bedeuten, die alte und furchtbare Tradition der Vendetta wiederaufleben zu lassen.

Die Frage der Verantwortlichkeit ist bedeutend komplexer, und wir haben lange darüber debattiert. Die Verteidigung hat niemals behauptet, Anna Albertini habe die Tat in einem Zustand geistiger Umnachtung begangen. Sie hat auch nicht angedeutet, die Angeklagte sei unfähig, sich vor diesem Gericht zu verantworten. Der Herr Verteidiger hat ausdrücklich betont, daß der traumatische Schock beim Tode ihrer Mutter die Angeklagte in einem Geisteszustand zurückgelassen hat, in dem der Ablauf der Zeit und die Veränderung äußerer Umstände sie nicht beeinflußten. Seine Ansicht teilt, wenigstens teilweise, das medizinische Gutachten.

Von diesem Punkt aus entwickelte er mit beträchtlichem Geschick einen doppelten Antrag. Seine erste Behauptung war, Anna Albertinis Tat sei so zu beurteilen, als sei sie unmittelbar nach dem Tod ihrer Mutter begangen worden. Hierauf kann vielleicht ein Psychiater eine brauchbare Hypothese gründen, es ist jedoch meine und meiner Kollegen Überzeugung, daß diese Hypothese vor dem Gesetz keine Gültigkeit hat.

Der zweiten Behauptung des Herrn Verteidigers, der zufolge sich die Angeklagte in einem Zustand verminderter Zurechnungsfähigkeit befunden hat, haben wir uns dagegen in vollem Umfang angeschlossen. Wir haben auch die furchtbaren Umstände berücksichtigt, die der Tat vorausgingen, wenn auch vor vielen Jahren. Auch haben wir die langen Jahre seelischer Qual berücksichtigt, die diese junge Frau durchgestanden hat, sowie den Zusammenbruch ihrer Ehe und die ungewisse Zukunft, der sie nun entgegensieht.«

Er wandte das letzte Blatt seiner Notizen um, verharrte einen Augenblick und verkündete dann mit ruhiger Stimme seine Entscheidung:

»Die Anklage hat eine Verurteilung wegen vorsätzlichen Mordes beantragt. Das Gericht hielt ein Urteil auf dieser Grundlage für zu hart. Wir haben uns daher anders entschieden.« Er wandte sich an die Angeklagte und sagte:

»Anna Albertini, das Gericht hält Sie des Totschlags für schuldig, begangen in einem Zustand verminderter Zurechnungsfähigkeit. Dafür sieht das Gesetz eine Gefängnisstrafe von drei bis sieben Jahren vor. Unter Berücksichtigung der zahlreichen mildernden Umstände haben wir beschlossen, Sie zu der Mindeststrafe von drei Jahren zu verurteilen, die Sie in den Anstalten verbringen werden, die unsere medizinischen Berater jeweils bestimmen werden.«

Die Worte waren noch nicht verklungen, als Carlo Rienzi sich schwer auf seinen Tisch fallen ließ und sein Gesicht in seinen Händen barg. Anna Albertini saß blaß, kühl und unbeteiligt auf der Anklagebank, während das Publikum einen Sturm der Begeisterung entfesselte, den auch das größte Polizeiaufgebot nicht hätte unterdrücken können.

8

»Morgen«, sagte Ninette bestimmt, »morgen packen wir und fahren. Wir heiraten in Rom und suchen uns eine Villa in der Nähe von Frascati, ein Haus mit einem Garten und einer schönen Aussicht, wo du arbeiten kannst und ich malen. Wir brauchen es, *chéri*. Wir haben uns hier schon zu sehr verausgabt, es ist höchste Zeit, daß wir wegkommen.«

Sie gingen im Garten von Ascolinis Villa spazieren. Zikaden zirpten, ein Vogel tschilpte träge im Gebüsch. Carlo hatte sich schlafen gelegt, Ascolini schlummerte in seiner Bibliothek, und Valeria spielte die emsige Hausfrau, arrangierte Blumen, kommandierte das Personal in der Küche herum und traf alle möglichen Vorbereitungen für den Abend.

Ascolini hatte trotz Landons und Ninettes Protest darauf bestanden, daß die beiden vom Gericht direkt mit zur Villa kämen. Auch Valeria hatte sie bedrängt; es war, als hätten die drei Angst, miteinander allein zu sein. Als brauchten sie Beistand, der ihnen das Sichwiederfinden erleichterte.

Landon und Ninette waren eigentlich müde und der Sache überdrüssig, aber sie trösteten sich mit dem Gedanken, daß sie sich schon morgen ganz ihren eigenen Vorhaben würden widmen können.

So wanderten sie denn nach dem Mittagessen ziellos und glücklich im Park der Villa umher. Sie redeten über Frascati und wie sie dort wohnen wollten: nicht in der Stadt, nicht zwischen den prinzlichen Residenzen der Conti, der Borghese und der Lanzelotti, sondern auf einem kleinen Grundstück in den Albaner Bergen, mit einem Weingarten vielleicht und einem kleinen Pachtgut, auf alle Fälle jedoch mit einem Garten, in dem sie spazierengehen und die Sonne hinter den fernen Hügeln Roms untergehen sehen konnten. Sie sprachen über eine Ausstellung von Ninettes Bildern, von Freunden, die sie in ihrer ländlichen Einsamkeit besuchen würden, und auch davon, wie ihre Kinder gleichzeitig als Bürger einer neuen und einer alten Welt geboren werden würden.

Dann, als die Schatten länger wurden, gesellte sich Ascolini zu ihnen, aufgeräumt und geschwätzig nach seiner Siesta.

»Ein großer Tag, meine Freunde! Ein großer Tag. Und wir schulden Ihnen eine Menge für Ihren Anteil daran. Sie wissen, was wir jetzt brauchen.« Er deutete aufgeregt auf das Haus. »Ein Liebeselixier für die beiden da. Lachen Sie nicht! Die Großmütter brauen es in dieser Gegend immer noch für bäuerliche Liebhaber. Wir sind natürlich zu aufgeklärt für solchen Unsinn. Aber – er hat schon sein Gutes.«

Ninette lachte belustigt auf.

»Geduld, *dottore!* Ganz gleich, wie sehr Sie ihn auch antreiben, der kleine Esel trottet so schnell oder so langsam es ihm paßt.«

Ascolini lächelte und warf einen Kieselstein nach einer vorüberhuschenden Eidechse.

»Ich bin ja gar nicht ungeduldig. Valeria ist es. Sie ist jetzt ganz versessen auf Versöhnung. Sie verlangt Beweise dafür, daß er ihr vergeben hat. Aber ich sage ihr immer wieder: Langsam, langsam! Und vor allen Dingen sanft, wenn ein Mann so mitgenommen ist wie Carlo.« Er lächelte versonnen vor sich hin. »Bei mir war das anders. Nach jedem großen Fall war ich ganz wild auf eine Frau. Vielleicht wird das bei Carlo mal genauso – wenn er diese Anna erst einmal vergessen hat.«

»Wo wird sie hinkommen? Wissen Sie es schon?«

»Es steht noch nicht fest. Vorerst einmal wurde sie wieder nach Gimignano gebracht. Aber Galuzzi hofft, sie zu den Samariterschwestern nach Castelgandolfo überweisen lassen zu können. Dort haben sie ein großes Hospiz für psychiatrische Fälle. Es ist sehr schön, glaube ich, und sehr gut.« Er tat die Sache mit einem Schulterzucken ab und fragte: »Was werden Sie beide jetzt tun?«

»Wir gehen nach Rom«, sagte Landon. »Sobald wir gepackt und Ninettes Atelier geräumt haben.«

»Hoffentlich sehen wir Sie dort. Wir fahren auch in ein paar Tagen. Ich möchte Carlo langsam in meine Praxis einführen.«

»Wie gefällt ihm die Idee?«

»Gut, denke ich. Jetzt, wo wir sozusagen auf gleicher Ebene stehen. Was mich angeht, so brauche ich vor allem Ruhe, um viele liegengebliebene Dinge zu ordnen. Und wenn diese beiden miteinander glücklich werden können, dann kann auch ich wieder anfangen, glücklich zu sein.« Er brach einen Zweig von einem Oleanderbusch, setzte sich auf eine Steinbank und zeichnete Figuren in den Kies. »Das Leben ist eine verzwickte Komödie, meine Freunde. Hätten Sie mir vor sechs Wochen gesagt, daß ich hiersitzen, den Cupido spielen, von Enkelkindern träumen und sogar daran denken würde, zur Beichte zu gehen – ich hätte Ihnen glattweg ins Gesicht gelacht! Und doch ist es genauso gekommen. Ich frage mich manchmal, ob es nicht zu leicht gegangen ist und ob mich nicht noch einer mit der Rechnung erwartet.«

»Warum denn, *dottore?*« fragte Ninette warm. »Das Leben besteht nicht nur aus Soll und Haben. Es gibt auch Geschenke, für die Dankbarkeit der einzige Preis ist.«

»Aber nur selten«, sagte Ascolini trocken. »Vielleicht bin ich auch nur ein mißtrauischer alter Patron, der sein Glück gar nicht verdient.«

»Dann lassen Sie mich Ihnen unser Glück verraten«, sagte Ninette lächelnd, »wir werden heiraten.«

Ascolini starrte sie einen Augenblick an. Dann erhellte ein entzücktes Lächeln sein kluges altes Gesicht. Er umarmte sie heftig und wirbelte mit ihr im Kreise herum.

»Wundervoll! Wie wundervoll! Sie werden die schönste Braut der Welt sein! Landon, Sie sind ein Glückspilz! Und das alles verdanken Sie nur uns. Hätten wir Sie nicht mit einem Floh im Ohr nach Siena gejagt, Sie würden heute noch mit Mannequins und Telefonfräuleins herumschäkern. Was für ein Omen! Jetzt haben wir einen doppelten Grund für unser Fest!« Atemlos und aufgeregt nahm er ihren Arm und führte sie auf das Haus zu. »Sie müssen es Valeria sagen, Kind!«

Auf der Terrasse rief er nach einem Diener und ließ Wein und Gläser bringen. Valeria gesellte sich zu ihnen, und als Ascolini ihr die Neuigkeit mitteilte, traten ihr Tränen in die Augen, und sie umarmte Ninette leidenschaftlich.

Ihre Wärme überraschte Landon. Zunächst konnte er keinen rechten Grund für eine so überraschende Wandlung sehen. Dann, langsam, dämmerte ihm die Wahrheit. Es war einfach die Natur dieser Menschen – das tief Zwiespältige in ihnen. Sie waren sehr menschlich: zu menschlich, um sich mit einem nüchternen Verstand begnügen zu können. Sie waren heftig und unfähig zu Kompromissen. Mystiker und Mörder, Attentäter und Asketen entsprangen dem gleichen Grund.

Der Wein wurde gebracht, und sie tranken auf ihrer aller Glück. Dann nahm Valeria Ninette mit ins Haus, um ein Kleid für sie auszusuchen, während Landon sich auf die Suche nach Carlo machte, um von ihm ein frisches Hemd für den Abend zu leihen.

Er fand ihn in einer kleinen Kammer, die ihm als Zuflucht gedient haben mußte, als das eheliche Schlafzimmer zu unfreundlich geworden war. Rienzi rieb sich den Schlaf aus den Augen, begrüßte ihn fröhlich, hörte sich seine Bitte an, zündete sich eine Zigarette an und sagte lachend: »Das ist doch was für dich, Peter! Ich erringe einen großen Triumph, mein Name wird in allen Zeitungen stehen, und hier liege ich in Unterhosen in einer schäbigen Kammer.«

»Wer weiß, wozu's gut ist. Du hast noch eine aufregende Nacht vor dir.«

»Ich weiß.« Er runzelte mißmutig die Stirn. »Ich bin gar nicht sicher, ob ich da so einfach mitspielen werde.«

»Unsinn! Das wird dir guttun. Und außerdem ist es eine nette Geste, die du nett aufnehmen solltest.«

»Die Idee ist natürlich vom Alten.«

»Nein. Von Valeria.«

Er sah Landon fragend an.

»Bist du sicher?«

»Selbstverständlich. Sie und Ninette haben's zusammen ausgedacht. Ascolini hat nur die Gäste angerufen. Ich war dabei und muß es ja schließlich wissen.«

»Sie meint es ehrlich?«

»Was?«

»Einen neuen Anfang. Einen Versuch, unsere Ehe zu flikken?«

»Ja, das möchte sie. Ich bin nicht ihr Fürsprecher, das weißt du, aber ich bin überzeugt, daß sie es ernst meint. Was hältst du davon?«

Rienzi legte sich auf das Bett zurück und blies Rauchringe an die Decke. Dann sagte er langsam:

»Eine große Frage, Peter, und ich weiß nicht, was ich darauf antworten soll. Irgend etwas ist mit mir geschehen, das ich mir nicht mal selber erklären kann.«

»Dabei ist es simpel genug, um Gottes willen. Du bist müde und ausgepumpt. Du hast in einem kritischen Augenblick deines Lebens einen großen Fall ausgefochten. Jetzt brauchst du Ruhe und Zeit, dich zu sammeln.«

»Nein, Peter. Es ist mehr als das. Weißt du, wie ich mir diesen Tag immer vorgestellt habe – den Tag meines ersten Erfolges? Genau so, wie er sich dann abgespielt hat. Die Urteilsverkündung, der Beifall, die Gratulationen meiner Kollegen, Ascolinis Kapitulation. Und dann? Dann wollte ich zu Valeria gehen, sie in die Arme schließen und sagen: ›Da hast du alles. Ich habe dir die Sterne vom Himmel geholt. Hör auf, dich wie ein kleines Mädchen aufzuführen. Komm ins Bett und laß uns ein Baby haben.‹ Und sie sollte froh und glücklich ›ja‹ sagen, und alles wäre gut gewesen.«

»Aber genauso wünscht sie sich's in diesem Augenblick. Wenn du's nicht glaubst – geh zu ihr.«

»Ich weiß«, sagte Rienzi. »Das brauchst du mir nicht erst zu sagen. Aber merkst du denn nicht? *Ich* will es nicht mehr. Du weißt ja, wie das so geht. Als ich die erste Semesterprüfung bestanden hatte, haben wir eine Riesenparty veranstaltet. Wir haben getrunken, gesungen und uns dem Leben unendlich überlegen gefühlt. Anschließend haben wir beschlossen, die Party in einem Freudenhaus würdig zu beenden, im größten und luxuriösesten von Rom. Wir waren jung, voller Kraft und stolzgeschwellt. Aber als wir dann da waren, war plötzlich alles aus. Nicht als ob ich Angst gehabt hätte; ich hatte schon einige Erfahrungen mit Frauen. Aber das Ganze war plötzlich reizlos geworden. Zu viele Füße hatten die Schwelle schon überschritten. Zu viele Narren waren diese Stufen hochgestiegen.«

»Hast du mit einer geschlafen?«

Carlo lachte verlegen.

»Nein. Ich bin nach Hause gegangen und habe mit dem Wirtstöchterchen Händchen gehalten, die fest daran glaubte, von einem Kuß ein Kind zu kriegen.« Sein Ausdruck verfinsterte sich. »Ganz im Ernst, Peter. Genauso geht es mir jetzt mit Valeria. Sie ist mir ganz einfach gleichgültig. Was kann ich da machen?«

»Schwindle ein bißchen. Laß der Sache Zeit. Wenn du lange genug auf die Glut bläst, kommt das Feuer schon wieder.«

»Aber wenn keine Glut mehr da ist, Peter – nur Schlacke und Asche?«

»Dann bist du übel dran, Junge. Bei euch gibt es keine Scheidung – und du hast kein Talent für ein Doppelleben. Darum versuche es, um Gottes willen! Du bist doch kein Kind. Du weißt, was du zu sagen hast. Und Frauen glauben nur zu gern, was sie hören möchten.«

»Du hast recht, selbstverständlich.« Rienzi schwang sich aus dem Bett und drückte seine Zigarette aus. »Nur daß ich eben ein schlechter Lügner bin und Valeria schon auswendig weiß, was ich ihr sagen könnte. Immerhin – wir wollen es probieren. Und jetzt laß sehen, ob ich ein Hemd für dich finde.«

Auf dem Wege zu seinem Zimmer wunderte sich Landon, warum Rienzi kein Wort von Anna Albertini gesagt hatte, und er fragte sich, ob die Studentengeschichte sich in seiner Phantasie nicht wiederholte: der schamhafte Mann und die kleine weiße Jungfrau, die auf der Treppe saßen und Händchen hielten, während draußen die große Welt kraftvoll pulsierte.

Der Auftakt von Ascolinis Dinner-Party war ein gesellschaftlicher Erfolg. Mehr als zwanzig Menschen saßen um die große Tafel im Speisezimmer: Lokalhonoratioren mit ihren Frauen, ein Mitglied des Parlaments, einige bedeutende Juristen, der

Senior der Presse von Siena, Professor Galuzzi und eine erstaunliche Marchesa, zerbrechlich wie eine Porzellanpuppe, die Ascolini mit der Offenheit einer alten Geliebten ausschalt. Nach dem Essen begaben die Gäste sich, mit Drinks versehen, auf die Terrasse und sahen über der fernen Bergkette von Amiata den Mond in den Himmel steigen. Valerias Nachtigallen sangen noch nicht, doch Galuzzi, mit dem Landon sich schon bei Tisch unterhalten hatte, war ein blendender Erzähler, und Landon vermißte sie nicht. Unfehlbar kam Galuzzi auf die Albertini-Affäre zu sprechen und sagte nach einem vorsichtigen Blick über die Schulter leise:

»Eines Tages wird der junge Rienzi ein großer Jurist sein, Landon. Aber irgendwo ist da ein Defekt, und ich kann mit dem besten Willen nicht genau sagen, was es ist. Eine Verwirrung, ein noch ungelöster Konflikt?«

»Der Konflikt ist deutlich genug, denke ich. Er führt eine nicht gerade glückliche Ehe.«

»Das habe ich gehört. Die Spatzen pfeifen es von den Dächern. Aber das meine ich nicht. Ich habe ihn genau beobachtet mit dieser Mandantin, die er da hat. Ein seltsames Verhältnis, um es milde auszudrücken.«

»Wie seltsam?«

»Bei dem Mädchen«, sagte Galuzzi vorsichtig, »ist es, ich möchte sagen, normal-anomal. Ein verwirrter Geist sucht einen Ruhepunkt, eine Erlösung von der Angst. Er verlangt nach einer Ableitung der Schuld, einem Beschützer für seine Schwächen und einem Objekt für seine leidende Liebe. Genau das ist Rienzi für das Mädchen geworden. Sie wissen so gut wie ich, wie sich so etwas entwickelt.«

Landon sagte bekümmert:

»Carlo ist sich darüber einigermaßen im klaren, denke ich.«

»Das weiß ich«, sagte Galuzzi bissig. »Ich habe es ihm gesagt.«

»Wie hat er es aufgenommen?«

»Sehr gut. Und ich muß sagen, daß sein Verhalten beruflich einwandfrei gewesen ist. Aber genau an diesem Punkte beginnen die Schwierigkeiten: Eine gewisse Arroganz führt zum

Besitzenwollen; die feste Überzeugung, daß er einen segensreichen Einfluß auf dieses Mädchen ausübt, führt zu der unbedachten Bereitschaft, eine Verantwortung auch über seine Aufgabe hinaus zu übernehmen.«

Landon war geneigt, Galuzzis Worten voll beizupflichten. Aber ein unbehagliches Schuldgefühl bewog ihn, wenigstens einen letzten Versuch zu Rienzis Verteidigung zu unternehmen.

»Ist das nicht eine ziemlich normale Reaktion – der erste große Fall – die erste Mandantin?«

»Auf den ersten Blick ja. Aber da ist noch etwas, was ich nur schwer definieren kann.« Galuzzi nippte nachdenklich an seinem Brandy und zündete sich eine Zigarette an. Dann sagte er langsam:

»Wissen Sie, was nach meiner Meinung dahintersteckt, Landon? Die alte Vorstellung von der Unschuld und vom verlorenen Paradies. Ich sehe, Sie lächeln. Ja, wir sind Zyniker, wir beide. In unserem Beruf müssen wir das sein.« Seine Miene verdüsterte sich, als er fortfuhr: »Rienzi ist nicht unschuldiger als andere. Aber er war nie imstande, sich oder der Welt eine Unvollkommenheit zu verzeihen. Er möchte von einer Jungfrau geliebt und von einer Hure getröstet werden, weil ihm jede auf ihre Art die Illusion der Vollkommenheit gibt. Sein Ehrgeiz, seine Karriere erwachsen aus den Sünden anderer Menschen. Aber das ist noch nicht genug. Er muß noch den kleinen Priester spielen und seiner Mandantin im Gefängnis süße Predigten halten. Ein Mann wie er ist unerschütterlich. Nichts berührt ihn, weil ihn alles nur in seiner Verblendung bestärkt.«

»Das heißt umgekehrt«, sagte Landon düster, »nichts kann ihn glücklich machen.«

»Richtig. Nichts kann ihn glücklich machen, weil er alles im Licht des verlorenen Paradieses sieht.«

Landon fragte unvermittelt: »Sind Sie der Meinung, er sollte mit dem Mädchen in Verbindung bleiben?«

Galuzzi rauchte eine Weile schweigend und antwortete bedächtig:

»Ich habe schon viel über diese Frage nachgedacht. Ich glaube kaum, daß ich es verhindern könnte. Und ich bezweifle, ob ich es überhaupt verhindern möchte. Bisher war Rienzis Einfluß für das Mädchen nur gut, und das kann noch lange so bleiben. Ich habe mich also zu einem Kompromiß entschlossen.«

»Was wollen Sie tun?«

»Ich versuche, Anna Albertini in eine Anstalt in Castelgandolfo bei Rom überweisen zu lassen. Das kann natürlich eine Weile dauern. Aber ich habe Rienzi gesagt, er kann sie dort sofort nach ihrer Einlieferung besuchen. Dann allerdings möchte ich, daß sie eine Weile keine Besuche empfängt, damit ich in Ruhe meine Untersuchungen anstellen und eine Behandlung festlegen kann.«

»Wie hat Rienzi das aufgenommen?«

»Er mußte sich wohl oder übel damit abfinden, aber es hat ihm nicht gefallen.« Galuzzi zuckte die Schultern, warf seine Zigarette weg und sah Landon voll an. »Wie malt man Bilder für die Blinden? Wie kämpft man gegen den mächtigen Zauber der Selbsttäuschung?«

»Glauben Sie, Rienzi ist in das Mädchen verliebt?«

»Das Wort Liebe hat etwas von einem Chamäleon«, sagte Galuzzi, »es paßt sich ganz unterschiedlichen Erfahrungen an. Wer kann sagen, daß wir uns, selbst wenn wir uns noch so überzeugt und aufrichtig dagegen verwahren, nicht selber lieben?«

Mit dieser etwas unbehaglichen Erwägung ließen sie das Thema fallen und gingen ins Innere des Hauses, in das sich die anderen Gäste schon zurückgezogen hatten.

Die Party neigte sich ihrem Ende zu. Die Gäste bildeten kleine Grüppchen, die sich, nachdem die allgemeinen Themen erschöpft waren, örtlichem Klatsch und privaten Erinnerungen widmeten. Landon befreite Ninette von einem allzu redseligen Politiker und schlug vor, sie sollten sich dem ersten Wagen nach Siena anschließen. Als Carlo die Absicht der beiden bemerkte, winkte er energisch ab.

»Unsinn! Ihr könnt doch jetzt noch nicht gehen! Laß uns erst einmal die hochnäsige Bande hier loswerden, dann beschließen wir den Abend zusammen, und ich fahre euch hinterher nach Siena.«

Seine Augen waren glasig, seine Stimme kippte um, und Landon nahm sich vor, ihn keinesfalls auch nur in die Nähe eines Autos kommen zu lassen. Er wehrte ab und sagte:

»Heute nicht, Carlo, du bist müde und ein bißchen angeheitert und solltest ins Bett.«

»Ins Bett?« Er kicherte angetrunken vor sich hin. »Alle wollen, daß ich ins Bett gehe. Valeria, der alte Herr – und jetzt auch noch ihr. Keiner fragt danach, was ich will – ich bin nur'n Hengst, weiter nichts. Wißt ihr, was die von mir wollen?« Er hob die Stimme und verschüttete mit unsicheren Bewegungen den Inhalt seines Glases. »Ich soll den Laden hier mit Advokaten bevölkern – großen Advokaten, wie Ascolini und ich es sind!«

Es war höchste Zeit, daß etwas geschah. Landon nahm ihn fest am Arm und schob ihn lachend zur Tür.

»Na großartig, Carlo. Keiner will irgendwas von dir, wozu du keine Lust hast. Ninette und ich bleiben noch – aber du mußt erst wieder ein bißchen nüchtern werden.«

»Warum denn? Das ist ein großer Tag! Ich bin ein Erfolg! Und ich werde wieder verheiratet sein!«

Landon hatte ihn glücklich durch die Tür und die Treppe hinauf manövriert, wo sie außer Hörweite waren, als Valeria auf dem oberen Treppenabsatz erschien. Rienzi hob grüßend die Hand.

»Da ist sie ja! Die kleine Braut, die gerne die Mutter der Gracchen sein möchte. Wieviel Kinderchen willst du denn, mein Liebling? Wollen wir sie alle auf einmal machen – oder in Raten?«

»Bring ihn zu Bett, um Gottes willen!« sagte Valeria und versuchte, an ihnen vorbei und die Treppe hinunterzuschlüpfen.

Rienzi langte nach ihr, aber Landon hielt ihn zurück. Er gab kichernd nach.

»Siehst du wohl, mein Freund, sie verachtet mich! Du verachtest mich nicht, Peter, nein? Du weißt, ich bin ein großer

Mann! Und die kleine Anna verachtet mich auch nicht. Ich hab' sie gerettet, das weißt du! Keiner hat geglaubt, daß ich's kann, aber ich hab' sie gerettet. Arme kleine Anna. Ihr gibt heute keiner eine Party.«

Er lehnte sich gegen das Geländer und begann zu weinen. Halb schob, halb trug ihn Landon in sein kleines Schlafzimmer, legte ihn aufs Bett und zog ihm Jacke, Schlips und Schuhe aus. Er jammerte und brabbelte noch vor sich hin, als Landon die Tür schloß und die Treppe hinunterging.

Ninette winkte ihm von der Bibliothekstür her, und er ging zu ihr, während Ascolini und Valeria die letzten Gäste verabschiedeten. Sie küßte ihn und sagte:

»Danke dir, *chéri*. Du hast das sehr gut gemacht. Ich glaube nicht, daß irgend jemand allzuviel bemerkt hat. Valeria wird uns nach Hause fahren. Das arme Mädchen, sie tut mir schrecklich leid.«

»Es ist eine schlimme Geschichte – aber damit müssen sie jetzt selber fertig werden.«

»Was ist los mit Carlo?«

»Er ist müde. Hat zuviel getrunken. Und er ist ziemlich durcheinander.«

Sie zuckte seufzend die Schultern.

»Was soll man da auch machen, Peter. Gibt es überhaupt irgendeine Hoffnung für diese Menschen?«

»Keine«, sagte Ascolini von der Tür her. Er lehnte im Rahmen, ein weißhaariger, fahl aussehender alter Mann in einem Smoking, der plötzlich zu groß für ihn wirkte. »Wir vergessen nie etwas – und wir vergeben nie etwas. Auf uns liegt ein Fluch. Fahrt nach Haus, Freunde – und vergeßt uns.«

Er ging mit langsamen, schleppenden Schritten durch den Raum und ließ sich in einen Sessel fallen. Landon goß ihm ein Glas Brandy ein, und er kippte es mit einem Ruck hinunter, dann saß er zusammengesunken und teilnahmslos da und starrte vor sich auf den Boden. Valeria trat ein, sie hatte einen Mantel über ihr Abendkleid geworfen und trug einen kleinen Koffer in der Hand. Sie war weiß vor Zorn:

»Wir fahren jetzt, Vater. Warte nicht auf mich. Wenn Carlo

nach mir fragen sollte, sag ihm, ich hätte Lazzaro gefragt, ob er mich wiederhaben wollte. Er ist weiß Gott nichts Aufregendes – aber er ist wenigstens ein Mann!«

»Bitte, Kind, tu das nicht!« Ascolini raffte sich auf und machte eine fast flehentliche Geste. »Laß unsere Freunde den Wagen nehmen. Und du bleib' hier und warte noch einen Tag mit mir.«

»Mit dir, Vater?« Ihre Stimme war hoch, sie klang rauh und bitter. »Gestern abend hast du mir gesagt, ich sollte jetzt auf eigenen Füßen stehen. Du müßtest dein eigenes Leben leben, hast du gesagt – und ich meines –, und die Konsequenzen tragen. Nun – genau das tue ich jetzt. Carlo will mich nicht haben. Du hast genug davon, durch mich die verlorenen Jahre noch einmal zu erleben. So bin ich also frei. Gute Nacht, Vater! Ich erwarte euch beide im Wagen.«

Ohne sich umzusehen, lief sie aus dem Raum. Landon schüttelte Ascolinis schlaffe Hand und murmelte ein paar Worte, doch Ascolini schien ihn nicht zu hören. Nur als Ninette sich über ihn beugte und ihn zum Abschied küßte, richtete er sich auf, fuhr über ihre Wange und sagte leise:

»Gott segne dich, Kind. Paß auf deinen Mann auf – und seid gut zueinander.«

»Werden Sie uns in Rom besuchen kommen, *dottore*?«

»In Rom? O ja – ja, selbstverständlich.«

Sie ließen ihn allein, zusammengebrochen und verloren, und traten hinaus in den Mondschein, wo Valeria am Steuer ihres Wagens auf sie wartete. Ihr Gesicht war tränennaß, aber sie sagte kein Wort, sondern startete sofort und steuerte den Wagen schnell durch die Kurve der Auffahrt, hinaus auf das mondbeschienene helle Band der Straße nach Siena. Die ersten Kilometer saß sie gebeugt und schweigend hinter dem Steuer und riß den Wagen mit kreischenden Reifen durch die Kurven. Dann begann sie zu sprechen; einen leisen, leidenschaftlichen Monolog, der keine Unterbrechung duldete.

»Lieber Carlo! Lieber süßer Carlo! Der edle Jüngling mit der großen Begabung und der großen Zukunft – und der Frau, die ihn nicht geliebt hat! Ihr habt mir nicht geglaubt, nicht wahr?

Ihr habt mich für ein kaltes Biest gehalten, das zu jedem Mann ins Bett sprang – außer zu ihrem eigenen. Die Musik war sein Trick, versteht ihr? Sanfte Musik für sanfte Herzen. Nocturnos für verschmähte Liebhaber. Gott! Wenn ihr nur ahntet, wieviel ich mir von diesem Mann erhofft habe! Ich war meines Vaters Geschöpf. Er gab mir alles, und ich war ihm dankbar – aber das einzige, was er mir nicht geben konnte, war mein eigenes Ich. Er konnte das einfach nicht, versteht ihr, und ich wußte nicht, wie ich es mir nehmen sollte – er machte sich zum Partner selbst meiner größten Torheiten. Dabei wollte ich das von Carlo – das, was ihr beide habt und wofür ich euch gehaßt habe: Partnerschaft! Ich wollte ihn in allen Lagen an meiner Seite wissen – er sollte mich hinnehmen und dadurch gleichzeitig frei machen. Aber er wollte das nicht. Nicht Carlo! Er wollte Besitz! Ergebung! Kapitulation! Er wollte mich klein machen und zerstören, bis nichts mehr von mir übrig war. Er war nicht stark genug, es auf die eine Weise zu schaffen, also versuchte er es auf eine andere – durch das müde Lächeln, die melancholische Stimmung, durch Launen und Zärtlichkeit.«
Der Wagen schlitterte um eine scharfe Kurve, aber sie redete weiter, ohne auf Ninettes Aufschrei und Landons Protest zu achten. »Ich dachte, heute wäre sein Stolz – oder was immer es sein mag, das ihn treibt – endlich zufriedengestellt, und ich könnte als seine Frau zu ihm gehen. Aber er will eine Puppe, mit der er spielen, die er in den Schlaf singen und die er prügeln kann, wenn er sich stark und grausam fühlt. Deswegen hat er sich in diese Anna verguckt – ein armes, leeres, hübsches Kind, mit nichts dahinter außer dem, was er selber hineingelegt hat. Soll er sie doch haben! Ich bin ihn los – ihn und meinen Vater. Ich bin mein eigener Herr, und mir ist es ziemlich gleich, was...«
Sie schrie auf und trat die Bremse durch – eine dunkle Gestalt stieg aus dem Straßengraben und trottete über die Fahrbahn. Auch Ninette schrie und klammerte sich an Landon. Die Räder blockierten, der Wagen geriet ins Schleudern und prallte gegen eine Pappel am Straßenrand. Ein Kotflügel riß ab, aber sie standen; mit dem Kühler in der Richtung, aus der sie

gekommen waren. Ninette war starr und atemlos vor Schreck, Valeria lag schluchzend über dem Steuer. Landon fand als erster seine Fassung wieder. Er sagte rauh:

»Das genügt für heute. Wir fahren zur Villa zurück!«

Ohne Widerspruch ließ Valeria sich vom Steuerrad wegschieben. Landon setzte sich an ihre Stelle. Während der Rückfahrt bergan schwiegen sie, und als sie die Villa erreichten, sagte Landon zu Ninette:

»Bring sie zu Bett. Bleib bei ihr, bis ich komme. Ich muß mit dem alten Herrn sprechen.«

Ninette wollte widersprechen, doch angesichts seiner offenkundigen Erbitterung sagte sie nichts. Statt dessen nahm sie Valerias Arm, die sich, ergeben wie ein Kind, die Treppe hochführen ließ.

Ascolini saß in der Bibliothek noch genauso in seinem Sessel, wie sie ihn verlassen hatten, und Landon ergriff ohne Gruß und Vorbereitung das Wort.

»Das muß jetzt aufhören, *dottore* – alles – sofort! Wenn nicht, wird es Tote geben, noch ehe diese Woche zu Ende ist. Vor zehn Minuten sind wir drei mit knapper Not noch mal davongekommen. Valeria ist verzweifelt. Carlo ist ein betrunkenes Wrack. Und Sie sitzen hier und bedauern sich selber, weil der Kassierer endlich gekommen ist und Sie die Rechnung nicht bezahlen wollen. Wenn Sie sich selber kaputtmachen wollen, müssen Sie genauso weitermachen!«

Der alte Mann hob seine weiße Löwenmähne und fixierte Landon mit einem unbestimmten, feindseligen Blick.

»Und was geht das Sie an, Landon? Unser Tod, unsere Schande, unsere Verdammnis – was zum Teufel geht Sie das an?«

Landon wurde ernstlich wütend. Er wies mit einem Finger anklagend auf den Alten und rief:

»Ich schulde Ihnen etwas, deshalb geht's mich was an! Ihnen und Carlo und Valeria. Und das ist die einzige Art, wie ich das abtragen kann. Es ist auch meine letzte Chance. Aber es ist genauso Ihre letzte Chance – und das wissen Sie! Mit Ihnen hat es angefangen. Wenn es also überhaupt noch eine Hoffnung gibt, dann liegt sie bei Ihnen. Die Gerichtsvollzieher sind gekommen, mein lieber *dottore,* und wenn Sie nicht zahlen, dann werden sie Ihnen das Haus über dem Kopf abreißen!«

Er brach ab, goß ein Glas Brandy ein und kippte es hinunter, während der alte Mann ihn mit kalten zornigen Augen anstarrte. Schließlich sagte er, mit einem Anflug seines alten zynischen Humors:

»Und was soll ich zahlen, wie, mein Freund? Welche Buße legt mir unser Beichtvater auf? Ich bin zu alt, um mich selber auf dem Marktplatz auszupeitschen und auf den Knien zur Messe zu kriechen!«

»Sie sind alt, *dottore*«, sagte Landon nicht ohne Bosheit. »Und Sie werden bald tot sein. Sie werden dann nichts als Haß und unglückliche Erinnerungen hinterlassen. Ihnen zum Trotz wird Ihre Tochter zur Hure absinken. Und der Mann, der Kinder in Ihr Haus bringen könnte, wird kinderlos sterben, weil ihn keine Liebe eines Besseren belehren kann.« Sein Zorn verflog, rasch, wie er gekommen war, und er wandte sich mit einer Geste der Verzweiflung ab. »Ach, verdammt noch mal! Was soll ich dazu noch sagen? Für Sie ist ja doch nichts gut genug, nichts kann Sie dazu bringen, sich um etwas zu bemühen, wofür wir gern alles hingeben würden!«

In der folgenden anhaltenden Stille war nur das Ticken der Uhr auf dem Kaminsims zu hören. Dann erhob sich Ascolini langsam aus seinem Sessel und ging zwei Schritte auf Landon zu. Mit einer Stimme, deren Brüchigkeit immer noch voller Würde war, sagte er:

»Also gut, Landon. Sie haben gewonnen. Der alte Bulle kapituliert. Was soll er jetzt tun?«

Langsam wandte Landon sich nach ihm um und las in den alten Zügen so viel zunichte gewordenen Stolz, so viel verborgenen Kummer, daß ihn Mitleid überkam. Er zeigte ein blasses, hoffnungsvolles Lächeln.

»Der erste Schritt ist stets der schwerste. Danach wird es immer einfacher. Ein bißchen Liebe, *dottore.* Ein bißchen Zärtlichkeit, ein bißchen Mitgefühl, und – vor allem – die Bereitschaft, zu verzeihen. Das bewirkt schon viel.«

»Glauben Sie, es ist wirklich so leicht?« Ein fast unmerkliches

Lächeln lag auf den Lippen des alten Zynikers. »Sie überschätzen mich, Landon. Nun seien Sie so nett und gehen Sie zu Bett. Ein Mann hat das Recht darauf, allein zu sein – vor der letzten Kapitulation!«

Landon ging auf die Terrasse und zündete sich eine Zigarette an. Der Mond stand jetzt hoch am Himmel, und aus dem Garten hörte er – zum ersten Male – die süßen Klagen der Nachtigallen. Er stand unbeweglich da, gestützt auf die kalte Steinbalustrade, während der lockende Gesang an- und abschwellend durch die Stille drang. Es waren fast geisterhafte Klänge, erfüllt – so schien es ihm – von der Klage verstorbener Liebender, von verlorenen Hoffnungen und entschwundenen Illusionen. Und doch lag Frieden darin – und die Gnade des Vergessens, die die Zeit erweist. Der Mond würde untergehen, die Klänge würden verhallen – doch in wenigen Stunden erweckte die Sonne wieder den Garten zu neuem Leben, und solange man lebte, lebte auch die Hoffnung auf ein Morgen und auf Vollendung.
Zum ersten Male hatte er seine Wissenschaft und die Erfahrungen, die er gesammelt hatte, praktisch anwenden können – und vielleicht ergab sich daraus auch eine kleine Hoffnung auf die Überwindung seiner eigenen Schwierigkeiten.
Bei Ascolini hatte er eine Schlacht gewonnen – und eine Schuld abgetragen. Doch das andere lag noch vor ihm, und er war dankbar für die Erholung, die ihm diese Stunde schenkte. Er rauchte seine Zigarette zu Ende und ging langsam nach oben, in Valerias Zimmer.
Sie lag im Bett; bleich und verschlossen in die Kissen gelehnt. Ninette saß auf dem Bettrand. Landon trat ans Fußende, sah von einer zur anderen und sagte dann leise zu Ninette:
»Geh du zu Bett, Liebste. Valeria und ich haben noch etwas zu besprechen. Ich komme und sage gute Nacht, bevor ich schlafen gehe.«
Ninette nickte, aber der leise Unmut in ihrem Blick entging ihm nicht. Sie beugte sich über Valeria und küßte sie, dann küßte sie auch Landon.

»Komm nicht allzu spät, *chéri!*« In den leicht hingesprochenen Worten lag eine versteckte Warnung. »Ich warte auf dich.«

Sie ging, und Landon setzte sich neben das Bett. Valeria Rienzi beobachtete ihn halb neugierig, halb ängstlich. Er sagte mit der beruflichen Beiläufigkeit des Arztes: »Das war ein schlimmer Tag, was?«

Ihre Augen füllten sich mit Tränen, aber sie antwortete nicht. Landon sprach vorsichtig weiter und gab acht, jedes unbedachte Wort zu vermeiden:

»Ich weiß, wie du dich fühlst, Mädchen, ich kann es nachempfinden. Ich weiß, in welcher Situation du dich befindest, weil ich mich viel mit solchen seelischen Verletzungen beschäftigt habe. Heute – vorhin – hast du dem Tod schon ins Auge gesehen – aber im letzten Augenblick bist du ihm ausgewichen. Beim nächsten Mal wartest du womöglich eine Sekunde zu lange. Es gibt gegen beinah alles ein Mittel – aber nichts gegen den Tod. Du fragst dich wahrscheinlich, was mich dein Tun und Lassen eigentlich anginge. Ich will es dir sagen. Unsere gemeinsame Nacht – sie hatte etwas Gutes, weil ein bißchen Liebe dabei im Spiel war. Nicht genug für ein ganzes Leben, vielleicht aber genug für diese kurze Zeit – und daher gehst du mich etwas an. Aber mehr als das. Ich bin Arzt. Zu mir kommen Menschen mit kranken Seelen und kranken Herzen. Aber die meisten kommen zu spät, wenn die Krankheit schon zu tief sitzt und sie nicht mehr losläßt. Du bist noch nicht krank. Noch nicht. Du bist verletzt, müde und einsam. Ich biete dir meine Hilfe, damit du den Weg heraus findest.«

Er sah, wie in ihr der Wunsch nachzugeben mit ihrem Trotz rang. Sie schloß die Augen und lehnte sich stumm in die Kissen zurück. Landon beugte sich vor:

»Es gibt nur zwei Möglichkeiten, Mädchen. Du kannst dich mit Schlafmitteln vollpumpen und morgen früh mit den Gespenstern zusammen aufwachen. Oder aber du sprichst dir den Kummer von der Seele und schiebst ihn jemand anderem zu. Mir zum Beispiel – ich kenne das alles, sogar das eigentlich nicht Aussprechbare.« Er lachte leise. »Es kostet nichts. Und wenn du weinen willst, dann kann ich dir ein sauberes Taschentuch borgen.«

Sie öffnete die Augen und sah ihn voll schmerzlicher Verwunderung an:

»Ist das dein Ernst?«

»Natürlich!«

»Aber was passiert nachher? Sammelst du die Trümmer auf und setzt mich neu zusammen? Füllst du die Hohlräume meines Bewußtseins aus?«

»Nein.«

»Oder streichelst du mir beruhigend den Kopf und sagst, es ist alles verziehen, wenn ich von jetzt an nur ein gutes Kind bin?«

»Auch das nicht.«

»Lehrst du meinen Vater mich lieben und Carlo mich begehren?«

»Nein.«

»Aber was bietest du mir dann, Peter? Um Himmels willen – was kannst du mir dann bieten?«

»Mut und Rückgrat! Für alles andere brauchst du Gott. Aber ohne Mut wirst du ihn niemals finden. Also – mehr kann ich nicht tun. Willst du reden – oder willst du das Schlafmittel?«

Sie brach zusammen und begann, ihm ihre Seele auszuschütten, mit Tränen zunächst und dann mit einer Sturzflut von Worten, die hemmungslos aus ihr hervorbrachen; unzusammenhängend, wild, aber auch von entlarvender Klarheit. Landon hörte regungslos zu und staunte, wie stets, über die Vielgestaltigkeit der menschlichen Natur. Geliebte und Mutter, Dame und kleines Mädchen – die Nacht hätte nicht ausgereicht, auch nur ein einziges dieser Gesichter zu lesen. Was er unternahm, war keine klinische Analyse, sondern der Versuch, Gnade zu gewähren: für ein paar Stunden Kummer zu verbannen und eine Hoffnung zu wecken, die, wie er ahnte, vielleicht nicht einmal das Morgengrauen erleben würde.

Schließlich verebbte die Flut, und Valeria lehnte sich erschöpft zurück, jetzt aber ruhig und bereit zu schlafen. Landon beugte sich über sie, gab ihr einen flüchtigen Kuß, und sie antwortete mit einem schläfrigen Murmeln. Dann ging er, müde und abgespannt, in sein Zimmer.

Ninette schlief angezogen auf seinem Bett. Er zog Jacke, Schlips und Schuhe aus, legte sich neben sie und war bald eingeschlafen.

Als er erwachte, war sie nicht mehr da – und ein neuer Morgen war angebrochen in der Toskana.

Als Landon hinunterkam, schien eine neue, freudigere Atmosphäre in der Villa zu herrschen. Ninette und Valeria pflückten im Garten Blumen, und Ascolini studierte zusammen mit Carlo am Frühstückstisch einen Stoß Zeitungen und Glückwunschtelegramme.

Sie begrüßten ihn lächelnd.

Rienzi strahlte vor Freude.

»Es ist auch dein Erfolg, Peter! Ohne deinen Rat hätte ich es nicht halb so gut machen können. Ich habe Glück mit meinen Beratern und, glaube mir, ich weiß das auch.« Dann fügte er mit jungenhafter Unbeholfenheit hinzu: »Es tut mir so leid – wegen gestern abend. Ich hatte den ganzen Tag über nichts gegessen und war furchtbar betrunken.«

Ascolini lachte herzlich.

»Eine Bagatelle, mein Junge. Vergiß es. So was ist jedem schon mal passiert. Außerdem müssen wir an die Zukunft denken. Als Sie kamen, Landon, haben wir grade darüber gesprochen, wie Carlo mein Sozius wird. Ich will zwar noch nicht gleich ganz einpacken, aber bald. Und dann kann er die Praxis übernehmen. Bis dahin kann ich ihm schon noch ein bißchen beibringen?«

Es bestand ganz offensichtlich so ein gutes Einvernehmen zwischen den beiden, daß Landon schon einen Augenblick glaubte, er hätte den Ereignissen der letzten Nacht zuviel Bedeutung beigemessen. Dann sagte Carlo leichthin:

»Galuzzi rief heute morgen an und teilte mir mit, daß Anna heute zu den Schwestern vom Guten Hirten gebracht wird. Er meint, ich könne sie heute nachmittag besuchen. Hättest du wohl Lust mitzukommen, Peter?« Er lächelte entschuldigend.

»Ich weiß, ich habe von dir schon soviel erbeten, Peter, glaub mir, ich weiß es. Valeria hat mir erzählt, daß ihr, Ninette und du, heiraten wollt, und ich kann mir denken, daß ihr so bald wie möglich nach Rom wollt. Aber ich wäre dir so dankbar, wenn du sie dir noch einmal mit den Augen des Arztes ansehen würdest.«

»Wenn du willst, selbstverständlich, obwohl ich glaube, daß ich Galuzzis Diagnose nichts hinzuzufügen habe. Er ist ausgezeichnet, und ich würde großes Vertrauen zu ihm haben.«

»Ich weiß. Aber er ist immerhin Regierungsbeamter. Ich hätte gern noch eine private Beratung.«

»Was wird Galuzzi von meinem Besuch halten?«

»Er hat ihn schon gutgeheißen. Bitte komm, Peter. Wir können um drei hier losfahren und gegen fünf zurück sein.«

»Valeria und ich werden uns inzwischen um Ninette kümmern«, sagte Ascolini. »Heute abend essen wir dann alle zusammen, und dann dürfen Sie endlich gehen!«

Es klang so harmlos, daß Landon fast übersehen hätte, wozu man sie beide wieder nötig hatte. Carlo wollte mit dem Mädchen allein sein. Ascolini brauchte Ninette als Verbündete gegen Valeria. Sie bedienten sich seiner immer noch – und er würde nicht frei werden, bis Ninette und er diesem Haus den Rücken gekehrt und sich in die grünen Hügel von Frascati zurückgezogen haben würden.

Die erste Ahnung des Herbstes lag in der Luft, als Landon und Rienzi die Straße nach Arezzo entlang zum Hospiz der Schwestern vom Guten Hirten fuhren. Carlos gute Laune schien verflogen zu sein; er war unruhig und in Gedanken versunken. Als sie den ersten Höhenzug erreichten, hielt er an einer Stelle seitab der Straße, von der aus man das wilde, düstere Tal überblicken konnte. Sie zündeten sich Zigaretten an, und Carlo begann mit ungeschickten Worten, die Gelegenheit zu einer Aussprache wahrzunehmen.

»Wir haben ein wenig Zeit zum Reden, Peter. Ich möchte gern verschiedenes mit dir besprechen.«

»Nur zu.«

»Zunächst einmal: Valeria. Es tut mir leid, und ich schäme mich sehr für das, was gestern abend passiert ist. Aber was ich gesagt habe, war dennoch die reine Wahrheit. Ich empfinde nichts mehr für sie. Mehr denn je brauche ich gerade jetzt eine gute Ehe. Aber ich weiß, wie es kommen wird. Meine Karriere wird steil sein, und du weißt so gut wie ich, daß das vor allem Arbeit bedeutet. Ohne Liebe aber werde ich mich verausgaben, ohne neue Kräfte sammeln zu können –. Ich werde bald völlig fertig sein. Eine verständnisvolle Freundin könnte da vielleicht helfen, aber die habe ich auch nicht. Ich bin einsam, Peter. Ich fühle mich alt und erschöpft.«

Sein Selbstmitleid reizte Landon zwar, aber er versuchte es dennoch mit sanftem Zureden.

»Hör mal, Carlo. So eine Reaktion ist die natürlichste Sache der Welt. Du hast eben einen anstrengenden und aufsehenerregenden Fall durchgefochten. Das muß nach diesem Triumph einfach eine Depression erzeugen. Sei nicht vorschnell. Warum willst du es nicht erst einmal mit Valeria versuchen?«

Rienzis Ausdruck wurde hart. Er schüttelte den Kopf.

»Es geht einfach nicht mehr, Peter. Ich habe zu viele Nächte allein in meinem Bett verbracht – sie zu viele in fremden. Wo soll man nach so etwas da wieder anfangen?«

Landon gab ihm zunächst Ninettes Antwort:

»Einer muß den ersten Schritt unternehmen und sagen: Es tut mir leid. Ich denke, du solltest das tun.«

»Und dann? Wie willst du die schmutzige Vergangenheit auslöschen?«

Landons Geduld verflog.

»Du lebst mit ihnen, Mann! Du lebst mit ihnen und solltest lernen, dankbar für das zu sein, was dir geblieben ist. Verdammt noch mal, Carlo! Du bist schon ein großer Junge! Was willst du eigentlich? Jeden Abend eine neue Jungfrau? Was für ein Trost liegt denn da drin, um Gottes willen? Das ist doch entsetzlich!«

Zu seiner Verwunderung lachte Rienzi. Dann sagte er:

»Ich fürchte, du wirst mich nie verstehen.« Er rauchte eine Weile schweigend, dann sagte er ruhiger: »Du traust mir nicht viel zu, Peter. Du scheinst überhaupt nichts von mir zu halten. Ich schlage schon nicht über die Stränge. Ich habe nicht vor, auf der Via Veneto Mannequins zu jagen. Dafür bin ich nicht gebaut. Ich wünschte, ich wäre es. Ob du es glaubst oder nicht – ich habe mich mit meiner Lage beinahe abgefunden. Formalehen sind in diesem Land eine alte Einrichtung. Valeria kann tun, was sie will, solange sie es unauffällig tut. Und ich selber kann anfangen, so etwas wie ein Lebensziel anzustreben. Es wird mich wahrscheinlich nicht restlos befriedigen, aber doch vielleicht zu einem Teil.«

»Meinst du Anna Albertini?«

»Ja. In drei Jahren wird sie frei sein. Inzwischen muß sie auf den Neubeginn vorbereitet werden. Sie braucht dafür vor allem Hilfe.«

»Und du glaubst, die kannst du ihr bieten?«

»Ich denke doch.«

»Um welchen Preis?«

»Einen geringeren jedenfalls als den, den ich für den gegenwärtigen Zustand bezahlt habe.«

»Willst du wissen, was ich davon halte?« fragte Landon eisig.

»Deswegen rede ich mit dir, Peter. Ich brauche deine Freundschaft jetzt nötiger denn je.«

»Dann hör um Gottes willen in Freundschaft zu, was ich dir jetzt sagen werde!« Landon legte all seine Überzeugungskraft in die folgenden Worte: »Ich glaube und ich denke, du wirst dem zustimmen, daß nicht jeder Fehltritt ein Zeichen von Geisteskrankheit, sondern daß der Mensch für seine Handlungen verantwortlich ist. Dennoch gibt es selbstverständlich so etwas wie eine moralische oder geistige Unzulänglichkeit oder auch Unzurechnungsfähigkeit. Und es gibt ganz unzweifelhaft auch viel Schlechtigkeit in dieser Welt. Außerdem existiert da noch eine ganz besondere Krankheit, eine Art Flucht vor dem Schuldgefühl, eine Vogel-Strauß-Politik, die die Decke über den Kopf zu ziehen versucht, um den Furien zu entgehen. Kurz und gut – deshalb spaltet sich die moderne Psychiatrie in zwei Schulen. Einmal in die Deterministen, deren Lehre unfehlbar zu der destruktiven Absurdität führt, daß das Übel sich selbst vergibt. Zum anderen in die Gegenschule, die den Standpunkt vertritt, es sei weit vernünftiger, einem Menschen, nach gründlicher Aufdeckung der Störung seines Innenlebens, Hoffnung auf Vergebung zu machen, wobei er außerdem auf den Pfad der Tugend geführt werden muß.« Er lachte ein bißchen verlegen. »Du fragst dich, warum ich dir hier eine Vorlesung halte, Carlo? Weiß Gott, ich bin kein Säulenheiliger. Ich weiß genau, wann ich etwas falsch mache. Und du weißt es auch. Jetzt kommt die Anwendung: Indem du Valeria jede Vergebung verweigerst, ja sie von ihr verlangst, schaffst du die Voraussetzung für weiteres Unrecht. Du errichtest die Fiktion, dich nur durch **etwas** erlösen zu können, was dich sicherlich zu Fall bringen wird – die Anbetung der Anna Albertini.«

»Das ist nicht wahr, Peter«, sagte Rienzi heftig.

»Doch, glaub mir. Hör mich an, Carlo, und denke einen Augenblick über Anna nach. Du hast deinen Sieg nach einem Plan errungen, den wir beide zusammen erarbeitet haben – mit der Theorie, wie du weißt, daß sie zum Zeitpunkt der Tat unzurechnungsfähig war, ihrer moralischen und gesetzlichen Verantwortung beraubt durch den Schock, den sie beim Tod ihrer Mutter erlitten hat. Das kann durchaus zutreffen – andererseits wäre denkbar, daß sie durchaus verantwortlich ist für ihre Tat und sich ihrer Schuld bewußt. Es ist durchaus möglich, daß sie sich erst nach der Tat – wohlgemerkt *nach* der Tat – in einen Zustand versetzt hat, der einer Flucht aus der Wirklichkeit gleichkommt und in dem sie seither gleich dem Vogel Strauß verharrt. Denke einmal einen Augenblick darüber nach. Und wenn nur etwas dafür spricht, bedenke, wohin das führt. Sie klammert sich an dich, weil du der einzige bist, der sie weiterhin von aller Schuld freispricht, so, wie du es juristisch vor Gericht getan hast. Das könnte auch der Grund sein, warum sie ihrem Mann nicht nachtrauert: Weil er sie verstoßen und ihr nicht vergeben hat!«

»Das ist eine ungeheuerliche Vorstellung!«

»Wahrhaftig ungeheuerlich«, sagte Landon, »und die Konsequenzen sind es noch viel mehr. Du könntest nämlich derjenige sein, der sie vollkommen und endgültig jeder Hoffnung beraubt.«

»Das verstehe ich nicht.«

»Dann will ich es dir erklären, Carlo.« Er legte beschwichtigend eine Hand auf Rienzis Schulter, aber der wich unwillkürlich zurück. »Glaube mir, ich bin vollkommen aufrichtig! Ich will doch keine Gespenster heraufbeschwören, nur um dich zu erschrecken. Wir Psychiater haben nur dann eine Aussicht, unsere Patienten zu heilen, wenn diese sich über ihre Krankheit völlig klar sind und auch geheilt werden wollen. Jeder Patient wird sich der Behandlung zunächst widersetzen, sich aber, wenn die Beschwerden akut sind, darein ergeben – ausgenommen solche Fälle wie zum Beispiel Paranoia, bei denen der Patient keinerlei Vernunftgründen zugänglich ist. In Anna Albertinis Fall gibt es keine Beschwerden, und sie sieht auch nicht die Notwendigkeit einer Behandlung. Solange sie dich hat, ist sie nicht krank, sondern geheilt, und folglich verschließt sie sich jeder weiteren heilenden Einflußnahme. Du hast ihr vergeben – folglich ist ihr überhaupt vergeben. Sie flüchtet immer weiter, Carlo, und du, du mein Freund, bist ihr Begleiter auf dieser Flucht.«

»Doch nur«, sagte Rienzi ironisch, «– nur, wenn deine Vermutung zutrifft. Und vor Gericht hast du zur Zufriedenheit der Richter bewiesen, daß sie *nicht* zutrifft! Was glaubst du nun wirklich, Peter?«

»Noch immer dasselbe«, sagte Landon. »Aber aus einem andern Grunde. Du selber unterstützt ihre Unzulänglichkeit und Unzurechnungsfähigkeit. Sie wird sich weiter an dich klammern. Sie wird jede Forderung, die du an sie stellst, akzeptieren. Aber du wirst sie nie wieder loswerden. Und wenn du sie enttäuschst . . .«

Er brach ab, der Gedanke stand wie ein Verhängnis zwischen ihnen. Rienzi drängte:

»Und wenn ich sie enttäusche, Peter?«

»Der Tod ist ihr jetzt schon vertraut«, sagte Landon düster. »Er hat keine Schrecken für sie, und er löst alle ihre Probleme. Sie wird sich entweder das Leben nehmen oder versuchen, dich umzubringen.«

Landon ließ ihn diese Vorstellung eine Weile realisieren und fragte dann:

»Glaubst du mir, Carlo?«

»Nein«, sagte Carlo Rienzi, »ich fürchte, nein.«

Er ließ den Motor an, fuhr zurück auf die Hauptstraße und dann weiter in das Hochland hinein, in Richtung auf das Hospiz der Schwestern vom Guten Hirten.

Am Spätnachmittag saß Alberto Ascolini zwischen seiner Tochter und Ninette Lachaise auf einer niedrigen Steinbank neben dem Springbrunnen im Garten. Einen Bauernhut auf seiner weißen Mähne und gestützt auf einen Stock, brachte er die erste und letzte Entschuldigung für die Fehler seines Lebens vor.

»So mußte es wohl enden – der alte Narr sitzt mit den Frauen im Garten. Ich habe mich immer davor gefürchtet, aber heute scheint mir zum erstenmal, als ob das auch seine Freuden haben könnte. Als ich in diesem Dorf hier ein Bauernjunge war, fuhren die damaligen Herren dieser Villa auf dem Weg nach Siena mit ihren Kutschen oft durch San Stefano. Und die Damen – sie sahen für mich wie Prinzessinnen aus – pflegten die Taschentücher an ihre Nasen zu drücken, wenn sie durch das Dorf kamen. Schon damals, während ich am Straßenrand die Hand bettelnd nach Münzen ausstreckte, wußte ich, eines Tages würde auch ich eine solche Kutsche haben und eine Frau mit einem Spitzentaschentuch. Das alles – und mehr – habe ich erreicht. Ich habe mit Königen und Präsidenten diniert und eine Prinzessin am Arm zu einem Galaempfang geführt. Und was zählt das alles jetzt? Nicht gerade gar nichts mehr – das kann ich nicht sagen. Es war eine schöne Zeit. Nur habe ich immerzu von dem rotznäsigen Bauernjungen geträumt und versucht, ihn zu mir in die Kutsche zu heben – doch das ist mir nie gelungen. Und ich glaube, daß ich mich für ihn an der Welt gerächt habe, die ich mir vom Misthaufen aus erobert habe. An der Welt – und sogar an dir, Valeria, mein Kind! Und das bedauere ich am allermeisten. Du hattest recht, als du sagtest, ich hätte dich für alles, was ich gab, zahlen lassen. Das war die bitterste Lektion, die der Bauernjunge jemals lernen mußte. Er hat nie glauben wollen, daß es Geschenke gibt. Er hat es jetzt gelernt. Von Ihnen, Ninette, und sogar von Ihrem dickköpfigen Landon.« Seine Stimme versagte, und er blickte bekümmert auf seine Tochter. »Vergib mir, Valeria, wenn du kannst. Wenn nicht, dann glaube mir wenigstens, daß ich dich liebe.«

»Das ist genug, *dottore*«, sagte Ninette Lachaise leise. »Die Liebe ist genug. Und es genügt, daß Valeria von ihrem Vorhandensein weiß.«

Ascolini schwieg eine Weile nachdenklich. Dann sagte er: »Und jetzt wollen wir sehen, ob wir wirklich weiser geworden sind. Weißt du jetzt wenigstens, Kind, daß ich dir die Wahrheit sage?«

»Ja.«

»Dann laß uns sehen, was wir für deine Ehe tun können. Sag mir ehrlich, was ist eigentlich euer Kummer?«

Valeria starrte ihn mit leeren Augen an.

»Ist das nicht offenkundig genug, Vater? Ich habe mich wie eine Verrückte benommen, und Carlo braucht etwas, was ich ihm nicht geben kann.«

»Zugegeben: Benommen hast du dich nicht gerade gut«, sagte Ascolini trocken. »Wir wollen uns gelegentlich daran erinnern, damit es nicht wieder so weit kommt. Aber was will Carlo denn?«

Sie zuckte unglücklich die Schultern.

»Ich wünschte, ich wüßte es. Eine Mutter vielleicht, oder eine Kinderbraut frisch von der Klosterschule.«

»Die Kinderbraut hat er ja«, sagte Ascolini spöttisch. Aber sie nützt ihm nichts, weil sie drei Jahre eingesperrt ist. Was die Mutter angeht, kann er nicht viel machen – es sei denn, er findet eine geeignete Witwe.«

»Mach keine Witze darüber, Vater. Es ist bitter ernst.«

»Ich weiß, daß es ernst ist, Kind«, sagte Ascolini nachdenklich. »Aber wir wollen auch nicht in Wehklagen ausbrechen, sondern etwas tun.«

»Was zum Beispiel?«

»Dieses Mädchen, Anna Albertini. Ignoriere sie einfach.

Wenn Carlo mit ihr an einem und einer Nonne am anderen Arm im Klostergarten spazierengehen möchte: laß ihn. Er wird bald genug davon kriegen. Mitleid ist eine magere Kost für einen Mann von Fünfunddreißig. Wenn er's mit einer Witwe oder einem Vögelchen von der Straße versuchen will, ignoriere auch das. Zähme deinen Stolz und nimm ihn, wie er ist – und während du ihn für dich hast, sieh zu, ob du nicht etwas aus ihm machen kannst. Das ist durchaus möglich, weißt du? Und du hast dann was zu tun. Du hast ihn vor Gericht gesehen. Dort war er ein anderer Mensch. Du bist eine Frau. Vielleicht gelingt es dir, im Bett denselben Mann aus ihm zu machen. Sieh mal, Kind.« Er nahm ihre Hände in die seinen und drückte sie. »Immer ist einer da, der küßt, und einer, der die Wange hinhält. Manchmal lernt auch der, der die Wange hinhält, am Küssen Gefallen zu finden. Es ist einen Versuch wert, glaubst du nicht auch? Und wenn es nicht geht – was hast du verloren?«

»Nichts, nehme ich an. Aber siehst du nicht, Vater: Ich bin einsam jetzt. Ich habe Angst.«

»Warte, bis du in mein Alter kommst«, sagte Ascolini, »wenn der letzte Winter da ist und du gewiß weißt, es gibt keinen Frühling mehr. Mut, Mädchen! Kopf hoch! Mal dich neu an und laß uns sehen, was für Karotten wir für den vornehmen Esel finden können, den du geheiratet hast.«

Der Anblick des Hospizes zum Guten Hirten war furchterregend. Eine hohe Tuffsteinmauer mit Eisenspitzen und Glasscherben darauf umgab das ganze Grundstück, und das schmiedeeiserne Tor war mit Maschendraht versehen. Dahinter lag das Hospiz, ein altes, vier Stockwerke hohes Kloster, fest wie eine Burg, mit nackten Fenstern und einer deplaciert wirkenden Fernsehantenne auf dem alten Ziegeldach. Ein ältlicher Pförtner öffnete ihnen und ließ sie mit einem nicht eben herzlichen Grußwort eintreten. Ein paar Insassen starrten ihnen vom Rasen aus nach – mit stumpfen, gleichgültigen Blicken. Eine junge Nonne schnitt mit hochgerollten Ärmeln Blumen, umgeben von einer Gruppe Frauen, die ohne erkennbare Anteilnahme herumstanden. Der Gedanke an all das Elend in dieser Anstalt bedrückte Landon. Aber seine Gedanken blieben bei Carlo – und der Gefahr, in der er sich befand.

Die Schwester Pförtnerin, eine Frau mit einem Pferdegesicht, gütigen Augen und einem unsicheren Lächeln, öffnete die Haustür und geleitete sie in das Besucherzimmer, einen großen kahlen Raum, ausgestattet mit hochlehnigen Stühlen, Christusstatuen und Darstellungen der Erscheinung von Lourdes. Während sich die Pförtnerin auf die Suche nach der Oberin begab, wuchs Landons Widerstand gegen die bevorstehenden Stunden in dieser Atmosphäre. Doch Carlo tröstete ihn und sagte:

»Mach dir nichts draus, Peter. Man will uns offenbar erst einmal mit der hier herrschenden Frömmigkeit vertraut machen. Wenn Anna kommt, wird man uns gewiß in den Garten gehen lassen.«

»Ich würde Gott dafür danken«, sagte Landon trocken.

Rienzi lächelte ein bißchen schuldbewußt.

»Sei nicht zu böse auf mich, Peter. Schließlich ist das ja meine eigene Entscheidung, und ich muß die Konsequenzen tragen – angenehme und unangenehme.«

»Wirklich, Carlo?« sagte Landon. »Wenn du das tatsächlich glaubst, dann tu, was du nicht lassen kannst. Ich reise ohnehin morgen – was geht's mich also noch an?«

»Ich möchte, daß wir Freunde bleiben. Ich habe dich wirklich sehr gern, Peter. Aber das heißt doch nicht, daß wir immer der gleichen Meinung sein müssen, oder?«

»Du hast meinen Rat gehört, Carlo. Ich kann dich nicht zwingen, ihn anzunehmen. Und jetzt laß uns von etwas anderem reden.«

In diesem Augenblick trat die Oberin ein: eine feingliedrige kleine grauhaarige Frau.

Als Carlo sich vorstellte, begrüßte sie ihn mit Wärme.

»Ich habe Ihre Verteidigung mit großem Interesse verfolgt, Herr Rienzi. Die Männer meiner Familie sind seit Generationen Juristen. Ihr Plädoyer war großartig.« Landon begrüßte sie respektvoll. »Wir freuen uns sehr, Sie hier zu sehen, Herr Landon. Professor Galuzzi hat mit der größten Hochachtung von Ihnen gesprochen. Wann immer Sie uns besuchen wollen – Sie sind hier jederzeit willkommen.«

Landon verbeugte sich, und die Oberin fuhr an die beiden gewandt fort:

»Wir sind alle sehr an Annas Fall interessiert, meine Herren. Sie wurde heute am frühen Nachmittag hier eingeliefert, und wir hatten mit ihr keine der sonst üblichen Schwierigkeiten. Professor Galuzzi hat angeordnet, daß ihr soviel Freiheit wie irgend möglich gewährt werden soll. Sie wird alle Vorrechte unserer fortgeschrittenen Patientinnen genießen: ein eigenes Zimmer, Zeit zum Lesen und Nähen, jeden Tag eine Stunde Fernsehen und einige Kosmetika. Für Besuche ist gewöhnlich ein festgelegter Besuchstag im Monat vorgesehen. Jedoch hält es Professor Galuzzi fürs erste für besser, wenn Anna nur alle sechs Wochen Besuch erhält. Wenn sie gute Fortschritte macht, werden wir natürlich auch für sie die übliche monatliche Regelung einführen.«

Hübsch eingefädelt, dachte Landon. Galuzzi wußte, was er wollte, und in dieser kleinen grauhaarigen Frau besaß er eine starke Verbündete. Sie fuhr in ihrer sachlichen Art fort:

»Wir haben auch noch eine andere Regel, die sich immer ausgezeichnet bewährt hat. Besucher werden gewöhnlich begleitet. Unaufdringlich, selbstverständlich. Jedoch, da Herr Landon mitgekommen ist, denke ich, daß sich die Begleitung durch eine Schwester wohl erübrigt.«

Zum ersten Male gelang es Carlo, zu Wort zu kommen. Er sagte voll Eifer:

»Wie Sie wissen, habe ich ein großes persönliches Interesse an Anna. Wenn ich irgend etwas für sie tun kann, bitte lassen Sie es mich sogleich wissen.«

Die Oberin lächelte.

»Ich versichere Ihnen, Herr Rienzi, sie wird hier die denkbar beste Pflege haben. Unsere Ärzte sind ausgezeichnet. Professor Galuzzi ist ein regelmäßiger Besucher. Unsere Schwestern sind für ihre besondere Aufgabe hervorragend ausgebildet. Heute werden Sie Anna sicherlich noch ein bißchen unruhig finden. Das ist nur natürlich. Es ist ihr erster Tag hier, und sie ist noch fremd. Aber sie wird sich rasch einleben. Auch ist es nur natürlich, daß eine gesunde junge Frau wie sie gelegentlich darunter leidet, eingesperrt zu sein – und unter dem Mangel an Kontakt mit dem anderen Geschlecht. Aber wir achten auf diese Dinge und wissen ihnen entgegenzuwirken.« Sie erhob sich und strich den Rock ihrer Tracht glatt. »Falls Sie irgendwelche Geschenke für sie mitgebracht haben, würde ich sie gern sehen.«

Leicht eingeschüchtert von dieser Resolutheit, zeigte Rienzi die Päckchen vor. Eine Schachtel Pralinen, ein Stirnband, ein Medaillon an einem goldenen Kettchen sowie Nähzeug. Die alte Nonne begutachtete alles mit einem feinen Lächeln und entfernte nur die Schere aus dem Nähetui.

»Nicht wegen Anna, Herr Rienzi, sondern weil sie womöglich in falsche Hände geraten könnte.«

Rienzi wurde rot und entschuldigte sich.

»Es war gedankenlos von mir. Tut mir leid.«

»Im Gegenteil, Herr Rienzi, Sie sind ein sehr bedachtsamer Mann. Anna kann froh sein, Ihre Unterstützung zu haben.«

Wie auf ein Stichwort trat Anna zögernd ein, und Rienzi streckte ihr die Hand entgegen.

»Anna, meine Liebe. Wie schön, Sie zu sehen!«

»Ich freue mich auch, Herr Rienzi.«

Die zurückhaltende Begrüßung konnte ihre lebhafte Freude nicht verbergen. Rienzi stellte ihr Landon vor.

»Sie erinnern sich doch an Herrn Landon, Anna? Er war Ihnen eine große Hilfe – vor und während der Verhandlung.«

»Selbstverständlich.« Sie lächelte Landon vorsichtig an. »Herr Landon war sehr gut zu mir. Ich habe das nicht vergessen.«

»Sie sehen gut aus, Anna. Ich weiß, Sie werden hier bestimmt sehr zufrieden sein.«

Das Mädchen sagte nichts, und die Oberin erklärte rasch:

»Ich muß an die Arbeit gehen. Führen Sie die Herren in den Garten, Anna. Zu dem Platz, wo Sie die Schwestern haben beten sehen.« Sie wandte sich an Landon: »Es ist der Schwesterngarten. Dort werden Sie nicht von den Insassinnen gestört. Bevor Sie gehen, bringt Anna Sie hierher zum Kaffee.«

Als sie gegangen war, überreichte Carlo Anna seine Geschenke, und Landon hatte Gelegenheit, sie genau zu betrachten. Sie trug, wie alle Insassinnen, ein graues Baumwollkleid mit langen Ärmeln und einem aufgenähten Gürtel aus dem gleichen Material. Dazu schwarze Schuhe und schwarze Strümpfe. Ihr Haar war kürzer, hochgekämmt und mit einem Band zusammengehalten. Ihre Hände waren unruhig, aber ihr Ausdruck war immer noch von der gleichen Gefaßtheit, die ihm schon bei ihrer ersten Begegnung aufgefallen war. Nur schien ihm jetzt mehr Leben in den Augen und der Stimme zu liegen. Ihr Benehmen war zurückhaltend und außerordentlich bescheiden, so daß sie mehr wie eine Novizin wirkte als wie eine Gefangene, die eine Strafe für Mord absaß.

Entgegen seinen Erwartungen mußte Landon jedoch zugestehen, daß er an ihr nichts als reine Unschuld entdecken konnte. Ihr Wesen verriet nicht die geringste Spur von Sinnlichkeit. Anna nannte Rienzi jetzt zwar beim Vornamen, doch hätte auch der mißtrauischste Beobachter an der Art, wie sie es tat, nichts aussetzen können.

Anna führte dann die beiden Männer in den Garten und berichtete ihnen über die Einzelheiten des ersten Tages nach der Verhandlung.

»Alle waren so gut zu mir. In San Gimignano haben sie mir ein besonderes Abendessen gemacht, und die Pflegerinnen durften zu mir kommen und mit mir reden. Eine hat mein Haar frisiert, und eine hat mir ein Gebetbuch gebracht. Am nächsten Morgen durfte ich allein im Garten spazierengehen, und die Frau Direktor hat mir Kaffee bringen lassen. Jeder hat gesagt, was ich für ein Glück gehabt habe und was Sie alles für mich getan haben. Ich war sehr stolz. Hier haben sie mir ein hübsches Zimmer gegeben. Es sind Gitter vor den Fenstern, aber es gibt auch Vorhänge mit Blumen darauf. Und alles ist weiß und sauber. Schwester Eulalia ist mit mir spazierengegangen und hat mir im Gärtnerschuppen ein paar junge Kätzchen gezeigt. Sie hat mir komische Geschichten über die Leute erzählt, die uns begegnet sind. Und heute abend ist ein Konzert mit sehr berühmten Sängern aus Rom – «

Landons erster Eindruck von ihr war der einer außerordentlichen Schlichtheit und einer völligen Zufriedenheit mit einfachen Dingen, ihm schien sogar, sie sei mit ihrer gegenwärtigen Existenzform einverstanden. Doch als Carlo sich erkundigte, was sie gelesen habe und was ihre Lieblingsbeschäftigungen seien, bemerkte Landon doch eine lebendige, wenn auch begrenzte Intelligenz und ein normales Urteilsvermögen. Zum erstenmal zeigte sie auch Interesse für ihre Zukunft. Sie hatte einmal eine Modenschau gesehen und meinte, ob sie nicht später vielleicht Mannequin werden könnte. Falls sich das nicht verwirklichen ließe, wollte sie Stenotypistin werden und erkundigte sich, ob hier schon die Möglichkeit bestehe, Unterricht zu nehmen.

Carlo besprach das alles mit ihr, vermied es jedoch, irgendwelche Erinnerungen wachzurufen. Er machte Scherze und Witzchen und lachte über ihre Antworten. Dennoch schien es Landon, als sei etwas Entscheidendes nicht in Ordnung. Beide waren ihm zu nüchtern, zu ruhig. Nichts schien Carlos verzweifelte Hoffnung zu rechtfertigen, nichts aber auch seine eigenen Befürchtungen zu bestätigen. Landon konnte auch nicht glauben, daß die beiden ihm Theater vorspielten. Rienzi war dafür ein zu schlechter Schauspieler, und Anna hatte niemand auf eine Täuschungskomödie dieser Art vorbereitet.

Doch bald erkannte er, daß das hier nur eine Art Vorspiel war, das sie brauchten, da sie von Natur, Erziehung und Erfahrung her Gegenpole waren. Das Mädchen hielt jedoch die Disziplin der Anstalt zurück, und Carlo würde sich sicher hüten, eine Unvorsichtigkeit zu begehen.

Der Schwesterngarten war von einer niedrigen Mauer umgeben, ein Kricketrasen lag inmitten von Büschen, und dahinter, noch verschwiegener, befand sich ein tiefergelegener Garten mit einem kleinen Fischweiher und einem Schrein mit der Figur einer Heiligen.

»Hier«, sagte Anna plötzlich, »hier spüre ich zum erstenmal, daß ich frei bin. Nicht so wie früher, sondern so, wie ich es eines Tages sein werde.«

Sie blickte über den Garten, über die Spitzen der Zypressen in den blassen Himmel, an dem ein einsamer Falke weite Kreise zog. Ihre Augen strahlten, ihr Gesicht belebte sich zusehends.

»Sehen Sie den da oben? Als ich ein kleines Mädchen in San Stefano war, nannten wir ihn den Hühnerdieb. Wissen Sie, wie ich ihn jetzt nenne? Ich nenne ihn Carlo. Stundenlang schwebt er da oben, und man glaubt, er kommt niemals herunter. Dann, plötzlich, fällt er – plumps! – wie ein Stein.« Sie wandte sich lachend Landon zu, wobei sie ein wenig errötete. »Genau wie Carlo! Die ganze Zeit im Gefängnis und auch während der Verhandlung schien er so weit weg. Und jetzt – sehen Sie – jetzt ist er hier, bei mir, in diesem Garten.«

Landon warf einen verstohlenen Blick auf Rienzi, aber der beugte sich interessiert über eine Rose. Das Mädchen lachte wieder kindlich auf.

»Carlo glaubt nicht, daß er ein Falke ist. Er möchte gern so tun, als wäre er ein weiser alter Storch mit langen Beinen, einer langen Advokatennase und einer Brille darauf. Sie hätten bloß hören sollen, was er mir bei seinen Besuchen immer für Vorträge gehalten hat! Genau wie heute die Frau Oberin hat er geredet. ›Anna muß ein gutes Mädchen sein! Anna muß tun, was ihr gesagt wird. Sie muß lernen und ordentlich und geduldig sein.‹«

»Anna lacht über die falschen Sachen«, sagte Carlo.

»Sie haben mir einmal gesagt, ich müßte lachen!«

»Ich weiß, Kind, aber ...«

»Ich bin kein Kind. Ich bin eine Frau. Das soll ich doch sein, nicht wahr? Das haben Sie doch vor Gericht die ganze Zeit gesagt. Und jetzt nennen Sie mich Kind.« Sie brachte es schmollend vor, wie einen alten Vorwurf, während sie mit niedergeschlagenen Augen dastand und an ihren Nägeln kaute, als warte sie auf einen neuen Tadel von Carlo. Doch diesmal war er nachsichtiger. Er lächelte wohlwollend und sagte:

»Anna, was ich Ihnen sage, soll Sie befreien. Es geht Ihnen viel besser, als wir je zu hoffen wagten. Drei Jahre ist keine so lange Zeit. Und Sie werden noch rascher vergehen, wenn Sie jeden einzelnen Tag bewußt erleben. Hier ist es doch schön. Die Schwestern sind freundlich. Und wenn Sie sich gut führen, bekommen wir Sie vielleicht schon früher hier heraus. Das alles ist doch nicht zum Lachen.«

»Aber ich bin schon so lange eingesperrt. Jetzt möchte ich frei fliegen wie der Hühnerdieb. Ich möchte wieder hübsche Kleider tragen und in Schaufenster sehen und ...«

»Ich weiß, ich weiß.« Carlos Stimme wurde ganz sanft. »Aber ich werde ja zu Besuch herkommen, sooft ich kann. Ich werde Ihnen Geschenke mitbringen. Sie werden sehen, die Tage werden immer schneller und schneller vergehen. Es dauert ja schließlich einen ganzen Winter, bis der Frühling kommt – aber am Ende kommt er doch!«

Ihre Reue war die eines Kindes. Bescheiden sagte sie:

»Es tut mir leid, Carlo. Ich will versuchen, mich zu bessern. Ich möchte so gern, daß Sie mit mir zufrieden sind.«

»Das weiß ich, Anna. Und nun vergessen Sie es und lassen Sie uns von etwas anderem reden.«

Landon war das Ganze so peinlich, als habe er ein betrunkenes Liebespaar ertappt. Anna versuchte, Carlo zu verführen, indem sie an sein Mitleid appellierte, während er sich ganz väterlich gab. Wie lange sie das durchhalten würden, war nicht abzusehen. Allem Anschein nach bestand aber dieses Verhältnis schon eine ganze Weile und war beiden ganz natürlich geworden. Aber früher oder später würde es ein böses Erwachen geben.

Landon hatte bereits mehr als genug erfahren, aber er hielt es noch eine weitere halbe Stunde aus. Dann drängte er zum Aufbruch, stieß aber mit diesem Vorschlag bei Carlo auf wenig Gegenliebe. Er warf einen Blick auf seine Uhr und meinte vorwurfsvoll:

»Also, wenn du glaubst. Ich werde Anna allerdings lange nicht mehr wiedersehen.«

Anna legte drängend eine Hand auf Rienzis Arm und sagte:

»Bitte, Carlo! Könnten wir noch ein paar Worte allein miteinander sprechen, bevor Sie gehen?«

»Macht es dir etwas aus, Peter?«

Nein, es machte ihm gar nichts aus. Im Gegenteil, er war froh, in Ruhe eine Zigarette rauchen und zehn Minuten allein herumspazieren zu können, während die beiden ihre Geheimnisse austauschten. Carlo führte Anna die Steinstufen in den tiefergelegenen Garten hinab, kam aber rasch noch einmal zu Peter Landon zurück.

»Es tut mir leid, Peter«, sagte er hastig. »Das muß alles schrecklich langweilig für dich sein. Aber du siehst ja, wie es steht. Das ist nun mal ihr erster Tag hier. Sie ist ruhelos, und ich würde mir Vorwürfe machen, sie hier so zurückzulassen. Es wird aber nicht lange dauern.«

Landon benutzte die Gelegenheit zu einer nachdrücklichen Warnung.

»Carlo, du bist mein Freund, und ich muß dir sagen, das Eis ist dünn, auf dem du stehst. Was sie dir zu sagen hat – und wie sie es sagen wird: Dieses Mädchen will dich haben. Und du bist ihr gegenüber auch nicht grade gleichgültig. Mach Schluß, jetzt gleich! Sei vernünftig. Verabschiede dich von ihr und geh. Bitte, Carlo.«

Rienzi wollte sich abwenden, aber Landon hielt ihn fest, woraufhin er ihn mit leiser Stimme anfauchte:

»Wenn dir das heute nicht die Augen geöffnet hat, Peter, dann kann ich dir auch nicht helfen. Du hast eine schmutzige Phantasie. Und das alles hast du schon einmal gesagt. Aber jetzt ist es einfach zuviel. Laß mich los, bitte!«

»Nur noch eins, Carlo...« Er wollte ihm von seiner Unterredung mit Galuzzi erzählen, aber dann besann er sich. Warum sollte er den Henker für einen Mann spielen, der sich selber den Strick drehte? Er ließ Carlo los, der wütend in den Garten hinunterging, während Landon sich auf eine Bank setzte und sich eine Zigarette anzündete.

Er rauchte eine zweite und eine dritte, schlenderte auf dem Rasen hin und her und ließ zwanzig Minuten vergehen. Dann, in äußerster Erbitterung, machte er sich auf die Suche. Er hatte kaum den Fuß auf die oberste Stufe gesetzt, als er auch schon ihre Stimmen hörte. Zum ersten Male in seinem Leben spielte er den Lauscher.

Rienzi und Anna saßen auf einer Steinbank, dem Schrein gegenüber. Sie sahen einander in die Augen, und Anna hielt Carlo bei der Hand, während sie auf ihn einredete.

»Sie haben mir so oft gesagt, Carlo, daß niemand ohne Liebe leben kann – irgendeine Form der Liebe. Ich weiß, Sie sind verheiratet, und also darf ich Sie darum nicht bitten. Aber ich bin kein Kind, und Sie dürfen mir daher auch keine väterliche Liebe anbieten. Was bleibt uns also, Carlo? Was können Sie mir geben, um mich hier am Leben zu erhalten?«

Landon konnte Rienzis Gesicht nicht sehen, aber er spürte seine Beunruhigung aus der mühsam beherrschten Art, in der er antwortete:

»Sie bedeuten mir unendlich viel, Anna, meine Liebe – aus vielen Gründen. In diesen letzten Wochen habe ich Ihr Schicksal bestimmt, und Sie waren und sind mein Lohn.«

»Ist das alles?«

Das war wieder die gleiche Stimme, die Landon auf Professor Galuzzis Tonband gehört hatte – tot und ausdruckslos. Rienzi entgegnete schwach:

»Nein, Anna. Sie wissen, es ist nicht alles. Aber – was es sonst noch ist, bin ich mir nicht einmal selber sicher. Und ich weiß nicht, ob ich es ausdrücken könnte.«

»Aber ich kann es ausdrücken, Carlo. Ich liebe dich!«

Rienzi schien erschüttert, versuchte aber noch immer, sie wie ein Kind zu behandeln.

»Liebe ist ein großes Wort, Anna. Es kann vielerlei bedeuten und heute etwas ganz anderes als morgen.«

»Liebst du mich, Carlo?«

Landon sah, wie er einen Augenblick zögerte und sich dann geschlagen gab.

»Ich – ich liebe dich, Anna.«

Aber sie war noch nicht zufrieden und zog seine Hände an ihre Brust.

»Wie liebst du mich, Carlo? Wie?«

Rienzi befand sich nunmehr ganz in der Verteidigung, und er wußte es. Landon spürte, wie er sich zusammennahm und nach Worten suchte.

»Ich – ich weiß es noch nicht, Anna. Deshalb mußt du Geduld mit mir haben. Ich brauche Zeit. Wir brauchen beide Zeit, einander kennenzulernen – da genügt nicht die Krisenzeit einer Gerichtsverhandlung, auch hier ist das unmöglich, nur draußen in einer Welt voll normaler Menschen kann das gelingen. Was da zwischen uns ist, Anna, muß langsam wachsen. Und wenn es dann anders aussehen sollte, als wir erwartet haben, wird es doch gut und richtig gewesen sein. Kannst du das verstehen?«

Zu Landons Überraschung und Carlos offensichtlicher Erleichterung stimmte sie ihm zu. Sie zögerte einen Augenblick und sagte dann mit ihrer kindlichen Stimme:

»Ja. Ich verstehe es. Ich kann jetzt glücklich sein, denke ich. Gib mir bitte einen Abschiedskuß.«

Rienzi sah sie lange an, nahm dann mit rührender Zärtlichkeit, doch ganz ohne Leidenschaft ihr Gesicht in beide Hände und küßte flüchtig ihre Lippen. Dann ließ er sie los und stand auf. Verwirrt und enttäuscht sah sie ihn an.

»Das hast du gemacht, als ob ich ein kleines Mädchen wäre.«

Rienzi schüttelte lächelnd den Kopf.

»Nein, Anna, du bist eine Frau! Eine sehr schöne Frau!«

»Dann küß mich auch wie eine Frau! Ich will mich ein einziges Mal wie eine Frau fühlen.«

Landon wollte schreien: Nein, tu's nicht! – aber Scham hielt ihn zurück. Im nächsten Augenblick lag sie in Rienzis Armen, und sie küßten einander leidenschaftlich, ohne daran zu denken, daß jede zufällig vorbeikommende Nonne ihre Entdeckung bedeutet hätte.

Dann, ohne jeden Übergang, geschah es. Mit einem kraftvollen Stoß schob Anna Carlo von sich. Ihr Gesicht war eine haßvoll verzerrte Maske, Entsetzen stand darin, und während Carlo sie anstarrte, schrie sie hysterisch auf:

»Sie bringen sie um – sie bringen sie um!«

Im nächsten Augenblick sprang sie mit vorgestreckten Händen auf ihn zu, fuhr ihm mit ihren Fingernägeln mehrere Male durch das Gesicht und schrie:

»Du warst es! Du hast sie umgebracht! Du – du!«

Landon und Rienzi brauchten ihre ganze Kraft, sie zum Hospiz zurückzubringen, wo vier kräftige Nonnen ihr eine Zwangsjacke anlegten und sie fortschafften. Die Oberin musterte die beiden mit zweifelnden Blicken – dann rief sie eine Schwester, die Carlos zerkratztes Gesicht verband.

9

In dem düsteren Empfangsraum, wo Carlos Geschenke immer noch auf einem Stuhl lagen, stellte ihnen die kleine graue Nonne zehn Minuten später die sachliche Frage:

»Also, meine Herren, wie ist das passiert?«

Carlo Rienzi war ein beredter Anwalt, aber jetzt stand er gleichsam unter Anklage und brauchte einen Verteidiger. Bevor er antworten konnte, beeilte sich Landon zu erklären:

»Ich glaube, Frau Oberin, ich habe das wahrscheinlich besser gesehen als Herr Rienzi. Wir standen alle drei zusammen im Garten, und Herr Rienzi verabschiedete sich eben von Anna. Sie schien vollkommen normal, doch als Herr Rienzi die Hand ausstreckte, schlang sie plötzlich die Arme um seinen Hals und versuchte, ihn zu küssen. Er schob sie sanft von sich und sagte ihr, sie solle nicht so albern sein. Da fing sie plötzlich an zu schreien, er sei es gewesen, der ihre Mutter umgebracht habe. Unmittelbar darauf stürzte sie sich auf ihn und zerkratzte ihm das Gesicht.«

Landon hoffte verzweifelt, seine Geschichte möge so überzeugend klingen, wie er sie zu erzählen versuchte. Denn in diesem Augenblick hingen Leben und Tod des Advokaten Rienzi von dieser klugen grauen Nonne ab, und Landon zweifelte nicht, daß sie ihn gnadenlos preisgeben würde, wenn sie die Wahrheit auch nur ahnte. Er fügte also zur Abrundung noch eine fachliche Erklärung hinzu:

»Das ist eine tragische Angelegenheit, aber vom wissenschaftlichen Standpunkt aus bin ich nicht allzu überrascht. Sowohl Professor Galuzzi als auch ich haben uns ernsthafte Sorgen wegen gewisser labiler Elemente im Fall dieses Mädchens gemacht. Ich weiß, daß Professor Galuzzi hoffte, diese noch deutlicher zu fixieren. Wenn Sie gestatten, würde ich ihn gern gleich von hier aus anrufen.«

Die Oberin musterte ihn reserviert und wandte sich dann, anscheinend zufriedengestellt, an Rienzi.

»Herr Rienzi, können Sie Herrn Landons Bericht über die Geschehnisse bestätigen?«

Trotz seiner Erschütterung war Rienzi doch noch Anwalt genug, um zu wissen, daß eine halbe Lüge schlimmer ist als eine ganze. Seine Antwort klang überzeugend:

»Genauso war es.«

Die Oberin nickte und sagte dann:

»Ich fürchte, das ist noch nicht das Ende. Sie wissen beide, daß die Fälle, die uns von den Gerichten überwiesen werden, dem Staat unterstehen. Alles, was im Zusammenhang mit ihnen geschieht, muß zu Protokoll genommen werden. Ich werde von Ihnen beiden also einen schriftlichen Bericht in vierfacher Ausfertigung brauchen. Jeder notariell beglaubigt.« Sie mußte von der Wahrheit überzeugt sein, dachte Landon. Die ehrwürdige Schwester würde es sicher nicht über sich bringen, jemanden zu einem Meineid zu veranlassen.

Carlo Rienzi murmelte ein paar Worte des Bedauerns, aber die Oberin winkte ab. Sie hatte keine Zeit für Klagen. Ihr Beruf war die Sorge für kranke Gemüter, und Anna Albertini war zu krank, um je wieder gesund werden zu können. Sie führte Landon einen leeren, hallenden Korridor entlang in ihr Büro und rief Professor Galuzzi an.

Mit klarer Stimme berichtete sie ihm, was geschehen war. Dann reichte sie Landon den Hörer. Mit Erleichterung vernahm er Galuzzis trockene Stimme am anderen Ende der Leitung:

»Da ist es also früher passiert, als wir erwarteten, mein Freund, wie? Na, vielleicht ist es so das beste – für alle. Die Oberin sagt mir, Sie wären dabeigewesen und hätten alles gesehen?«

»Das stimmt.«

»Ich nehme an, es ist Ihre Version, die ich da eben gehört habe?« In Galuzzis Stimme schwang leise Ironie. »Die Frau Oberin hat genau das berichtet, was ich ihr gesagt habe. Ich werde es auch in einem offiziellen Bericht niederlegen.«

Zu Landons Überraschung lachte Galuzzi vor sich hin.

»Unser junger Advokat hat Glück mit seinen Freunden. Ihr

Augenzeugenbericht wird selbstverständlich einen Punkt hinter den Vorfall setzen. Aber wenn Sie in den nächsten Tagen ein bißchen Zeit haben, würde ich gern ein Glas Wein mit Ihnen trinken und Sie über unseren Patienten konsultieren.«

»Ich bin Ihnen sehr dankbar«, sagte Landon, »dankbarer, als ich Ihnen sagen kann. Aber ich verlasse Siena in ein paar Tagen. Ich heirate.«

»Oh, meine Glückwünsche!« sagte Galuzzi herzlich.

»Signorina Lachaise ist eine wundervolle Frau. Alles Gute, mein Freund!«

»Auch Ihnen alles Gute«, sagte Landon dankbar. »Und nochmals vielen Dank.«

Die alte Nonne sah ihn seltsam an.

»Damit ist also Ihr Fall beendet, Herr Landon. Der meine fängt eben an. Ich danke Ihnen, und guten Tag.«

Landon fuhr Rienzis Wagen durch das Eisentor und hörte es hinter sich zuschlagen. Während sie durch das Tal auf die Höhenstraße zufuhren, saß Carlo zusammengesunken und schweigend neben ihm, fuhr über sein zerkratztes Gesicht und starrte mit leeren Augen auf die Straße. Nach einer Weile raffte er sich auf und sagte mit müder Stimme:

»Ich danke dir, Peter.«

»Vergiß es.«

»Ich kann dir gar nicht sagen, wie leid es mir tut.«

»Vergiß auch das.«

Landon hätte kaum weniger sagen können, aber er hatte nicht den Mut, mehr zu sagen. Er wußte, daß er Carlo beim ersten Wort des Selbstbedauerns eins auf die Nase geben und ihn zu Fuß nach Siena zurückgehen lassen würde. Es war ihm klar, was er leiden mußte, aber er war immerhin bereit, einen Meineid zu leisten, um Rienzis Hals zu retten. Außerdem mußte er an Anna Albertini denken, wie sie gebrochen und verloren in ihrer Zwangsjacke hinausgetragen wurde.

Die Dämmerung senkte sich herab, als sie die Villa Ascolini erreichten. Zum Glück zogen sich gerade alle zum Abendessen um, so daß Landon Carlo mit einer Whiskyflasche und einem

Siphon in der Bibliothek zurücklassen konnte, während er rasch nach oben lief, um mit Ninette zu sprechen. Sie hörte ihn schweigend an und sagte dann energisch:

»Ich weiß, du bist wütend, *chéri*, aber du kannst dir jetzt nicht nachgeben. Ich weiß, wie schrecklich dir die Vorstellung ist, einen Meineid leisten zu müssen, und ich bin auch der Meinung, daß damit all deine Verpflichtungen abgetragen sind, aber wir können hier nicht nur immer in Soll und Haben denken. Carlo befindet sich in einer schweren Krise, und wir müssen ihm helfen, sie zu überwinden.«

»Meinst du nicht, es wird langsam Zeit, daß er sich selber hilft?«

»Glaubst du, das kann er in diesem Augenblick?« entgegnete Ninette. »Peter, siehst du denn nicht? Was er heute getan hat, muß ihm doch wie ein Mord vorkommen!«

»Und war es das denn nicht?«

»Wer weiß, *chéri*? Wer weiß, wie viel oder wie wenig nötig war, Anna endgültig aus dem Gleichgewicht zu bringen? Wer weiß, ob es nicht ohne Carlo viel früher passiert wäre? Verurteilt ihn nicht. Noch nicht.«

Er nahm sie schweigend in die Arme, küßte sie und ergab sich mit einem schmerzlichen Lächeln.

»Also gut, Liebste, was soll ich tun?«

»Überlaß mir Carlo eine Weile. Geh du und sprich mit Valeria und Ascolini.«

»Glaubst du, es ist klug, es ihnen zu sagen?«

»Bestimmt.«

Landon war zwar keineswegs überzeugt davon, aber im Grunde war es ihm gleichgültig. Ninette ging in die Bibliothek zu Carlo, und Landon begab sich zu Ascolini.

Der alte Herr nahm die Nachricht vollkommen ruhig auf. Er zuckte die Schultern und sagte:

»Für das Mädchen ist es natürlich schrecklich. Für uns – für uns alle – mag es die Chance sein, auf die wir gehofft haben. Carlo ist jetzt allein. Vielleicht findet er zu Valeria zurück.«

»Vielleicht. Es sieht aus, als gäbe es sonst nichts, wohin er sich wenden könnte.«

Der alte Herr sah Landon fragend an:

»Sie haben jedenfalls genug, nicht, mein Freund?«

»Mehr als genug. Wir verabschieden uns heute, *dottore*.«

Ascolini nickte.

»Sie haben natürlich recht. Wenn ich Ihnen jetzt sage, ich bin Ihnen dankbar, dann ist das viel zuwenig. Lassen Sie mich Ihnen einfach sagen, daß Sie Ihre Schuld bei Carlo abgetragen haben und daß nun wir tief in Ihrer Schuld stehen. Ich habe nie einen Meineid für einen anderen Mann geleistet – wenn ich auch Frauen oft falsche Eide geschworen habe. Aber das ist etwas anderes. Ich danke Ihnen, Landon, und ich wünsche Ihnen alles Gute. Ich denke, Sie werden zu Ninette passen, und ich weiß, sie auch zu Ihnen. Gehen Sie jetzt hinunter. Ich komme in ein paar Minuten nach. Was wollen Sie Valeria sagen?«

»Die Wahrheit«, sagte Landon brüsk. »Was sonst?« Als er Valeria berichtet hatte, war sie ganz seiner Meinung.

»Wenn wir jetzt nicht zueinander finden, gibt es überhaupt keine Hoffnung mehr. Dann müssen wir uns trennen und jeder seiner Wege gehen. Alles hat schließlich seine Grenzen.«

Er richtete an sie die entscheidende Frage:

»Wie stellst du dir dieses Zueinanderfinden vor?«

»Nur mit Liebe, Peter«, sagte sie mit großem Nachdruck.

»Nicht mehr innerhalb dieser erstarrten Konventionen. Ich erwarte nicht zuviel. Aber es muß auf beiden Seiten ein bißchen Liebe vorhanden sein – und manchmal auch eine Spur von Leidenschaft. Auf was könnten wir sonst bauen?«

»Auf nichts. Liebst du Carlo?«

»Ich könnte damit beginnen, ihn zu lieben, denke ich.«

»Liebt er dich?«

»Ich weiß nicht, Peter. Aber heute nacht muß er es mir sagen.«

»Glaubst du, er weiß es heute nacht?«

»Wenn nicht heute nacht, dann nie!« Sie wandte sich ab. »Ich sehe dich unten, Peter. Und wenn du gehst, küß mich nicht zum Abschied.«

Er ging in sein Zimmer, warf sich aufs Bett und schloß die

Augen. Er war todmüde, aber es gab immer noch keine Ruhe für ihn. Nicht nur Carlo Rienzi, auch er, Peter Landon, hatte einen Wendepunkt seines Lebens erreicht. Die Institution der Ehe genügte durchaus nicht, die Liebe zu erhalten. Dazu gehörte ein ganzes Leben, gehörten Mühe, guter Wille und viel Einsicht. Liebe war eine langsam wachsende Blume. Ein schlechter Gärtner, und die Blume verwelkte.

Er stand auf, wusch sich sein Gesicht mit kaltem Wasser, fuhr mit dem Kamm durch sein Haar und ging hinunter.

Ascolini und Valeria sprachen vor der Tür zur Bibliothek mit Ninette. Ninette sah angestrengt aus, und ihre Augen waren vom Weinen geschwollen. Als Landon sich nach Carlo erkundigte, schüttelte sie den Kopf.

»Ich kann es dir nicht sagen, *chéri,* ich weiß es selber nicht. Zuerst war es ganz erschreckend. Ich habe noch nie einen Mann so verwirrt gesehen. Er hat mir sein ganzes Herz ausgeschüttet – seine tiefsten Seelengeheimnisse, alles. Dann hat er nur am Boden gesessen, den Kopf auf meinen Knien, und geschwiegen. Er ist jetzt ganz ruhig. Aber was in ihm vorgeht – ich habe keine Ahnung. Er möchte uns alle sehen.«

»Hat er gesagt, warum?«

»Nein – nur daß er uns alle zusammen sehen möchte.«

Sie standen einen Augenblick unentschlossen da und sahen einander fragend an. Dann zuckte Valeria die Schultern und öffnete die Tür zur Bibliothek.

Der erste Anblick erschütterte sie. Carlo schien in wenigen Stunden um Jahre gealtert. Sein Gesicht war bleich und eingefallen, seine Augen brannten wie im Fieber. Er stand an den Kaminsims gelehnt, als brauchte er eine Stütze.

»Hallo, Carlo«, sagte Valeria leise.

»Hallo, Valeria.«

Danach trat eine Pause ein. Carlo sah sie unbestimmt an und schüttelte den Kopf, als wolle er einen Alptraum abschütteln. Dann sagte er mit einer seltsam toten Stimme:

»Ich freue mich, daß du hier bist, Valeria. Und ich freue mich, daß unsere Freunde hier sind. Ich habe euch etwas zu sagen.«

Landon bemerkte, wie in Valeria Mitleid aufstieg, aber sie überwand es und wartete, bis Carlo weitersprach.

»Ich bin ein ausgebrannter Mensch. Ich bin nichts – und ich habe nichts. Ich habe etwas Schreckliches getan, und ich kann mich nicht einmal mehr schuldig fühlen. Aber – ich wünschte nur, ich könnte es und ihr würdet mir glauben, weil ich es nie in meinem Leben noch einmal werde sagen können – ich bedaure nicht mich selber, aber ich bedaure, was ich getan habe und was ich gewesen bin – euretwegen. Das mag seltsam klingen aus dem Mund eines Mannes, der nichts fühlen kann, aber auch das muß gesagt werden. Ich liebe euch alle. Ich hoffe, ihr vergebt mir und laßt mich in Frieden gehen.«

Mein Gott, dachte Landon, das kann doch nicht wahr sein! Es war aber doch wahr – und so unverhüllt, daß Landon sich wunderte, daß nicht alle in ein Gelächter ausbrachen. Advokat Rienzi plädierte genau für das, was er abstritt – das Recht, sich auch in Zukunft weiter bedauern zu dürfen, das Recht, immer so zu leben, wie es ihm gefiel und doch stets eine Brust zu haben, an der er sich ausweinen konnte. Mit einem letzten Geniestreich machte er sich selber zum Prügelknaben und wußte doch, daß die Schläge einen anderen treffen würden. Nie würde er ein schlaueres Plädoyer halten können – und nie ein unwürdigeres.

Als Valeria mit ausgestreckter Hand auf Carlo zuging, glaubte Landon schon, er hätte gewonnen. Doch dann blieb sie plötzlich stehen und fragte mit fast unbeteiligter Stimme:

»Wohin willst du gehen, Carlo?«

Er wandte sich ihr halb zu und sagte, fast um Verzeihung bittend:

»Das brauchst du nicht zu fragen. Ich habe dir genug Kummer gemacht. Aber damit ist es jetzt vorbei – das verspreche ich.« Er lachte unsicher. »Ich habe Peter heute gesagt, mir fehlten die Worte. Seltsam! Und jetzt stellt sich heraus, ich habe sie die ganze Zeit gewußt. Ich sage sie einfach nur zu spät. Das war schon immer mein Kummer. Ein kleiner Mann, der zu spät groß geworden ist. Es tut mir leid.«

Landon glaubte fast die Schlußformel: »Das ist alles, Herr Präsident!« zu hören. Rienzi stieß sich vom Kaminsims ab und ging langsam und mit schleppenden Schritten auf die Tür zu. Er hatte sie noch nicht erreicht, als Ascolinis Stimme, klar wie ein Trompetenstoß, ertönte.

»Unsinn, Junge! Jedes Wort ist Unsinn! Hast dich zum Narren gemacht. Das passiert jedem einmal. Das ist jedermanns Recht. Aber du hast kein Recht, ein so albernes Bekenntnis auf uns abzuladen. Reiß dich zusammen. Wein dich in einer Kneipe aus, wenn's sein muß. Oder sonstwo. Aber hier benimm dich wie ein Mann und halt den Mund!«

Einen Augenblick verharrte Rienzi mit ausdruckslosem Gesicht und schwankend unter der Wucht der Worte. Dann verhärtete sich sein Gesicht, und gleichzeitig flog der Anflug eines Lächelns um seine Lippen. Er hob eine Hand zu einem spöttischen Gruß.

»Sie sind ein besserer Advokat als ich, *dottore,* Sie werden es immer bleiben.«

Dann gaben seine Knie nach, Landon sprang vor, fing ihn auf und trug ihn in das Gästezimmer. Er warf ihn aufs Bett und überließ ihn Valeria, die ihm mit einem bitteren kleinen Lächeln gefolgt war.

Landon war dankbar für ihr Schweigen. Er hatte nichts für theatralische Redereien und betrunkene Akteure übrig. Aber Carlo Rienzi war immerhin ein großer Schauspieler – ein Vorteil für einen Anwalt und für manche Frauen sogar ein annehmbarer Ersatz für Männlichkeit. Valeria akzeptierte ihn wenigstens ohne Illusionen. Möglicherweise allerdings schuf sie sich bereits eine. Die Liebe war eine blinde Göttin, die ohne erkennbare Anteilnahme über den Komödien stand, die in ihrem Namen gespielt werden.

»Es wird Zeit, daß wir gehen, Peter«, sagte Ninette Lachaise. »Es wird Zeit, daß wir anfangen, uns um uns selber zu kümmern. Wir sind schon zu lange in dieser Stadt.«

Sie standen nebeneinander auf der Terrasse der Villa, sahen den Mond aufgehen und hörten die ersten Nachtigallen schlagen, während über ihnen matt die Sterne schimmerten. Landon zog Ninette an sich und sagte sanft:

»Ich liebe dich, Mädchen. Ich habe nie geglaubt, daß ich jemals jemanden so lieben könnte. Aber bist du auch ganz sicher, willst du es mit mir riskieren?«

»Ein Risiko ist immer dabei«, sagte Ascolini hinter ihnen. »Aber nur die Weisen wissen es. Geht jetzt nach Haus, ihr beiden. Und wenn ihr es für richtig haltet, laßt euch trauen – aber macht es schnell. Zeit ist das Kostbarste, was ihr habt – ihr solltet das besser wissen als ich.«

Er gab ihnen die Wagenschlüssel und zog zwei wunderschöne alte Bände aus der Tasche. Den einen reichte er Ninette mit der anzüglichen Bemerkung:

»Für Sie, meine Liebe. Darin finden Sie all das, was Ihr Mann für Sie empfindet, aber nicht ausdrücken kann, weil er ein langweiliger Kerl ist, der nur seinen Fachjargon beherrscht. Es sind Petrarcas *Sonette an Laura* – und der Einband ist von Elzevir. Es ist ein Hochzeitsgeschenk. Mein Herz hängt daran – und meine ganze Liebe.«

Ninette legte dankbar die Arme um seinen Hals und küßte ihn. Er zog sie an sich und schob sie dann sanft hinweg.

»Nehmen Sie sie, Landon, bevor ich sie selber zum Altar entführe. Hier ist was für Sie, mein Freund.« Er reichte Landon den zweiten Band und sagte verschmitzt: »Ein Aretin, seine Sonette – Sie sind alt genug, um Freude daran zu finden, und jung genug, sie nicht zu brauchen.« Er nahm ihre Arme und führte sie rasch von der Terrasse zum Wagen. »Und jetzt keine Worte mehr. Kein langer Abschied! Abschiede erinnern mich an den Tod. Und daran werde ich schon oft genug erinnert.«

Als sie die gewundene Auffahrt zum Parktor hinunterfuhren, konnten sie ihn einsam auf der Terrasse stehen sehen, der Mondschein silbern auf seiner Löwenmähne, den Kopf geneigt, als lausche er den Klagen der Nachtigallen.